AF534802

Raiko Oldenettel wurde 1986 in Ostfriesland geboren und wuchs inmitten friedlicher Natur und weiter Strecken auf. Mit dem Studium verschlug es ihn fernab der Heimat nach Trier und durch die Fächerwahl Japanologie und Kunstgeschichte noch ferner nach Tokyo, wo er für ein Jahr lebte. Seit seiner frühen Jugend begleiten ihn das Schreiben und Erfinden neuer Welten, angestachelt durch das Bücherregal seiner Eltern. Zwischen Fantasy, Krimi und Science-Fiction pendelnd entstanden so seine ersten Werke.

RAIKO
OLDENETTEL

DIE TOTEN ZEICHNERIN

DAS TALENT DER MINNA DAHL

Überarbeitete Neuausgabe Dezember 2022

Die Totenzeichnerin

ISBN 978-3-98778-196-4
E-Book-ISBN 978-3-98637-702-1

Dieses Buch wurde vermittelt von der Literaturagentur erzähl:perspektive, München (www.erzaehlperspektive.de).

Dies ist eine überarbeitete Neuausgabe des bereits 2018 bei dp Verlag, ein Imprint der dp DIGITAL PUBLISHERS GmbH erschienenen Titels Die Leichenzeichnerin (ISBN: 978-3-96087-390-7).

Covergestaltung: Anne Gebhardt
Umschlaggestaltung: ARTC.ore Design
Unter Verwendung von Abbildungen von
stock.adobe.com: © evannovostro, © PRILL Mediendesign
shutterstock.com: © LilKar, © Sergey Lyashenko, © KathySG
Lektorat: Janina Klinck
Satz: dp DIGITAL PUBLISHERS GmbH
Druck und Bindung: Books on Demand GmbH, Norderstedt

Vorwort

Wie so viele Dinge, die einen zum Schreiben inspirieren, so war es auch bei diesem Roman ein flüchtiger Moment. Eine Erkenntnis. Ein Eingeständnis an die Neugierde.

Mir selbst wird immer in Erinnerung bleiben, wie wenig ich über die Rolle der Frau in der Moderne der Kunst wusste. Dass ich mich eben stets auch durch meine Studien in einem von Männern dominierten Kosmos der Lehre, der Wissenschaft und der Heiligschreibung auf dem Kunstmarkt befand. Das vermag ich nicht einzureißen, aber ich habe es hinterfragt. Ich habe auch hinterfragt, welche Rolle die Kunst in den Händen dieser ungehörten Frauen gespielt haben mochte. Was sie sich erobert haben durch ihre Forderungen an den Akademien zu studieren und in der Kunstwelt mitwirken zu dürfen. Und natürlich – wieder ein Eingeständnis an die Neugierde – was wohl geschieht, wenn eine solche Frau einen ganz eigenen Sinn für das Zeichnen entwickeln würde ...

Für Anika

13.07.1919

Wenige Striche können zwischen Leben und Tod entscheiden. Die Zeichnung war der Beweis dafür. Eine Linie an der Unterlippe zu viel, und aus der Leiche wurde eine Schlafende. Setzte sie eine Schraffur ungeschickt auf die Wangenknochen, verwandelte sich die freche Schamesröte in abstoßendes nekrotisches Gewebe. Nachdenklich hielt sie das Papier in den Lichtkegel der Laterne, verglich die Zeichnung mit dem Motiv und lächelte. Eine wunderschöne Träumende hatte sie eingefangen. Erfüllt von einem paradiesischen Frieden, der mit keinem ihrer vorherigen Werke zu vergleichen war. Füße und Hände des Modells deuteten eine übernatürliche Ekstase an, wie in einem göttlichen Fiebertraum, doch schon im nächsten Moment würde der aufmerksame Betrachter die schlaff hängenden Arme, die fehlende Spannung im restlichen Körper bemerken und sich wundern. War es die Stunde des Todes, die eine Schlafende heimsuchte, oder war es gar eine Verstorbene, der man fälschlicherweise Lebendigkeit andichtete?

Nur sie allein wusste, dass Linda Ehrenberg nicht mehr unter ihnen weilte. Früh am Abend hatte man den Leichnam der Bäckerstochter in diesen Keller gebracht, bei unter sechs Grad Raumtemperatur untersucht und festgestellt, dass die Revolten im März auch Wochen später noch Opfer forderten. Ein Granatsplitter war durch das Fleisch gewandert, hatte sich entzündet und das Herz angegriffen. Plötzlicher Exitus. Die Ärzte hätten es beim besten Willen nicht sehen können und über Schmerzen hatte Linda ebenso wenig geklagt, wie über ihr amputiertes Bein.

Eine starke Person.

Vielleicht sollte sie das in der Zeichnung betonen?

Sie drehte am Hahn der Laterne und zügelte die Flamme, an die sich ihre Augen mittlerweile gewöhnt hatten. Dann holte sie die grobe Kohle aus dem Etui und setzte zufällige Punkte auf das Leichentuch im Bild. War es Blut oder waren es Schatten? Der Zufall würde entscheiden. Es galt nicht, die Realität abzubilden, sondern die Realität zu überlisten. Denjenigen in die Irre zu führen, der das Blatt später in den Händen hielt. Indem sie den Zufall herrschen ließ, schälte sich Lindas Silhouette mehr und mehr aus dem zarten Stoff heraus. Sie wurde zur Maria im Gewande. Schlafend, träumend. Tot.

Nur zwei Dinge bereiteten ihr Kopfzerbrechen. Der Tau auf den Lippen war zu schön und der Reflex in den Haaren zu kräftig. Die nebulöse Andeutung von ewigem Schlummer wurde dadurch gebrochen. Energisch wischte sie mit der Kuppe ihres Ringfingers über die aufgetragene Kohle und verrieb den Staub, bis Strukturen auf Lippen und Haar zu erkennen waren, die sich überlagerten. Ein grober Fehler, wie sie schnell bemerkte. Die sanfte Konturlinie von Lindas Körper entwickelte nun hier und da schattige Täler, die viel von der mysteriösen Wirkung nahm. Von da an muteten die Haare stumpf an, das Inkarnat der Haut dreckig.

„Scheiße!"

Retten konnte sie diese Ausschnitte nicht mehr, oder doch? Genervt kaute sie auf der Unterlippe herum, bis sie einen unliebsamen Entschluss fasste. Das Bild war beendet. Sie würde es durch weitere Anpassungen nur ruinieren. Wieso musste sie die Wechsel der Zeichentechnik auch ständig auf die Schnelle erledigen? Sie hätte ahnen können, dass dies einer gewissen Überlegung bedurfte. Aber je öfter sie den Fehler wiederholte, desto besser wusste sie um die passenden Gegenmaßnahmen. Gleich in der nächsten Sekunde überzeugte sie sich vom Gegenteil. Es war noch nicht alles verloren. Sie konnte es retten. Wenn sie mit einem gezielten Strich den Tau auf den Lippen gegen das Verbrauchte, das Verlebte der Vergänglichkeit austauschte, dann reichte vielleicht ein minimaler Eingriff und Lindas Schwebezustand würde wiederkehren.

Sie gönnte sich einen Moment, diese Entscheidung zu überdenken. Die allgegenwärtige Kälte des Leichenkellers durchdrang mittlerweile ihre angespannten Finger, die bei den kleinsten Bewegungen knackten, und die Feuchtigkeit ihres Atems blieb wie ein Film unter ihrer Nase hängen.

Wieso tat sie sich das regelmäßig an? Sie würde sich wieder erkälten und dann ... Sie schaute vom Blatt auf und rieb sich die Hände. Der Keller war beklemmend winzig. Die Anzahl an Alkoven für verstorbene Patienten überschaubar, was gut war. Aus der Sicht eines Eindringlings zumindest. Weniger Platz bedeutete auch, dass dieser Keller weniger frequentiert wurde.

Es ging mittlerweile auf Mitternacht zu, schätzte sie und hauchte warme Luft auf ihre Fingerspitzen. Um diese Zeit kam nur dann Personal herunter, wenn es einen Neuzugang gab. Das würde ihr hoffentlich erspart bleiben.

Nur noch zehn Minuten, mehr brauchte sie nicht.

Wer würde da schon auftauchen?

Trotzdem horchte sie nervös in die Stille. Zu wenig Zeit, um es zu Ende zu bringen, befand sie auf einmal und legte das Papier zur Seite. Es musste schneller gehen. Was genau fehlte ihr? Wo lag der Zauber verborgen? Ruhelos steckte sie den Stift zurück in das Etui und erhob sich vom Hocker. Ihre Beine waren eingeschlafen und sackten ihr unter zaghaften Schritten weg, weswegen sie sich am Tisch festklammerte und Linda aus einem anderen Winkel betrachtete.

Sie entschied, dass nun der Moment gekommen war, an dem sie ihre Prinzipien über den Haufen warf. Nicht, dass das Zeichnen einer Leiche ohnehin jenseits aller gesellschaftlichen Regeln stand. Das betete ihr die Stimme ihres Gewissens unablässig vor. Wie aber konnte sie den Gegenstand ihrer Zeichnung wahrhaftig begreifen, wenn sie sich nur auf ihre Augen verließ? Genau! Das war es doch! Wenn es nach ihr ging, war und würde das akademische Diktum des stumpfen Abzeichnens niemals die Lösung für eine junge, eine neuartige Kunst darstellen.

Überwältigt von ihrer aufkeimenden Idee hielt sie inne.

Sie würde Linda berühren. Zum Teufel mit ihrem Hadern! Sie wollte endlich verstehen, was noch geändert werden musste. Also streckte sie ihre Hand aus und führte sie vorsichtig an Lindas Gesicht.

„Sag doch, Linda, wohin soll die letzte Linie?“

Aufgeregt legte sie ihre Finger auf die leblosen Lippen und fuhr sie wie ein wertvolles Schmuckstück ab. Erst die Lippenränder, dann das blauschwarz angelaufene Fleisch. Die Haut fühlte sich spröde an, so wie sie es mit der Zeichnung hatte einfangen wollen, doch unter den Schollen aus toter Haut waren die Muskeln überdies fest und üppig. Fast so, als schürzte Linda sie zu einem Kuss.

Da verstand sie.

Linda hatte ein Wort auf den Lippen.

Es war in Wirklichkeit nicht die fehlende Linie, sondern der fehlende Titel des Bildes, der alles aus dem Gleichgewicht gebracht hatte.

Der Schauer über diese Erkenntnis war so groß, dass sie fast überhörte, wie sich hinter ihr etwas regte. Doch im nächsten Moment war das Geräusch nicht mehr zu ignorieren. Das rostige Schloss der Tür oben am Treppenaufgang wurde aufgeschlossen.

Erschrocken zuckte ihre Hand zurück und tausend Gedanken liefen vor ihren Augen als Daumenkino ab.

Linda musste sofort zugedeckt und zurück in die Nische geschoben werden. Dann musste sie ihr Zeichenzeug schnappen, der Hocker musste aus dem Weg, die Laterne ...

Jetzt waren eindeutig Schritte auf den Treppenstufen zu hören. Das alte Eichenholz gab charakteristische Töne von sich. Sie verrieten ihr, dass es zu spät für Vertuschungsversuche war.

In Windeseile tat sie das Nächstbeste und warf der Verstorbenen das Tuch über, steckte Zeichnung und Stifte unter ihren Mantel, löschte die Laterne und hastete rüber an eine Stelle des Kellers, wo noch aus

Gründerzeiten ein schlecht verbauter Abwassertunnel lag. Dort drückte sie sich hinter ein aufgebogenes Gitter und verhielt sich mucksmäuschenstill. Weiter kam sie von hier aus nicht, der restliche Tunnel war zugeschüttet worden.

Kein Versteck, das einem neugierigen Blick standhalten würde. Sie rechnete also mit dem Schlimmsten.

Eine Sekunde später hörte sie das quengelnde Geräusch der zweiten Tür, ein Schalter wurde umgelegt und es wurde schlagartig hell.

Das kalte, kreischende Licht der Glühbirne brach sich an den blank geputzten Fliesen der Kellerwände. Es blendete so sehr, dass sie nicht erkennen konnte, wer dort in der Tür stand. Einen Herzschlag lang sah es so aus, als würde ein Mann in einem weißen Kittel die Hand über die Augen legen und in ihre Richtung schauen. Er musste erkannt haben, dass Linda bewegt worden war, befürchtete sie. Das Klicken von abgehackten Schritten drang zu ihr herüber. Er kam nicht näher, pendelte eher zwischen zwei nah zusammenliegenden Punkten hin und her.

Ihr Herz schwemmte schneller Blut durch ihre Venen, als die Lunge Sauerstoff aufsaugen konnte.

Dann schaltete der Mann das Licht plötzlich aus und schloss die Tür. Aber, war er hiergeblieben? War er wieder nach oben gegangen? Sie hatte seine Schritte hinauf nicht gehört. Zu laut kam ihr der eigene Atem vor, den sie mühsam zügelte.

Eine gefühlte Stunde verging, bis sie sich aus der Deckung traute und blind den Weg zur Tür ertastete. Erleichtert stellte sie fest, dass sich ihr Herz beruhigt hatte und die Furcht, der Mann könnte sich noch im

Keller aufhalten, verflogen war. Über einen Schleichweg stahl sie sich hinaus und öffnete die verschlossene Hintertür mit einem improvisierten Schlüssel. Ein einfacher Haken aus Bügeldraht, dem etliche Versuche vorausgegangen waren, die richtige Form zu finden. An der frischen Luft angekommen spürte sie, dass ihre Kleider klatschnass waren vor Schweiß. Sie fror und ihre Gedanken kamen nach dem Schreck nur träge voran. Durch die Büsche im Hinterhof und vorbei an einem angrenzenden Wäschelager fand sie zurück auf die Straße.

In der nächtlichen Einsamkeit der Häuserzeilen klammerte sie sich an ihre Zeichnung. Nirgendwo fand sie eine vielversprechende Ecke oder eine Bank unter einer eingeschalteten Laterne, die ihr einen ruhigen Moment beschert hätten. Sie wollte unbedingt über den Titel nachdenken, sich ablenken von dem Schrecken, der ihr in den Gliedern saß.

Sie horchte in sich hinein, während sie in Richtung ihrer Wohnung lief.

Zu ihrem eigenen Erstaunen war die Energie der Berührung verpufft. Das Gespräch mit Linda war unterbrochen worden, und so kamen ihr auch alle Worte für einen Titel abgebrochen und unfertig vor. Sie beschloss, dass das Blatt vorläufig *Die Niederlage* heißen würde. So lange, bis sie einen besseren Titel fand.

14.07.1919

Eingeklemmt zwischen einem müde glimmenden Ofen, einem Stuhl und dem sperrigen Küchentisch starrte Minna Dahl aus dem Fenster ihres Berliner Dachzimmers rüber zum Gelände der Brauerei Bützow. Am Himmel hinter den weißen Rauchfahnen war auch heute keine Spur vom Juli zu erkennen.

„Welch eine Schande ..."

Enttäuscht wischte sie mit den Fingern den Staub von den Fensterscheiben.

Sie vermisste den Sommer zum ersten Mal in ihrem Leben. Schwer zu sagen, wieso. Denn eigentlich hasste sie es, zu schwitzen, sich vor Gewittern zu fürchten und in ihrer engen Wohnung einen Platz zu suchen, an dem sie einen klaren Gedanken fassen konnte. Doch mittlerweile erinnerte sie sich nur schlecht an das Gefühl von Sonne auf ihrer Haut und hätte jederzeit vierzig Grad und Angstzustände ertragen, nur um Berlin im Licht zu sehen.

Was machte sie sich vor? Sie würde so oder so nicht viel von der Stadt mitbekommen. Entweder räumte sie sich selbst in der Bude hinterher oder schob zusätzliche Schichten in der Klinik. Was der ausstehenden Miete der letzten zwei Monate sicherlich guttun würde.

Sie legte Stellenanzeigen und Bleistift, die unangerührt auf ihrem Schoß lagen, zurück in die Kommode und löschte die Glut im Ofen. Es lohnte nicht, ihn heute noch einmal anzufachen, sollte sie wieder in der Klinik essen. Doch beim Gedanken an die Verpflegung fing ihr Magen an zu rebellieren. Sicherlich gab es wieder Steckrüben, dazu Brotrand oder Kartoffelsuppe. Aufgekocht mit Brühe vom Vortag. Spartanischer war da nur noch der Bodensatz, dessen Aroma von Gericht zu Gericht gleich blieb. Zumindest konnte Minna ein wenig Geld dadurch sparen, dass sie nicht einkaufen und kochen musste. Nicht viel Geld, aber immerhin. Unter Umständen war auch eine zusätzliche Schicht frei, dann lohnte sich das Dableiben umso mehr.

Mit einem aufmunternden Lied auf den Lippen stand sie vom Stuhl auf, ging rüber ins Schlafzimmer und lupfte einen Schal aus einem Haufen Kleidung. Es war das lebendige Chaos auf sechs Quadratmetern – und sie liebte es innig. Alles hier gehörte ihr. Nicht wie bei den anderen Mädchen, die sich solche Zimmer wegen der üblen Nachrede zu mehreren teilten. Ein Refugium, ein Sanktum, eine übertrieben schöne Bruchbude eben. Das Maß an Selbstbestimmung, das in diesen vier Wänden herrschte, mochte auch der Grund sein, weswegen sie wieder zu spät dran war.

Minna holte ihre Stiefel aus der Ecke, polierte mit einem Tuch darüber, bis sie wieder glänzten. Dann zog sie ihr graues Kleid an und eine weiße Schürze darüber, in die an einer unauffälligen Stelle die Namen *Hof und Sallinger* eingestickt waren. Mit zwei schnellen Handgriffen richtete sie ihr Haar und schnappte sich die Umhängetasche vom Kleiderhaken. Bevor sie die Tür hinter sich schloss, lief sie noch einmal zurück in die Wohnung, kontrollierte den Ofen und flitzte schließlich ins Treppenhaus.

Dort wehte ihr eine Wolke aus Essig entgegen, dass sie die Nase kräuselte. Der Essig sollte die Ratten davon abhalten, aus ihren Löchern zu kriechen, doch die Köttel auf den Treppenstufen verrieten die Sinnlosigkeit dieses Vorhabens. Als einer der neu eingezogenen Nachbarn die Haupteingangstür für sie offenhielt, huschte Minna hindurch und murmelte im Vorbeigehen ein Dankeschön. Wahrscheinlich hätte sie sich ihm höflich vorstellen sollen, wie man das so unter Nachbarn tat. Aber die Gesichter in den Wohnungen unter ihr wechselten mit einer solchen Frequenz, dass sie es für unsinnig hielt, sich die Namen einzuprägen. So abenteuerlich sich das auch anhörte, dass dort die unterschiedlichsten Männer und Frauen zusammenkamen, so wenig hielt Minna davon, sich in Schwierigkeiten zu stürzen, die diese Leute mit sich bringen konnten. Ihre eigenen Freunde, wenn diese sie nach der Zeit im Krankenhaus denn noch wiedererkannten, waren ihr genug Aufregung. Da gab es Streit, Liebeleien, durchzechte Abende und sonstige Ausfälle, die die Nächte so mit sich brachten und von denen sie gerne Auszeiten nahm. In diesen Zeiten wusste niemand, ob er morgen noch Arbeit hatte oder Berlin ihn verschlucken würde. Sie hatte Arbeit und sie war stolz darauf, ihr Leben allein im Griff zu haben.

Sie sprang auf eine Bahn auf, die gerade von der Haltestelle Greifswalder Straße abfuhr, und fand nah beim Schaffner einen Platz. Er grüßte, sie lächelte und zeigte pflichtbewusst ihr Billett. Wahrscheinlich sah er auch, dass es abgelaufen war und Minna längst wieder ein neues hätte kaufen müssen, aber er ignorierte es wohlwollend.

Nah der Danziger Straße lenkte der seit Wochen unveränderte Anblick des Gehwegs die Fahrgäste allesamt von ihren Zeitungen ab. Obdachlose und Tagelöhner harrten auf der Länge der Straße aus, um einen Platz im Schlafsaal zu ergattern. Dutzende, wenn nicht Hunderte, standen vor dem größten Asylheim der Gegend an. So ist das nun mal, dachte Minna zynisch, wenn man einen Krieg verliert.

An der Friedensstraße wechselte sie in eine kleinere Bahn, fuhr weiter in Richtung Friedrichshain und stieg dort am Park aus. Es war gespenstisch ruhig um das Städtische Krankenhaus. Bettler kreuzten ihre Wege, flehten sich gegenseitig an. Eine Mutter saß mit ihrem kranken Kind im Wagen neben dem Zeitungsstand und hielt ein Pappschild mit unleserlicher Schrift darauf hoch. Der Standverkäufer hatte einen Wassereimer griffbereit, aber er hielt es anscheinend mit der Alten aus. Zumindest durfte Minna ihr ein paar Pfennige in den ausgefransten Hut werfen, ohne dass er murrte.

„Gott sei mit dir, Kind."

Minna wusste nicht, was eine angemessene Erwiderung gewesen wäre, und nickte ihr stattdessen zu. Dann ging sie mit großen Schritten in Richtung der gusseisernen Tore des Städtischen, bog vor dem Klinkerbau in eine schmale Seitenstraße ein und erreichte die Klinik mit dem unübersehbar angeschlagenen Namen *Hof & Sallinger*.

Von den beiden Namensgebern hatte lediglich Doktor Sallinger die turbulenten Kriegsjahre überstanden. Friedrich Salomon Hof war dem europäischen Albtraum nicht gewachsen gewesen und hatte einen, für ihn einfacheren, Ausweg aus den Abgründen der menschlichen Seele gewählt. Mit einer Überdosis des Schlafmittels Veronal und einem teuer importierten Brandy.

Minna hatte gerade erst angefangen, in der Klinik zu arbeiten, als es passiert war. Hof und Sallinger hatten nach der Rückkehr der Soldaten unterschiedliche Ansichten bezüglich Aufnahmekapazitäten und Behandlungsansätzen gehabt, dennoch war die Klinik schnell dafür bekannt geworden, schwierige Fälle aufzunehmen. Wahrscheinlich, stellte Minna nicht wenig selbstironisch fest, war sie aus genau diesem Grund selbst dort gelandet. Seit sie von Dresden nach Berlin gezogen war, entwickelte sich auch ihr Leben zu einem hoffnungslosen Fall.

„Mann! Vorsicht!"

Die Tür vor ihr war urplötzlich aufgeflogen und Minna konnte der Person dahinter nicht mehr ausweichen.

„He! Hast du keine Augen im Kopf?"

„Doro?" Minna nahm die Arme, die sie schützend vor sich geworfen hatte, samt ihrer Tasche herunter und fauchte sie wütend an: „Was fällt dir ein, die Tür so aufzutreten? Denkst du eigentlich nie an deine Mitmenschen?"

„Ach ... das ist ja passend!", säuselte Dorothea und überhörte Minnas Anschuldigung. Ein triumphales Grinsen machte sich im Gesicht ihrer Kollegin breit und Minna ahnte, dass das nichts Gutes bedeuten konnte. Dorothea spielte nämlich gern die Überbringerin schlechter Nachrichten und hatte seit Anbeginn einen offensichtlichen Hass auf Minna. Dass dieser aus einem früheren Leben, einem verkorksten Abend in der Kneipe *Zur seligen Henne* rührte, konnte Minna nur noch dank verschwommener Erinnerungen nachvollziehen.

Prompt sollte sich Dorotheas Botenrolle erneut bestätigen. „Herr Doktor Sallinger will dich sprechen, Minnchen. Klang dringend, wenn du mich fragst. Hast ja kein Telefon oder so ... Sag, du hast doch nichts angestellt, oder?"

Minna stellte sich vorsichtshalber dumm. „Du weißt doch sonst immer alles. Was hat er gesagt?"

„Ich weiß von nix", sagte sie zuckersüß, trat zur Seite und tat ganz galant wie ein Schwarm beim Tanz. „Darf ich Sie hineinbitten, Mademoiselle?"

„Schwirr ab, Täubchen." Minna glättete ihre Schürze und zog an Dorothea vorbei in die Klinik.

Also direkt in sein Büro, dachte sie angefressen, das hatte ihr gerade noch gefehlt. Sie durchquerte den grün gekachelten Flur, in dem zurzeit nur wenige Patienten oder Ärzte zu sehen waren. Allein die Schwestern, die mit Minnas Ankunft schon auf eine kleine Pause aus waren, sahen von ihren Krankenblättern auf und verfolgten neugierig ihren Weg. Wussten sie bereits, um was es in ihrem Gespräch mit Dr. Sallinger gehen würde? Doros Andeutung brachte Minnas Gedanken ordentlich durcheinander. Was genau hatte der Doktor auf dem Herzen? Ging es um die Sache mit den Schmerzmitteln, die sie vor einiger Zeit hatte mitgehen lassen, um sich auf einer Feier damit zu benebeln – nur, um es dann doch sein zu lassen? Oder hatte er herausbekommen, dass sie manchmal eine Viertelstunde zu viel auf die Stundenzettel schummelte?

Sie würde es recht bald wissen, denn die Tür seines Büros stand offen.

„Eintreten, bitte."

„Herr Doktor?"

„Fräulein Dahl."

Doktor Sallinger saß tief versunken über aufgeschlagenen Lehrbüchern. Vor sich ein Papier mit Notizen, auf dem er ein Wort mehrmals in unterschiedlichen Farben eingekreist hatte. Seine hohe, drahtige Figur täuschte, denn er war überaus kräftig und hatte starke, ruhige Hände. Seine Gestik und seine Wortwahl verrieten, dass er aus einem anderen Jahrhundert stammte. Man sah ihm seine sechzig Jahre jedoch keineswegs an.

„Ich wollte gerade nach Ihnen schicken lassen, aber wie ich sehe, hat Frau Brandt erneut ihr gutes Gehör bewiesen und ist mir zuvorgekommen."

Sie nickte verlegen und trat ein. „Was kann ich für Sie tun?"

Es herrschte eine kühle Atmosphäre in seinem Büro. Seine unterbrochenen Überlegungen hingen spürbar in der Luft, verlangten weiter nach Aufmerksamkeit. Aber die galt nun Minna.

Der Doktor kratzte sich an einer auffälligen Stelle seines Kopfes, an der ein tiefer Kanal durch den Schädelknochen verlief. Eine mit dünner Narbenhaut überzogene Verletzung aus dem vorletzten Krieg. Minna wusste alles darüber aus langwierigen Operationen, in denen sie ihm assistiert hatte, und der damit verbundenen Zeit für seine Erzählungen. So ungefähr konnte man das Verhältnis zwischen ihnen beiden umreißen. Er erzählte gern und sie hörte zu, während sie die Handgriffe übernahm, die ihn seine Gelassenheit kosteten. Manchmal schickte er sie für Medikamente und Einkäufe quer durch die Stadt, was ihm ausreichend Zeit verschaffte, sich den Patienten zu widmen. Manchmal, das war überdeutlich, konnten die anderen Schwestern diese freundliche Sonderbehandlung für sie als Neuling nicht verstehen und versuchten hinter ihrem Rücken die Welt wieder ein wenig geradezurücken. War sie deswegen hier?

„Wir müssen in absoluter Vertraulichkeit sprechen, Fräulein Dahl." Doktor Sallinger stand auf, schob ihr einen Stuhl heran und schloss die Vorhänge, dann schaute er auf den Flur und schloss seine Tür ab.

„Was hat das zu bedeuten?" Minna bemerkte, dass sie bei der ganzen Geheimnistuerei ins Flüstern verfiel.

„Das würde ich Sie selbst gern fragen. Leiden Sie in letzter Zeit an starker Migräne?"

„Nein, wieso?"

Er hob mahnend den Zeigefinger. „Abwarten! Zweite Frage: Haben Sie einen Verwandten verloren oder stehen Sie eventuell unter Schockzustand durch eine gravierende Erfahrung in meiner Klinik?"

„Ebenfalls Nein."

„Ein Letztes noch. Ich klammere mich dabei an einen dünnen Strohhalm." Er setzte sich auf seinen Stuhl und verschränkte die Arme. „Haben Sie in letzter Zeit unerklärliche Wachphasen durchlebt? Somnambulie, um genau zu sein?"

Minna schüttelte erneut den Kopf. Ihr gefiel nicht, in welche Richtung das Verhör verlief. Worauf zielte er mit seiner Frage nach dem Schlafwandeln ab?

„Nein, ich schlafe fest und wache auch meistens in meinem eigenen Bett auf."

Die schnippische Bemerkung brachte Doktor Sallinger sichtlich aus dem Konzept. Seine rechte Augenbraue gefror einen Zentimeter über dem Normalzustand fest, bis er sich räusperte und sehr viel ernster wurde.

„Dann habe ich keine gute Nachricht für Sie, Fräulein Dahl. Ich schätze, Sie haben sich zwar mit den Regeln meiner Klinik zufriedenstellend vertraut gemacht, aber da es uns angesichts Ihrer Verfehlungen an psychisch bedingten Ausflüchten mangelt, sehen Sie mich mehr als indigniert." Er nahm ein Klemmbrett vom Schreibtisch und hielt es ihr kurz entgegen, bevor er es zurück auf den Schreibtisch legte und sich ihm erneut widmete. Sie hatte nicht einmal Zeit, über das seltsame Wort ‚indigniert' nachzudenken. „Sie erkennen diese Zeilen wieder, vermute ich? Das ist das Einstellungsschreiben, das ihr Vater unter Zähneknirschen signiert hat. Hier steht, Sie hätten von drei Schwestern das Gymnasium mit der besten Leistung abgeschlossen, wären für ein Jahr kriegsbedingt auf die Schwesternschule für höhere Berufung gekommen, wären dann freiwillig und mit großem Eifer ins Lazarett gewechselt, hätten dort einen kurzen Dienstanschluss in einer Badeanstalt vollzogen, und seien dann wieder in das bürgerliche Leben entlassen worden. Bis zum Kriegsende hätten sie geholfen, in Dresden Plakate und Flugblätter für Liebesgaben und Kriegsanleihen zu entwerfen. Ich habe übrigens selbst viel zu viele Anleihen aufgekauft, habe ich das mal erwähnt?"

Minna spürte einen Kloß in ihrem Hals, der mit jedem seiner Worte anschwoll. „Das ist alles richtig. Daran hat sich auch nichts geändert."

„Nun, dann verzeihen Sie mir, wenn ich ein wenig die Langmut verliere, aber wie um alles in der Welt setzt sich eine so hervorragende Existenz zusammen und stellt dann einen so groben Unfug an wie vorige Nacht?“

„Das ... ich wollte nicht –“

„Aha!“ Trotz des Flüstertons war sein Ausruf markerschütternd. Er hatte sie am Schlafittchen. „Wusste ich es doch, dass meine Sinne keiner Täuschung unterlagen. Machen Sie sich frei von schlechtem Gewissen, Fräulein Dahl, und erzählen mir auf der Stelle, was Sie in der Leichenhalle meiner Klinik zu suchen hatten. Verschweigen Sie mir auch nur einen Umstand, eine vorausgegangene, gleichgeartete Tat, sehe ich mich genötigt, die Ordnungshüter herzubeordern.“

„Nein, ich ... Das verstehen Sie falsch!“

„Ich verstehe zunächst einmal, dass ich mich selbst strafbar mache, wenn ich eine Leichenfledderin in meinem Spital beschäftige.“

„Ich bin keine –“ Sie wollte das Wort nicht aussprechen.

Doktor Sallingers Geduld spannte sich sichtlich bis aufs Äußerste an. Er klammerte sich bereits mit beiden Händen an seinen Schreibtisch aus rotem Tropenholz. So fest, dass die Knöchel weiß hervortraten.

Minnas Haltung verkrampfte sich ebenfalls. „Ich erkläre Ihnen alles. Bitte. Es wird nicht nötig sein, mich bei der Polizei zu melden. Sie müssen niemanden rufen.“

„Auch nicht Ihre Eltern? Ich hätte nicht wenig Lust dazu, wenn Sie verstehen.“

„Ich verstehe ... aber das muss nicht sein." Minna warf einen Blick in den Raum hinter ihr. Sie hatte doch niemandem wehgetan oder etwas Bösartiges angestellt.

„Also?"

„Es verhält sich folgendermaßen ..." Sie sog tief Luft ein und fing ohne Umschweife an, zu erzählen. Von ihren Zeichnungen und den ungewöhnlichen Motiven, von ihrem Wunsch, irgendwann Mitglied der Berliner Secession zu werden und ihre Kunst ausstellen zu dürfen. Auch ein kleines Zusammentreffen mit ihrem Idol Käthe Kollwitz ließ sie nicht aus. Hatte diese doch eine ältere Zeichnung von ihr gelobt und Minna damit in dem Wissen bestärkt, auf dem richtigen Weg zu sein.

Ohne es zu ahnen, verbrachte sie eine halbe Stunde damit, ihrem Vorgesetzten alles genau zu erläutern. Doktor Sallinger unterbrach sie nicht ein einziges Mal, schob allerhöchstens eine Hand über die andere oder rieb sich das glattrasierte Kinn. Zu ihrer Beunruhigung schien er wenig überrascht von dem, was sie vorzutragen hatte.

„Das ist alles", sagte sie, am Ende angelangt. „Mehr gibt es nicht zu sagen. Es tut mir wirklich schrecklich leid, falls –"

„Schweigen Sie, Fräulein Dahl. Bitte. Ich habe genug gehört." Er stand auf und streckte fordernd die Hand aus. „Überreichen Sie mir unversehens die Mappe mit Ihren Zeichnungen."

„Das geht nicht", platzte es aus ihr heraus. „Die brauche ich!"

„Sofort!" Doktor Sallingers Stimme hatte den Kokon ihrer verschwörerischen Ruhe verlassen. Hörten die anderen auf dem Flur, was zwischen ihnen vorfiel?

Lauschte Dorothea bereits an der Tür? „Ich will es sehen!"

Minna zog hastig ihre Tasche unter dem Stuhl hervor, öffnete den Verschluss und überließ ihm die heiß geliebte Ledermappe.

„Danke."

„Es sind nur Skizzen", beteuerte sie. „Es wird nicht wieder vorkommen."

Doktor Sallinger überhörte diese Bemerkung und ging jedes der Blätter nach und nach durch. Manchmal steckte er eines zurück in den Stapel, zog es dann später wieder hervor und verglich es mit einem anderen. Es war, als erstellte er für sich eine eigene Reihenfolge, nur war Minna das Kriterium seiner Auswahl gänzlich unbekannt. Irgendwann nahm er den Stapel Zeichnungen und schloss die Mappe in seinem Tresor ein.

„Was kann ich noch sagen, um mich zu entlasten?"

Der Doktor formte auf ihre Frage hin mit seinen Fingern eine Pistole und zeigte auf den Tresor. „Sie haben sich mir geöffnet. Um ehrlich zu sein, bin ich tatsächlich über alle Maßen erleichtert. Ich hatte Sie die Nacht über in meinen Überlegungen aus den dunkelsten Blickwinkeln heraus betrachtet. Und das gesagt ...", der Doktor stockte, denn ein leichtes Lächeln eroberte mit einem Mal seine Lippen, „... könnte man behaupten, dass ich sogar beeindruckt bin. So viel Talent, so viel Hingabe für die Verfassung des menschlichen Körpers. Ich hätte eine solch spezielle Begabung niemals von Ihnen erwartet."

„Wirklich?"

Er schüttelte abwehrend den Kopf. „Aber das ist nur meine eigene Freude an der Schaffenskunst und sicherlich keine weithin akzeptierte Meinung. Sie verstehen, worauf ich hinauswill? Ich werde Konsequenzen ziehen müssen."

Minna standen die Tränen in den Augen, aber sie wollte nicht weinen. „Heißt das, Sie setzen mich auf die Straße?"

„Denkbar."

In ihrem Inneren spürte Minna den zarten Faden reißen, der ihre Anstellung im Krankenhaus bedeutet hatte. Hätte sie doch niemals der Verführung nachgegeben, die Toten ausgerechnet an ihrem Arbeitsplatz zeichnen zu wollen. Verzweifelt sprang sie auf und lief bis an den Rand seines Schreibtisches, faltete die Hände ineinander. „Ich weiß aber nicht, wohin. Ich gehöre doch hierher."

„Sie haben alles aufs Spiel gesetzt und verloren, Minna. Trägt der Spieler seine Schulden nicht mit Würde?"

„Nicht in diesem Fall", gab Minna zu.

„Nein. Das können Sie nicht und das sehe ich. Ihr Fehlverhalten zwingt mich zu großer Kreativität, was Ihre weitere Anstellung in meinem Dienst betrifft."

Minna ließ sich zurück auf ihren Platz fallen. Ihre rastlos auf den Knien abgelegten Finger verknoteten sich förmlich vor Anspannung.

„Was soll ich tun?", fragte sie nervös. Was konnte er von ihr verlangen? Zu was war dieser Mann imstande?

„Nicht was, sondern wo. Hier können Sie nicht bleiben. Das steht außer Frage. Ihr Geheimnis trübt unsere Zusammenarbeit, sie wird schon bald auch Ihre Beziehung zu den Ärzten und Schwestern trüben. Bedenken Sie: Ich verlasse mein Büro nachts nur in dringenden

Fällen. Die Schwestern wiederum, wer weiß, wie man sich schon das Maul über Sie zerreißt, Fräulein Dahl. Allein, dass ich Sie herrufen ließ und das Gespräch sich in die Länge zieht. Es ist offensichtlich, dass Sie zum Gesprächsthema würden. Das wird Ihnen nahegehen, verstehen Sie? Das liegt in der menschlichen Natur. Nur, ein so vernebelter Kopf kann mir nicht assistieren."

„Sie wollen wirklich, dass ich weiter für Sie arbeite?"

„In Anbetracht unserer derzeitigen Konjunktur setze ich niemanden leichtfertig auf die Straße, wenn ich nicht muss. Sie werden eine Anstellung erhalten. Nur nicht hier."

„Wo dann?"

Er wies die Frage mit einer Geste ab. „Da machen Sie sich mal keinen Kopf, wo ich doch gerade dabei bin, diesen zu retten. Ich werde Sie ultimativ auf die Probe stellen. Vertrauen Sie mir, Fräulein?"

Minna sagte nichts und nickte nur heftig. Am liebsten wäre sie ihm um den Hals gefallen und hätte ihn geküsst wie ein Kind, das den Stockschlägen um ein Haar entgangen war.

„Wohlan, ich muss meine Bibliothek nach einer dringenden Antwort durchforsten. Melden Sie sich bei der Oberschwester ab. Quittieren Sie per Formblatt Ihre Stelle. Ich erledige den Papierkram für die neue Arbeit und veranlasse die Überweisung Ihres letzten Salärs."

„Heißt das, ich bin von nun an privat bei Ihnen angestellt?"

„So könnte man es sagen. Aber bitte, gehen Sie jetzt. Meine Zeit ist kostbar. Ich melde mich bei Ihnen."

Minna verabschiedete sich und meldete sich wie angewiesen bei der Oberschwester ab. Diese verzog keine Miene bei der Bemerkung, dass Minna nicht mehr in der Klinik arbeiten würde. Statt einer gesunden Neugier zeichnete sich in den Gesichtern der Kolleginnen am Ende des Flurs nur Ärger ab. Ärger darüber, dass sie heute Überstunden schieben würden. Die Tür ins Freie ließ sich noch nie so schwer öffnen wie an diesem Morgen.

Zurück in ihrer ausgekühlten Wohnung ging Minna geradewegs ins Schlafzimmer und ließ sich aufs Bett fallen. Ohne den Ofen von der alten Asche zu befreien und ohne neues Feuer anzufachen. Sie weinte minutenlang die überstandene Angst hinaus, die sich wie ein Tier in ihrer Brust verbissen hatte. Die Sonne war dabei, zu versinken, als sie sich endlich beruhigte und die Stimmen von Hausbewohnern den Flur hinaufschallten. Die Morgenschichten läuteten den Feierabend ein.

Minna rieb sich das Gesicht an ihrem Laken ab und reckte den Kopf. Um sie herum lagen die verbliebenen Zeichnungen der Toten, die sie in diese missliche Lage gebracht hatten. Versteckt zwischen Buchdeckeln und Papierstapeln.

Minna rappelte sich vom Bett auf, ging zu einem Atlas auf ihrem Schreibtisch und zog die Zeichnung eines Jungen heraus, die sie dort zum Pressen hineingelegt hatte. Trotzdem musste sie gegen das störrische Papier ankämpfen, das sich an den Seiten wieder aufzurollen versuchte. Es war mittlerweile zu dunkel in der Wohnung, um alle Feinheiten zu erkennen. Eine Kerze musste her. Minna warf sich eine dünne Strickjacke vom Kleiderhaken über, holte Streichhölzer aus ihrer klapprigen Kommode und ging in die Küche. Dort entzündete sie eine fast abgebrannte Kerze auf dem Küchentisch und betrachtete das Papier im aufflackernden Licht.

Was für eine Schönheit. Ein Engel, der die Erde nicht hatte verlassen wollen. Der Junge lächelte noch, obwohl ihn die Unterwelt zu sich gerufen hatte, dachte Minna gerührt und stieß dabei ungeschickt mit einem Bein gegen das erkaltete Ofenblech. Sie griff zum Kehrblech und machte sich an die Arbeit.

Der Anblick des Jungen ging ihr nicht aus dem Kopf. Auch, als sie dem Holz im Ofen auf die Sprünge half, zu entflammen, formte sich aus den hellen Kränzen um das Feuerholz sein Gesicht. Was war das für ein Tod, der nicht vollständig die Flammen zu erlöschen vermochte? Der Menschen wie Minna die Angst nicht nahm, diesen Ort endgültig zu verlassen, um zu einem anderen zu gelangen?

Kurz war sie davor, die Zeichnung zu zerknüllen und in den Ofen zu schmeißen. So wütend war sie über ihre Sorge, sie könnte wie ihre Motive zwischen den Sphären hängen bleiben. Nur weil der Schnitter nicht auch die Erinnerungen töten wollte. Doch als Minna an sich herabsah, ruhte da zwischen ihrer Hand und ihrem Herzen das Papier wie eine Membran. Hob und senkte sich mit jedem Atemzug als Teil ihres Körpers.

Ich möchte auch so gezeichnet werden, dachte sie plötzlich und spürte keine Kraft mehr, sich länger gegen ihre Gedanken zu wehren. Wo genau wollte sie sein? In welcher Form im Nachleben existieren?

Minna geriet in einen Strom aus Unruhe, den sonst nur Freunde aufzuhalten vermochten. Aber sie war allein in ihrem Zimmer. Da war niemand, der ihr Halt geben konnte. Wäre Doktor Sallinger bei ihr gewesen, er hätte sie erst wachrütteln müssen, um ein Wort aus ihr herauszubekommen.

Was für ein Charakter! Minna presste die Lippen aufeinander. Jeder andere hätte sie hochkant hinausgeworfen.

Obwohl das im Auge des Betrachters lag, nicht?

Vielleicht ging es ihm nicht darum, Minna aufzuwecken. Womöglich wollte er sie einfach von der Stelle bewegen. Sie loswerden, weil er so eine Abartigkeit nicht duldete.

Innerlich leer fing sie bei diesem ungerechten Gedanken an zu weinen.

Was zum Henker stimmte nicht mit ihr?

14.08.1919

Einen Monat später kam der Sommer zurück, und Minna saß im Zug in Richtung Westen. Sie wechselte zweimal die Zuglinie, fuhr zeitweise sogar wieder in Richtung Berlin, überquerte dabei einen großen Fluss und verlor allmählich das Gefühl für die Städtenamen, bis selbst diese nicht mehr auftauchten und die Bahn einfach nur geradeaus fuhr. Durch enge Tunnel in den Hängen schroffer Berge, vorbei an gut genährten Wasserfällen, deren Rauschen sich mit dem Schnaufen der Lokomotive vermischte. Sie hielt die ganze Zeit über ihr Skizzenbüchlein in den Händen und wartete auf den Kuss der Muse. Ein üppiger Baum oder ein glänzender Fluss hätten gereicht. Doch ihr kam alles stumpf und belanglos vor. Sie hatte angefangen, den Blick aus dem Fenster zu zeichnen, war dabei eingeschlafen, und als sie wieder aufwachte, war die Landschaft nicht mehr dieselbe. Gelangweilt von der Einsamkeit in ihrem Abteil holte sie die Morgenausgabe des Berliner Volksblatts heraus und überflog die Schlagzeilen. Es war ein seltsames Gefühl, sich auf den Schienen quer durchs Land zu bewegen, während in der Hauptstadt fundamentale Dinge passierten. Sicherlich, sie kannte sich zu wenig aus mit den Vorgängen in der Regierung, aber sie musste kein gestandenes Parteimitglied sein, um das Inkrafttreten der neuen Verfassung bemerkenswert zu finden. Die restlichen Nachrichten wiederum wiederholten sich seit Wochen. Soldaten in Gefangenschaft sollten heimkehren, aber niemand wusste wie. Menschen litten Hunger, aber eine verlässliche Lösung gab es nicht. Hier und da schimmerte zwischen den Zeilen der Redakteure durch, dass die niedergeschlagene Revolution eine verpasste Chance gewesen sein mochte. Doch neue Gewalt wünschte sich niemand.

Die Geschehnisse in dieser Welt verloren für Minna jegliche Bedeutung, wenn sie den Brei jeden Tag durchkaute. Zur Ablenkung blätterte sie in der Zeitungsbeilage. Die ULK, ein scharfzüngiges Witzblatt, hielt nicht mit ihrer Kritik hinterm Berg. Das Volk, die Politiker, die Reichen, alle bekamen ihr Fett weg. Leider währte dieses Vergnügen nur kurz. Zeitung und Beilage waren zügig ausgelesen, doch noch konnte Minna sich ein wenig mit dem Buch *Petersburg* von Andrei Bely beschäftigen. Seine Worte erzeugten einen Sog, der bis zum Ende der Geschichte anhielt. Was ihr danach blieb, war Sallingers Brief. Der Doktor hatte ihn in einen großen Umschlag zu den Fahrkarten gelegt. Im runden Siegelwachs glänzten die Initialen H. u. S., gerahmt von zwei Ähren.

Minna erkannte sich selbst seit Fahrtbeginn nicht wieder. Normalerweise hätte sie sich darauf gestürzt und ihn sofort geöffnet. Allerdings entschied der Inhalt über die nächsten sechs Monate ihres Lebens. Grund genug, ihn aufzuschieben.

Als die restlichen Ablenkungen verwirkt waren, holte sie das Schreiben aus dem Umschlag und brach das Siegel mit den Fingernägeln auf. Was half es, wenn sie sich die restliche Fahrt über nicht traute? Sie würde ja spätestens bei ihrem Ausstieg nachsehen müssen.

Der Brief selbst bestand nur aus einer halben Seite. Unmittelbar erkannte sie in den kleinen, minutiös verfassten Buchstaben die Handschrift des Doktors. Seine Fähigkeit, simpler schwarzer Tinte etwas Bedrohliches zu verleihen, verstärkte ihr schlechtes Gefühl.

Hoch verehrtes Fräulein Dahl,

es freut mich, dass Sie sich der Bedeutung Ihrer Situation bewusstgeworden sind und das Angebot annehmen, das Sie nach getaner Arbeit wieder mit einer Anstellung in Berliner Luft vereinen soll. Diese Probe ist, wenn auch auf den ersten Blick einfach, mit einigen Tücken behaftet. Ihre Dienste werden in einem kleinen Ort namens Mühldorf benötigt. Seit eine Unzahl katastrophaler Zustände sich nach Ausbruch des Krieges verfestigt hat, ist Mühldorf einer der wenigen Kurorte, an denen Soldaten ohne gesellschaftliche Stütze, aber mit monetärem Rückhalt aufgenommen werden. Das sporadisch eingesetzte medizinische Personal folgte vor kurzem den verlockenden Rufen besserer Anstellungen gen Stadt. Ihre Patienten werden Ihnen die sorgsame Rundumpflege also sicherlich zutiefst danken. Wie ich auch sicher bin, dass Ihnen selbst der Abstand zu den Kellergewölben meiner Klinik die Augen öffnen wird. In der Hoffnung, dass Sie alsbald zu frischen und lebendigeren Motiven finden, ist ihr Aufenthalt in diesem Kurort auch teils zur Verbesserung Ihrer eigenen, nennen wir sie mutig ‚Krankheiten', gedacht. Halten Sie sich an das örtliche Personal und überbringen Sie Herrn Doktor Wilhelmsen, der Sie an der Hal testelle begrüßen wird, meine exquisiten Grüße. Ihnen stets postalisch zur Verfügung,

Dr. med. K. L. Sallinger

PS: Wie besprochen halten Sie sich bitte an den Schaffner, der Ihnen bei Ihrer Destination mit dem Gepäck helfen wird.

Die Stimme des Doktors, die sie beim Lesen im Kopf hatte, verstummte und ließ einen Raum voller Fragen zurück. Fragen, so dringend, dass Minna für eine Sekunde von ihrem Platz aufsprang, den Brief mit beiden Armen ausgestreckt vor sich hielt und sich nach den Antworten umschaute. Was, um alles in der Welt, hatte er mit ihr vor? Wieso schickte er sie in ein Dorf voller pflegebedürftiger Soldaten? Dieses höchst seltsame Szenario wäre ihr niemals in den Sinn gekommen, als sie ihre Reise antrat. Insgeheim hatte sie gehofft, dass der Doktor Minna einem befreundeten Arzt, einer Klinik oder einem Sanatorium auslieh. Dann hätte sie jemanden gehabt, den sie um Rat hätte fragen können.

„Wilhelmsen ..." Sie überflog die letzten Zeilen und merkte sich den Namen gut. Ein Kollege Sallingers schien in Mühldorf ansässig zu sein. Diese Erkenntnis beruhigte sie allmählich. „Immerhin."

Der Rest des Briefs blieb so enigmatisch wie der Hinweis auf der Fahrkarte, dass sie gegen vier Uhr dreißig ihren Halt erreichen würden. Bei dem Blick aus dem Fenster aber konnte das unmöglich sein. Es war zehn Minuten vor halb fünf und an diesem Teil der Strecke gab es nichts. Keine Häuser, keine Straßen und erst recht keinen Bahnhof.

Wie gerufen klopfte es an die Abteiltür. „Fräulein Dahl?“

Minna fuhr geradewegs in die Höhe. „Ja?“

Das Gesicht des Schaffners lugte durch einen Spalt in der Tür und sah Minna fragend an. „Ich ... also ... Sie müssen sich aber doch gleich bereitmachen, Fräulein! Wir können nicht viel Zeit auf den Ausstieg verwenden.“

„Sind wir denn schon da?“

„Kaum mehr sieben Minuten von hier“, antwortete er und trat ein. „Bitte. Ich nehme Ihre Koffer.“

„Ich wusste nicht, dass wir so zeitig ankommen.“ Sie sah betreten auf den Brief und steckte ihn hektisch zurück in den Umschlag. Der Schaffner griff an ihr vorbei auf die Gepäckablage.

„Schon gut, lassen Sie mich das machen“, meinte Minna und stopfte den Brief und das Büchlein in ihre Handtasche, setzte ihren gelben Sommerhut auf und streckte die Hand nach ihrem Koffer aus.

„Glauben Sie mir, Sie wollen, dass ich Ihnen zur Hand gehe“, behauptete der Schaffner und holte den großen beigen Reisekoffer von der Ablage. Minna spürte, dass der Zug allmählich an Fahrt verlor. „Außerdem muss ich Ihnen beim Abstieg über die Leiter helfen. Wollen wir also?“

„Wie charmant.“ Minna runzelte die Stirn und folgte dem Schaffner aus dem Abteil über den schmalen Zwischengang bis zum Ausstieg. Mitten in einer Kurve kam die Lokomotive zum Stehen. Durch das Fenster sah Minna nicht viel, außer den zerklüfteten Hang des

Bergs, der von niedrigen Gräsern und gelblichen Flechten überwachsen war.

„Ich bin sofort wieder zur Stelle."

Der Schaffner öffnete mit einem Ruck am Hebel die Tür, kletterte die Leiter hinab, griff nach Minnas Gepäck und verschwand. Kurz darauf kam er wieder zu ihr hoch und streckte ihr die Arme entgegen.

„Kommen Sie, Fräulein Dahl. Ich habe Signal zum Halten gegeben. Der Zug fährt nicht los, bevor ich nicht pfeife."

„Welche Haltestelle ist das?", wollte Minna wissen und bemühte sich, ihr Kleid in den Griff zu bekommen. Sie hielt sich am Geländer fest und lehnte sich hinaus. Nichts. Hier gab es keinen Bahnhof. Der Schaffner stand gut eine Körperlänge tief unter ihr am Hang. Das Gleisbett war an dieser Stelle nicht vom Waldboden zu unterscheiden.

„Fräulein, bitte. Ich habe dem Doktor einiges zu verdanken, aber je länger wir hier stehen bleiben, desto eher kostet es mich meinen Kopf." Er wurde äußerst nachdrücklich. „Wenn ich also bitten dürfte?"

Minna sagte nichts, senkte ihre Handtasche herab und ließ sie auf den Boden fallen. Dann kletterte sie die erste Sprosse hinab und fühlte den Griff seiner Hände oberhalb ihrer Hüfte, wie sie versuchten, ihr Gewicht aufzufangen.

„Ich werde Ihnen nicht zu nahekommen", schnaufte er angestrengt und wandte dabei tatsächlich den Kopf ab.

Minna kletterte weiter hinunter, ließ auf der letzten Sprosse los und vertraute darauf, dass er sie halten würde. Problemlos setzte er sie auf dem Boden ab, nahm seine Mütze vom Kopf und verbeugte sich kurz.

„Danke, dass es so schnell ging", sagte er kurzatmig und blies in seine Trillerpfeife. Der Zug fuhr sofort an und der Schaffner lief das erste Stück der Anfahrt noch nebenher. Dann sprang er mit dem Geschick einer jungen Gazelle auf das Trittbrett.

Minna ließ ihre Sachen zurück und folgte ihm verwirrt. „Sie haben meine Frage nicht beantwortet. Wo genau bin ich hier?"

„Das hat der Doktor Ihnen doch sicherlich gesagt, oder?" Der Zug wurde schneller. Minna kam nicht mehr hinterher, denn das stramme Kleid erlaubte nur kleine Schritte.

„Nein!", rief sie ihm nach. „Hat er nicht!"

„Das hier ist das Tal am Breitbach. Da unten liegt Mühldorf!"

„Kommt mich jemand abholen?" Ihre Frage wurde vom kreischenden Signal der Dampflok verschluckt. Der Schaffner zeigte auf seine Ohren und schüttelte den Kopf. Er konnte sie nicht mehr hören. Dann stieg er ein und Minna blieb auf der Stelle stehen, beobachtete, wie die Bahn in der Entfernung kleiner wurde und dann endgültig in einem Tunnel verschwand.

Sie drehte sich zu ihren Sachen um.

„Das wird ja immer besser."

Zähneknirschend ging sie zu ihrer Tasche, griff nach dem Brief und las ein zweites Mal. Wilhelmsen, ja, das war der einzige Name, der hier genannt wurde. Der würde hoffentlich bald vorbeikommen, um sie abzuholen. Oder ... hatte man ihr übel mitgespielt und es war gar nicht üblich, dass die Leute aus Mühlbach oder

Mühldorf oder wie auch immer das hier hieß in der Kurve aus dem Zug stiegen?

Genervt stieß sie ihren Koffer um und setzte sich obenauf. Ein tiefer Seufzer löste sich aus ihrer Brust und Minna lauschte in die Natur. Die Abwesenheit der Bahn hinterließ eine Leere, in die Vogelstimmen und Blätterrascheln drangen. Vom Berghang hinter ihr ging eine leichte Kühle aus, die unter ihren Füßen entlangzog und einen Hauch von verbrannter Kohle mit sich trug. Minna blinzelte, dort wo das grelle Sonnenlicht sich durch das Geäst wühlte, auf den Boden traf und das Grün erhellte. Die Fächer kleiner Farnwedel leuchteten auf, die sich zwischen hoch gewachsener Bärenkralle und trockenen Brombeerbüschen ausgebreitet hatten.

Es waren wohl erst fünf Minuten verstrichen, doch Minnas Geduld ließ spürbar nach.

Sie dachte an das Etui in ihrer Handtasche, in dem sie ein paar Zigaretten aufbewahrte. Sie entschied sich gegen das Rauchen, auch weil sie nicht wusste, ob das ausgetrocknete Gras unter ihren Füßen nicht sofort Feuer fangen würde. Ohne den Fahrtwind des Zuges flirrte die Sommerhitze über dem Tal und heiße Winde stiegen zwischen Tannen und Eichen zu ihr hinauf.

Minna entdeckte eine Schneise im Wald, durch die sie hinaus bis zum Horizont blicken konnte. Die Landschaft konnte sich sehen lassen.

Das Tal unter ihr war geformt wie der Faustabdruck eines Riesen, als habe er sie in frischen Ton gedrückt und das Ergebnis danach im Ofen für die Ewigkeit eingefangen. An den Rändern wölbten sich Gesteinsmassen zu glatten, steil verlaufenden Gebirgszügen. Auch im Tal selbst schob sich zwischen die Wipfel der Bäume hier und da ein turmgleicher Felsen. Nach und nach filterte Minnas Gehör aus der Umgebung die Geräusche einer Fabrik heraus, nur sehen konnte sie diese nicht.

Neugierig stand sie vom Koffer auf, ging ein paar Schritte auf die Waldkante zu und spähte den Hang hinunter.

Wenn Mühldorf dort unten verborgen lag, musste Herr Doktor Wilhelmsen zu ihr rauf. Oder traf sie ihn weiter abwärts? Nein, das konnte sie sich nicht vorstellen. Auch ein Doktor Sallinger dürfte wissen, dass eine junge Frau sich mit einem knöchellangen Kleid keinen Steilhang hinabwagen würde.

Nach weiteren Minuten der ereignislosen Warterei ertönte eine Stimme. Erst zaghaft, dann wiederholend. Jemand rief Minnas Namen.

Erst wusste sie nicht, woher die Stimme kam. Dann meinte sie, einen Umriss zu erkennen, der zwischen den Bäumen hin und her wankte.

„Herr Doktor Wilhelmsen?", erwiderte Minna den Ruf, und es schwang ein wenig mehr Hilflosigkeit mit, als sie eigentlich empfand. Schließlich war sie kurz davor gewesen, selbst loszugehen und die Dinge in die Hand zu nehmen.

„Fräulein Dahl?"

„Ich bin hier oben!"

Beim Anblick des Doktors, als dieser durch die Büsche brach, war Minna erleichtert. Doktor Wilhelmsen war ein Mann mit einem kräftigen Kreuz und brachialen Händen. Eine davon umklammerte den Griff einer schwarzen Ärztetasche. Im Gesicht trug er einen dichten Bart von den Wangen bis über den Adamsapfel.

Nach seinem Aufstieg gönnte er sich keine Verschnaufpause, stellte sicher, dass sein hellgrauer Hut saß, und streckte ihr die Hand entgegen.

„Freut mich, dass ich Sie hier in einem Stück vorfinde."

Minna machte einen Knicks und wartete statt des Handschlags auf seine Verbeugung, aber die blieb aus. Er wischte sich mit einem Schnupftuch die Schweißperlen von der Stirn und blinzelte in die Sonne. „Wir haben endlich Sommer."

„In Berlin hatten wir wochenlang kaum mehr als zwölf Grad", erwiderte sie reflexartig und holte die Zeitung aus ihrer Handtasche, um sich Luft zuzufächern.

„Ist das so?"

Minna nickte, dann trat Stille ein. War nicht eigentlich ein guter Zeitpunkt gekommen, um zu besprechen, wieso sie hier war? Minna sah ihn erwartungsvoll an, aber weit gefehlt. Der Doktor bot an, ihren Koffer zu tragen, machte jedoch keine Anstalten, das Gespräch fortzusetzen, sondern lediglich ein unzufriedenes Gesicht, als würde seine Kavalierspflicht ihn den Rücken kosten. Schweigend gingen sie auf einem deutlich angenehmeren, aber weiter abgelegenen Waldpfad den Hang hinunter. In jeder Kurve der Serpentinen stellte er den Koffer und seine Arzttasche ab, wechselte die tragende Hand und ächzte unter der Last des Gepäcks. Seine Körpergröße täuschte eine entsprechende Kraft wohl nur vor, dachte Minna und versuchte mehrfach den Einstieg in ein Gespräch. Nach einer durchwanderten Dreiviertelstunde hielt sie die peinliche Stille zwischen ihnen nicht mehr aus und schlug eine Pause vor.

Im Schatten einer stattlichen Buche setzte sie ihren Hut ab. „Sie sind hier in dieser schönen Gegend geboren, Herr Doktor?“, fragte sie interessiert, um endlich Herrin der Lage zu werden.

„Ich?“, fragte er verwundert. „Nein, ich komme eigentlich aus dem Norden. Nahe Emden.“ Es blieb dabei: Er war kurz angebunden. Genervt glättete er mit der Hand die krausen Barthaare um sein Kinn. Minna konnte den wehmütigen Seefahrer in ihm schlummern sehen, zu dem er sich nicht entwickelt hatte.

„Aber jetzt sind Sie hier, und ...“

Doktor Wilhelmsen schüttelte den Kopf und wehrte die Frage mit den Händen ab, noch bevor Minna sie zu Ende gestellt hatte.

„Schauen Sie, Fräulein. Ich kenne die Beweggründe nicht, wieso mein hochgeschätzter Kollege derartige Konsultationsreisen von Ihnen verlangt, aber ich muss Sie wohl oder übel enttäuschen. Ich kann Ihnen kaum etwas zu Mühldorf erzählen, denn ich hielt mich selbst nur wenige Monate zur medizinischen Versorgung der Patienten hier auf. Vor kurzem habe ich eine höhere Dienststelle in einer radiologischen Versuchsklinik angeboten bekommen und bin aus Mühldorf fortgezogen.“

„Können Sie mir verdenken, dass ich mehr wissen will?“, fügte sie seiner Erklärung säuerlich hinzu. „Ich wurde in einen Zug gesetzt mit einem Schreiben in der Hand, wohin ich zu gehen habe. Aber ich weiß nicht, was mich dort erwartet.“

Doktor Wilhelmsens Augen verfinsterten sich. Seine Stimme war voll bissigen Sarkasmus. „Dann ergeht es

Ihnen ja ungefähr so, wie Millionen von Männern vor vier Jahren."

Minna rann bei seinen Worten ein Schauer über den Nacken. Sie wollte es sich um Gottes willen nicht mit diesem Mann verscherzen und zum Glück kam er ihrer überstürzten Verteidigung zuvor, indem er eine rote Mappe aus seiner Arzttasche zückte.

„Werfen Sie einen Blick hinein, während wir weitergehen. Ich denke, das wird den Löwenanteil Ihrer Fragen klären."

Er nahm das Gepäck und ging an ihr vorbei. Minna schloss schnell auf und fing an zu lesen. Die Mappe war recht dünn und es gab keine Einträge in den verschiedenen Reitern. Nur ein einziger Name stand dort.

Paul Frauenlob.

„Nur ein Patient?", fragte sie erstaunt.

„Es gibt keine anderen mehr."

„Wieso?"

„Wieso? Was denken Sie? Verstorben, verzogen, genesen. Das ganze Programm."

Minna lachte verzweifelt. Das musste ein schlechter Scherz sein. In dem Brief war von einem ganzen Dorf die Rede gewesen. Auf einmal reduzierte sich ihr Aufgabenbereich auf einen einzigen Patienten? Sie hätte sich ja gefreut, aber nicht darüber, sechs Monate an einem einzigen Krankenbett Wache zu halten. Außerdem hatte es dieser Fall in sich. Das verrieten die Vermerke und Rezeptblätter, die mit rostigen Büroklammern der Akte angefügt worden waren.

„Paul Frauenlob litt nach dem Krieg an der Spanischen Grippe", las sie laut vor und hoffte, dass der Doktor abseits seiner Aufgabe als Kofferträger noch ein wenig Fachwissen für sie übrig hatte. „Der Ansicht Ihrer Vorgänger nach hat er dabei eine Schlafkrankheit entwickelt."

„Die Symptome sind nicht eindeutig", gab Wilhelmsen zu verstehen. „Ich hatte damals Schwierigkeiten, ihn in einem wachen Moment zu erwischen. Zugleich versicherte man mir, dass er ausreichend trank und aß."

Minna wollte ihm eine weitere Frage stellen, doch ihre Aufmerksamkeit driftete vom Inhalt der Akte hinüber zu einer Brücke, die weiter vor ihnen auftauchte. Am hinteren Ende stand ein Mann, der an einem Handkarren lehnte. Sobald sie dort ankamen, das ahnte sie, würde der Doktor das gerade begonnene Gespräch sofort beenden und sie abgeben. Wilhelmsen gab ein Handzeichen, das mit einem Nicken des Fremden bedacht wurde und Minnas Vermutung untermauerte. Sie bat den Doktor, langsamer zu gehen, und tat so, als schmerzten ihre Füße.

„Und die Medikamente?", wollte sie wissen, während sie die Schnallen ihres Koffers öffnete, ziellos herumkramte und zu ihm aufsah.

„Das ist eine höllische Mischung", gab er zu. „Er bekam früher Aufputschmittel. Aber nur Buschpflanzen. Keine europäischen Anbauten. Ich habe gelesen, dass er daraufhin Fieber entwickelte und man ihm mit Gewalt fiebersenkende Mittel verabreichen musste. Sein Körper reagierte sehr schlecht auf die Therapie und der Zustand verschlimmerte sich. Ich selbst habe empfohlen, die Dosis aller Medikamente zu reduzieren und ein breiteres Spektrum an Nervenheilmitteln zu geben. So kann er die letzten Tage seines Lebens in Würde verbringen. Lesen Sie sorgfältig die letzten beiden Einträge. Derartige Schmerzmittel gebe ich nicht grundlos.“ Er lachte plötzlich heiser und sah Minna herausfordernd an. „Wer weiß? Vielleicht ist das der Grund, warum Sie hier sind? Ein Engel für das letzte Geleit?“

Minna sah ihn erschrocken an. „Sie gehen davon aus, dass er in Kürze sterben wird?“

„Ich vergaß, Sie sind ja nur eine Schwester.“ Er wartete kurz ab, wie Minna reagierte, aber seine Bemerkung konnte er sich schenken. „Verzeihen Sie, wenn ich Sie mit meinen Fachausdrücken ermüdet habe. Mir fehlt hier in der Einöde der geistige Austausch mit anderen Ärzten.“

Minna konnte nicht mal mit der Augenbraue zucken, weil die Selbstverständlichkeit hinter seinem Kommentar so groß war. Er festigte seine Position ihr gegenüber mit sichtlicher Genugtuung und ebenso überheblich fuhr er fort, seine Gesten gezügelt durch das Gewicht der Taschen, als sie sich wieder auf den Weg begaben. „Das Fieber hat die Schlafkrankheit wahrscheinlich – ich sage bewusst wahrscheinlich – als eine seltene Anschlusserkrankung zur Folge. Sein ausgelaugter Körper ist schwach und phasenweise sehr fragil. Vergleichbare Patienten beschreiben ein Gefühl des Ausgehöhltseins. Doch neben den zahlreichen Fehlfunktionen seiner Organe und seines Verstandes ist eher die Tatsache erschreckend, dass die Letalität der Krankheit unvorhersehbar ist. Die Patienten sterben oftmals dann, wenn man sie weckt.“

„Wenn man sie weckt?“, wiederholte Minna und erinnerte sich unweigerlich an ein Motiv ihrer Zeichnungen. In Berlin hatte sie kurz nach den Straßenschlachten die Erfahrung gemacht, dass sie allein und ohne viel Aufhebens Material für neue Werke hatte finden können. Darunter ein auf offener Straße erschossener Soldat. Minna hatte fälschlicherweise angenommen, er wäre schon verstorben gewesen, und sich vor ihn gehockt, um mit einfachen Strichen seine Konturen zu bewahren. Nur, und das drängte sich ihr in dieser Sekunde mit Schrecken auf, sein Sterben war noch nicht beendet gewesen. Als habe das Kratzen der Kohle auf dem Papier ihn für eine letzte Minute auf die Erde geholt, war er aufgeschreckt und hatte sie angestarrt. Reglos, bis auf einen leichten unterdrückten Hustenreiz. Minna hatte Stift und Papier fallen lassen, doch es war zu spät gewesen. Der stumme Austausch zwischen ihnen, dieser intensive Blick des Geweckten, war in der Ferne erstarrt. Sie hatte dem grauen Schleier förmlich dabei zusehen können, wie er sich über die weit aufgerissenen Augen legte und seine Seele in die Tiefe seines Körpers zurückgezogen wurde.

„Langweile ich Sie?"

„Bitte?" Minna blickte sich um. Sie waren schon an der Brücke angelangt. Grob gestapelte Steine, in die man kleinere Findlinge gelegt hatte, und schlecht verarbeiteter Mörtel, der von dunklen Balken gestützt wurde, spannten sich über den Fluss.

„Er ist eigentlich ganz in Ordnung, der Paul", hörte sie den Doktor in einer unverhofft menschlichen Art sagen.

Das wilde Wasser des Breitbachs stürzte sich über steinerne Treppen gute fünf Meter in die Tiefe. In seiner Verlängerung konnte Minna an einer Schlaufe ein Gebäude mit einem Schornstein ausmachen. Das musste die Fabrik sein, die sie von den Gleisen aus gehört hatte.

„Fräulein Dahl, darf ich Ihnen Franz Pardonner vorstellen? Franz und seine Familie sind seit Generationen hier ansässig. Was ich Ihnen nicht an Lokalkolorit in der Kürze der Zeit vermitteln konnte, wird seine Frau Mutter an einem Abend wettmachen, da bin ich mir sicher."

„Herr Doktor!" Der Mann neben dem Karren tippte sich an die Schirmmütze und deutete eine Verbeugung in Minnas Richtung an. Seine Haltung wechselte in diesem Moment von der eines Dorfburschen zu der eines gewissenhaften Soldaten und wieder zurück. Er rückte sich seine Mütze zurecht und schob das kurze braune Haar mit den Fingerspitzen darunter. „Es freut mich, Ihre Bekanntschaft zu machen, Fräulein. Sie sind also gekommen, um Paul zu pflegen?"

„Sobald ich mich mit allem Nötigen vertraut gemacht habe ... Ja, ich denke, das ist meine Aufgabe."

Minna suchte im Gesicht des Doktors nach letzten Hinweisen oder Warnungen hinsichtlich dieses Patienten, doch er war geistig schon abwesend.

„Sie sind hiermit sicher angekommen. Franz zeigt Ihnen den Rest des Tals und bringt Sie in Ihre Unterkunft."

Für ihn war die Liste damit abgehakt. Mit einer nichtssagenden Verabschiedung entfernte sich der Doktor, während Franz Minnas Koffer auf den Handkarren hob.

„Sind Sie ein Freund des Patienten?" Minna sah dem Doktor mit gemischten Gefühlen hinterher. Das Tempo, mit dem er sich auf den Rückweg machte, musste aus irgendwelchen unergründlichen Reserven stammen.

Franz Pardonner sah sie verwundert an. „Nun, das stimmt. Wie kommen Sie darauf?“

„Ihre Art, seinen Namen zu sagen, hatte etwas Familiäres, muss ich zugeben.“ Sie drehte sich ihm zu und reichte ihm die Hand. „Mein Name ist Minna Dahl. Doktor Sallinger von Hof und Sallinger schickt mich. Ich stehe Herrn Frauenlob als Krankenschwester für die nächsten Wochen zur Seite.“

Franz grinste, während er ihr die Hand schüttelte. Es war nicht die gute Art zu grinsen. „Bei Ihnen würde ich auch gern mal Patient sein.“

Ohne eine Antwort abzuwarten, setzte er sich und den knarzenden Karren in Bewegung. Minna verkniff sich eine bissige Bemerkung und folgte ihm. Zwischendurch warf sie einen Blick zurück zur Brücke, bevor diese hinter Birken und Eichen verschwand.

Sie hielten sich auf einem schmalen Schleichpfad links vom Fluss hinab ins Tal, und Franz zeigte ihr eine Bergquelle, aus der sie trinken konnten. Minna konnte sich nicht erinnern, jemals so durstig gewesen zu sein, trank reichlich und genoss das Plätschern des Wassers um sich herum. Franz bemerkte offenbar mit der Zeit, dass Minna schlecht auf einen längeren Marsch vorbereitet war, und teilte seinen eigenen Proviant mit ihr. Ein trockenes Brot und ein Stück Käse. Er hatte die Ration in ein Geschirrhandtuch eingewickelt und breitete dieses auf einem Baumstumpf aus, an dem sie Platz nahmen. Minna aß mit großem Hunger und träumte sich an dem rosafarbenen Himmel fest. Das Gezwitscher der Vögel an diesem Abend war so dicht und laut, dass ihr später keine andere Erinnerung präsent war, wenn sie an ihren ersten Weg nach Mühldorf zurückdachte.

Es war durch die Berghänge schneller dunkel geworden, als Minna erwartet hatte, und die Äste der Tannen schwebten in diesen Stunden wie schwere Vorhänge über dem Pfad vor ihr. Franz hatte scheinbar alle Mühe, Minna vor Wurzeln und Sträuchern zu warnen, denn zunehmend wich auch die Höflichkeit aus seiner Stimme.

Die abendliche Luft des Bergs kroch ihr in die Glieder, doch Minna ignorierte die Kälte. Sie blieb fasziniert vom Rauschen des Breitbachs. Der Fluss wurde zum Rhythmus der anbrechenden Nacht, in deren Symphonie Eulen und Grillen um das Solo warben.

Auch Franz selbst bekam Probleme, sich zu orientieren, und entzündete eine Laterne. Er erwies sich beharrlich als schweigsame Person, weswegen Minna oft mit ihren Gedanken allein blieb. Erst als sie die ersten Häuser links und rechts des Wegs passierten, die manchmal wirkten wie abgestellt und nicht an den rechten Platz gerückt, teilte er ihr mit, dass sie Mühldorf erreicht hatten.

Unter gelupften Gardinen erschienen Gesichter in den Fenstern. Die Gerüche von frisch zubereitetem Essen drangen aus den Kaminen und bereiteten Minna Hunger. Doch sie beschwerte sich nicht. Der Weg nach Mühldorf hatte seine ganz eigene, von Hunger und Schmerz ablenkende Magie in ihr bewirkt. Es gab so viel zu entdecken. Vor ihr und auch in ihr selbst. Die Linien der Bäume und Felsen waren schroff und ehrlich, die wilden Geräusche der Tiere wiederum mischten sich auf eine angenehme Art unter die Szenerie. Gern hätte Minna sich die Zeit genommen und mit Franz als Aufpasser die Geister gezeichnet, die ihre Laterne aus den Astlöchern lockte.

„Was denken Sie, Fräulein?“ Franz bog auf einen unsichtbaren Gehweg ab, der zwischen eng stehenden Tannen vom eigentlichen Pfad führte.

„Ich?“

„Ja. Was ich selbst denke, weiß ich ja.“

„Und was wäre das?“, erwiderte Minna misstrauisch. Erst wollte er nicht mit ihr reden und nun konnte er es kaum abwarten, ihre innersten Gedanken zu ergründen?

„Ich frage mich“, setzte er an und ruckelte am Handkarren, der sich in einem Brombeerbusch verhakt hatte. „Ich frage mich, warum eine so junge Frau wie Sie von einem Arzt hier zu uns abgestellt wird.“

Minna konnte bei so viel Direktheit nur in den Angriff übergehen. „Vielleicht hab ich ja etwas angestellt? Als Strafe sozusagen.“

„Sie?“ Er lachte schmutzig. „Das glaub ich im Leben nicht. Eher machen Sie mir den Eindruck, als würden Sie gern mal raus in die Freiheit. Die Stadt und den Trubel vergessen. Stimmt's?“

„Nicht ganz falsch“, antwortete sie und probierte so ehrlich wie möglich zu klingen. Eine gelangweilte Krankenschwester aus gutbürgerlichem Haus mit ländlichen Fluchtfantasien. An dieser Entschuldigung fand sie durchaus Gefallen. „Aber ich komme nicht nur deswegen.“

„Nein. Sie haben einen Auftrag, ich weiß." Franz deutete mit der Laterne vor sich und begrub sein Interesse an Minnas Geschichte unter der soldatischen Geschäftigkeit, der er offenbar mit Gefallen Raum gab. „Da wären wir auch schon. Nicht ganz das Château, das Sie womöglich erhofft haben, aber mehr Luxus gibt es im ganzen Umkreis nicht."

„Sie untertreiben! Ist das ein Anwesen?" Minna traute ihren Augen nicht. Nein, es war kein Château und auch keine romantische Burganlage. Es war viel besser.

„Ein Landgut."

Minnas Neugier wollte sich gerade gegen ihre gute Kinderstube durchsetzen, da kam er ihrer Frage nach seiner Rolle auf dem Gut zuvor. „Das Gut Pardonner ist im Besitz meiner Familie. Meine Mutter wird Ihnen die ganze Geschichte des Hauses noch erzählen. Mit ziemlicher Gewissheit mehr als einmal, wenn Sie es das ganze halbe Jahr bei ihr aushalten." Franz öffnete das kleine Gartentor im Jägerzaun und führte Minna hinein.

So unscheinbar der überwucherte Zugang zum vorderen Teil des Geländes auch wirkte, so beeindruckend war das Anwesen, auf dem sie sich jetzt befanden. Drei große weiße Häuser standen in einem langgezogenen Hufeisen mitten im Wald. Das Mauerwerk durchzogen mit massivem Fachwerk, ein Dach mit hölzernem Schmuck am First und einer Traufe wie eine elegant darüber hinausragende Hutkrempe. Dazwischen lag eine Wiese mit einer Handvoll Obstbäumen. Fast alle Fenster im vorderen Hauptgebäude waren hell erleuchtet, im mittleren dagegen kein einziges, und im rechten wiederum schien ein einzelnes Licht durch die Dachgaube.

„Das ist Pauls Zimmer", sagte Franz aufmerksam und bat sie, die Treppenstufen zur Haustür hinaufzugehen. „Manchmal mache ich mir Sorgen, dass er uns alle abfackelt."

„Sie lassen Licht bei ihm brennen?"

„Er macht es sich an, wenn er wach ist."

Minna sah ihn überrascht an. „Dann muss ich jetzt doch aber zu ihm!"

„Nein, das wäre keine gute Idee." Er nahm den Koffer vom Karren, ließ Minna in den Flur eintreten und folgte ihr hinein. „Er weiß noch nichts davon, dass Sie kommen. Ich werde ihm nachher Bescheid geben."

„Und wenn er dann wieder eingeschlafen ist?" Minna wusste selbst nicht, was sie in diesem Moment befallen hatte. Es war sicherlich richtig, den Mann schnellstmöglich kennenzulernen, den sie von heute an pflegen würde. Andererseits konnte sie nicht behaupten, sich auf das erste Zusammentreffen vorbereitet zu fühlen.

„Er wird sicherlich noch auf sein. Wenn er erst mal wach ist, dann richtig. Sein letzter Anfall war übrigens vor einer Woche."

„Die Abstände zwischen seinen Anfällen werden länger. Nicht wahr, Franz?" Eine Stimme drang aus dem Wohnzimmer, das links vom Flur lag. Auf einem kleineren Sessel saß eine Dame in einem schwarzen Kleid in strengem Schnitt umgeben von einem Tisch in der einen Ecke und einem Sofa, zwei Sesseln und einem Buffet in der anderen. Im dicken Butzenglas der Biedermeier-Vitrine brach sich das Licht eines Kronleuchters.

Die Dame sah Minna erwartungsvoll an. „Verzeihen Sie, dass ich Ihnen so begegne. Es ist unhöflich, einfach herumzusitzen."

„Mutter, bleib doch bitte sitzen. Du wusstest doch nicht, wann wir eintreffen."

„Diese Manieren hast du nicht von mir." Sie erhob sich schwer aus dem Sessel und ging in kleinen Schritten auf Minna zu. Als sie vor ihr stand, roch es nach Lakritz und Parfüm. Die Gastgeberin hatte das schmalste Lächeln, das Minna je gesehen hatte. „Mein Name ist Maria Pardonner. Manche nennen mich Baronin, aber ich bevorzuge nach wie vor Maria."

Minna machte einen höflichen Knicks. „Sehr erfreut, Frau Pardonner. Mein Name ist Minna Dahl. Ich habe soeben von Ihrem Sohn erfahren, dass Sie mich auf ihrem Gut aufnehmen, damit ich mich um den Patienten kümmern kann?"

„Wir haben ein Zimmer für Sie herrichten lassen. Hoffentlich fühlen Sie sich darin wie zu Hause. Franz ist so gut und wird gleich den Tisch eindecken. Sie essen doch mit uns?"

„Selbstverständlich. Nichts lieber als das!", antwortete Minna. „Dürfte ich mich zuvor ein wenig frisch machen? Die Reise war sehr anstrengend und ich bin lange Wege wie diesen nicht gewöhnt."

„Franz zeigt Ihnen Ihr Zimmer. Dort können Sie ablegen."

Franz hatte den Koffer schon wieder in der Rechten und deutete mit dem Kinn hinter sich. „Es ist oben."

Gerne hätte Minna sich länger mit Maria Pardonner unterhalten, aber das konnte noch einen Moment warten. Die Hausherrin war auf eine eigenwillige Art überaus freundlich zu Minna, was ihr gefiel.

Zudem bekam Minna Gelegenheit, das Haus zu bestaunen. In den geräumigen Fluren schlummerte ein Museum einer längst vergangenen Epoche. Armlange Pfeifen aus Ton und lackiertem Holz hingen mit stockigen Tabakbeuteln an den Wänden. Säbel, Abzeichen und Teile einer Uniform, die man mit ihren auffälligen blauen und roten Farben so heute nicht mehr tragen würde, gesellten sich zu ausgestopften Fasanen, Mardern und Spechten. Entlang der Treppe hinauf war die Wand mit Schützenabzeichen geschmückt. Königswappen, Schützenehren und Jagdwürden gaben kaum einen Fleck der Wand dahinter frei. Der Name Laurenz Pardonner war überall zu lesen.

„Wer ist Laurenz Pardonner?"

„Mein Großvater", antwortete Franz, als Minna am oberen Ende der Treppe ankam. Ein eingestaubter, ausgestopfter Dachs starrte sie aus toten Knopfaugen an. In der angelaufenen Plakette am Podest spiegelte sich flackerndes Kerzenlicht.

„Hat er den Dachs geschossen?"

Franz blies hörbar Luft durch die Nase aus. Nervte sie ihn etwa mit ihren Fragen? Hätte sie ihm lieber schweigsam folgen sollen wie im Wald?

„Wahrscheinlich ist jedes der ausgestopften Tiere auf dem Gut meinem Großvater vor die Flinte gelaufen. Der Dachs stellt keine Ausnahme."

„Darf ich?"

Er zuckte mit den Schultern. „Tun Sie sich keinen Zwang an."

„Er ist wunderschön." Minna strich dem Tier über das borstige Fell und war erstaunt über den ungewohnten Widerstand der einzelnen Haare. Sie wollte die Hand kaum mehr von ihm lassen.

Erneut erntete sie von Franz einen eher abfälligen Blick. „Sie verwundern mich."

„Ach ja?" Minna fixierte seine dunklen Augen. „Weil ich dieses Tier schätze oder weil ich mich traue, es anzufassen?"

Franz schüttelte belustigt über ihre Reaktion den Kopf und griff nach ihrer Handtasche, die Minna nach kurzem Widerstand losließ. „Geben Sie her. Sie scheinen mir erschöpft, so langsam, wie sie die Treppe hinaufsteigen." Er wandte sich von ihr ab, öffnete die Tür zu seiner Rechten und stellte Koffer und Handtasche vor einem schmalen Bett ab. Minna war überrascht, wie ungeduldig er mit ihr war, schob es aber auf den Umgang mit seiner Mutter und beobachtete ihn dabei, wie er das offenstehende Fenster schloss und die Vorhänge zuzog. „Bitte sehr. Es ist Ihres."

Minna konnte sich gerade noch bedanken, da drückte er ihr den Schlüssel ruppig in die Hand und ging.

Sie lugte durch das Fenster hinaus zum gegenüberliegenden Gebäude. Das Licht war erloschen. Bedeutete das, dass Paul wieder schlief? Oder schaute er sich den Sternenhimmel an, der wie ein Baldachin über den Baumwipfeln hing?

Minna plante, während des Essens mehr über diesen Mann herauszufinden, der ihr Patient sein würde. Die Versuchung allerdings, direkt auf dem Bett liegen zu bleiben und bis zum Morgen durchzuschlafen, hatte auch ihren Reiz. Es kostete Minna eine ordentliche

Portion Willenskraft, sich die Kleider von den schmerzenden Gliedern zu streifen, die Stiefel gegen ein Paar Halbschuhe aus dem Koffer zu tauschen und sich für das Essen herzurichten.

Doch bevor sie sich zu den Pardonners gesellte, holte sie ihre Zeichenutensilien aus der Handtasche, breitete sie ordentlich auf dem Tisch aus, schnitt mit einem Skalpell die ergebnislos bekritzelten Seiten der Zugfahrt aus ihrem Skizzenbuch und schärfte mit dem gleichen Skalpell die abgenutzten Bleistifte. Nur für alle Fälle.

Das Essen fand im Speisezimmer im Untergeschoss statt. Maria und Franz Pardonner aßen schweigend die aufgetischte Karottensuppe. Beide mit einer großen Haube steifer Sahne, auf die Minna verzichtete. Die Konversation am Tisch bestand mehr aus Essgeräuschen, als aus Worten. Maria Pardonner schien ihre Neugierde vornehm zu zügeln und hoffte sichtlich darauf, dass Minna von sich aus anfing zu erzählen. Nur fand Minna kein Thema, das nicht mit ihrer Arbeit zu tun hatte, und sie fühlte sich, als wäre ihr die Fähigkeit einer ungezwungenen Unterhaltung abhandengekommen. Daran allein lag es jedoch nicht. Minnas Ankunft in Mühldorf war der Vorbote langer und wahrscheinlich anstrengender Arbeit, das schienen auch Franz und Maria zu ahnen. Die Einarbeitung in die Patientenakte, das Finden der alltäglichen Routine, der Umgang miteinander auf dem Gut selbst. Sie würden sich die nächsten Tage erst so richtig aneinander gewöhnen müssen.

So aß Minna höflich weiter und starrte sich, am Boden ihres Tellers angekommen, in einem matt schimmernden Fleck im Porzellan fest. Das Geschirr war wie das Besteck. Es glänzte am Rand, war ansonsten aber völlig abgegriffen und zerkratzt. Diese Beobachtung wiederholte sich im restlichen Interieur. Die Tischdecke mit dem feinen Häkelmuster musste früher strahlend weiß gewesen sein, bevor Bratensoße und Rotwein ihre eigenen Landkarten darauf gezeichnet hatten. Deckenleuchter, Bodendielen und auch das Kleid von Maria Pardonner selbst wirkten edel, aber ausgedient.

„Minna?"

„Hm?"

„Schmeckt Ihnen die Suppe?" Maria schnitt mit dem Messer ein Stück Brot vom Laib und tunkte es in den Suppenrest auf ihrem Teller. „Wir haben noch reichlich, wenn Sie möchten. Es kommt ja nicht alle Tage vor, dass man so eine anstrengende Reise macht."

„Danke vielmals, aber ich würde mir an der leckeren Vorspeise nur den Magen vollschlagen."

Franz ließ seinen Löffel hörbar in den Teller fallen und rückte mit dem Stuhl vom Tisch ab. „Das ist die Hauptspeise."

Minna zuckte unter seinem schroffen Ton erschrocken zusammen. „Ich wollte nicht ..."

„Was? Wünschen die Dame noch Jahrgangssekt und Konfekt?"

„Franz!" Seine Mutter hob drohend ihre Stimme. „Fräulein Dahl konnte das doch nicht wissen. Sie müssen ihn entschuldigen. Franz, entschuldige dich!"

Doch Franz ignorierte sie, erhob sich geräuschvoll vom Tisch und schleuderte seine Serviette auf den Teller. „Das werde ich, Mutter. Und zwar dafür, dass ich jetzt so plötzlich gehe. Paul braucht seine *Vorspeise*." Franz schnappte sich den Rest der Suppe und warf Minna einen abfälligen Blick zu, bevor er das Zimmer verließ.

Das kurze Gewitter ließ Minna überfordert zurück.

Sofort wandte sie sich an Maria und rückte auf Franz' Platz nach.

„Sie müssen mich für eine furchtbare Person halten."

„Mitnichten, Kind!"

„Ich wollte Sie nicht vor Ihrem Sohn bloßstellen. Wie hätte ich ahnen sollen –"

„Genug davon." Maria Pardonner griff nach Minnas Hand. „Es war nicht böse gemeint."

Maria saß eine gefühlte Ewigkeit so da und hielt Minnas Hand. Irgendwann stand sie auf, bat Minna, alles abzuräumen und in die Küche zu tragen.

„Ich bin müde, Minna, und es war gewiss auch für Sie ein langer Tag. Schlafen Sie gut und erholen Sie sich. Morgen werde ich mit Franz reden, machen Sie sich keine Sorgen."

Sie tätschelte Minna zum Abschied den Arm und löschte auf ihrem Weg in ihr Zimmer das Licht in der Stube. Erst als Minna hörte, dass eine Tür abgeschlossen wurde, ging sie die Treppe hinauf auf ihr eigenes Zimmer, wo sie ihre Kleider auf den Boden warf und unter die Decke kroch.

Die Gedanken an das Essen wollten sie vorerst nicht schlafen lassen. Sie fühlte sich betroffen, auch wenn es eigentlich Franz war, der sich in seiner Ehre gekränkt fühlen musste. Woher hätte sie ahnen sollen, wie es um die Familie stand? Schließlich ließ das Haus auf den ersten Blick einen ganz anderen Schluss zu. Unwillkürlich musste Minna an die Menschen auf den Berliner Straßen denken. Die Idylle der Landschaft hatte sie auf die falsche Fährte gelockt. Sie änderte nichts daran, dass die vergangenen vier Jahre des Krieges die Menschen zur Rechenschaft zogen.

Sie schüttelte über die aufkommenden Sorgen, sich auf dem Gut der Pardonners nicht wohlzufühlen, den Kopf. Das alles ging nicht auf sie zurück, und Franz würde sich schon beruhigen. Mit einem tiefen Seufzer ging sie in sich und spürte, wie sich ihre Kieferknochen entspannten. Paul Frauenlob, ja. Für den war sie eigentlich hier, und mit diesem Ziel vor sich konnte sie endlich beruhigt einschlafen.

15.08.1919

Minna erwachte, bevor die Sonne den Tau auf den Wiesen verdampft hatte. Seltsamerweise fehlten ihr die morgendlichen Geräusche der Stadt, und sie sehnte sich nach ihrem eigenen Bett, obwohl dieses hier um Längen besser war. Nach einer ausgiebigen Morgentoilette schlich sie sich ins Erdgeschoss und traf eine muntere Maria Pardonner an. Sie erzählte Minna, dass Franz bereits zur Arbeit gegangen sei – was ihr den Druck nahm, sich in der Frühe vor seinen Stimmungen zu wappnen.

Minna bereitete für sie beide ein kleines Frühstück mit Zutaten aus der Speisekammer zu. Maria aß von allem, aber insgesamt sehr wenig. Sie trank lieber einen starken Tee.

„Wo arbeitet Franz? Kümmert er sich um das Gut?"

„Es gibt ein Sägewerk unten am Fluss, in dem Franz arbeitet. Ganz Mühldorf ist dort angestellt."

„Stimmt! Ich habe es auf dem Weg hierher kurz gesehen. Dann ist es wohl ein erfolgreicher Betrieb?"

Maria beantwortete die Frage nicht. „Franz ist direkt nach dem Krieg dort hin. Es ist gute Arbeit."

„Wo hat er ... ich meine, wo war er stationiert?"

„Kind, das ...", murmelte sie verlegen. Sie schien auf die direkten Fragen mit mütterlicher Intuition zu reagieren. Sie wäre nicht die Erste, die versuchte, die schmerzliche Kriegszeit auszublenden, um ihren Sohn nicht als Soldaten sehen zu müssen. Minna hörte jedoch an ihrer Stimme, dass der Wunsch nach Offenheit Maria diese Bedenken austrieb. „Er war als Oberleutnant in Verdun stationiert. Sie können sich ungefähr vorstellen, was sein Rang für ihn bedeutet haben muss."

Minna nickte gravitätisch, denn zu ihrer Zeit im Lazarett waren die Perversionen dieses Krieges offensichtlich gewesen. Gerade die jungen Offiziere waren ihren Männern in den frühen Tod vorausgerannt. Sie wollte das Thema deswegen nicht auswalzen. Erst recht bei all den Fotografien von jungen Männern an den Wänden, von denen ganz offensichtlich am gestrigen Abend nur einer mit an der Tafel gesessen hatten.

„Hat er Paul Bescheid gegeben, dass ich ihn heute besuchen werde?", lenkte Minna ab und goss Tee nach.

„Er wird es sicherlich versucht haben. Sie sollten selbst nachsehen. Aber gedulden Sie sich noch ein wenig. Er steht spät auf und liest erst die Zeitung."

„Diese hier?", fragte Minna neugierig und zeigte auf die Ausgabe einer Regionalzeitung vom Vortag, deren Überschriften ausnahmslos auf lokale Themen verwiesen. Es war nie zu verachten, was man aus solchen Blättern lernen konnte, dachte Minna. Aber kam Paul überhaupt aus dieser Gegend?

„Nein, er lässt sich immer andere liefern. Mit Sicherheit dürfen Sie auch einen Blick hineinwerfen", erwiderte Maria, die offenbar Minnas Erwachen bei dem Thema Zeitung bemerkt hatte.

Minna nickte beflissen. „Gehört es zu meinen Aufgaben, ihm die Zeitung zu bringen?"

„Aber nein, nicht doch." Maria lachte herzlich. „Er bezahlt den Burschen der Kolkners. Peter heißt er. Der holt ihm die Zeitung aus Buchhain. Stets fleißig, immer höflich. Und das, obwohl er von Geburt an humpelt."

Maria Pardonner verfiel in einen Fluss aus Erzählungen. Sie besaß ein großes Wissen über die Leute aus Mühldorf und wusste einiges über die umliegenden Ortschaften zu erzählen.

„Sagen Sie", unterbrach Minna sie irgendwann, „wer unterhält Pauls Aufenthalt? Zahlt seine Familie für die anfallenden Kosten?"

„Mehr als ausreichend!", antwortete Maria Pardonner auffallend schnell. „Aber diese Leute könnten sich ihr Geld gänzlich sparen. Der Paul hat meinem Franz das Leben gerettet, müssen Sie wissen."

„Die beiden waren Kameraden?"

„So war das, ja." Sie schlürfte den Tee und sah mit traurigen Augen zu den gerahmten Fotografien hinüber. „Es muss die Hölle gewesen sein. Wie man ihn entließ, hat Franz einen Monat nicht mit mir gesprochen. Eines Tages kam er dann plötzlich zu mir und meinte, dass Paul hierherziehen müsse. Da habe ich es sofort veranlasst."

„Ging es ihm daheim nicht gut?"

Sie verzog verächtlich den Mund. „Seine Familie wollte das Elend nicht mit ansehen müssen. Die Mutter schrieb nur einen einzigen Brief an mich. Sie würde es mir verzeihen, wenn er hier in Frieden sterben würde."

„Wie furchtbar!"

„Sie ist ein Scheusal. Paul ist so ein guter, lieber Mann. Mein Mitleid ist mit denen, die ihn fortgestoßen haben."

Das Frühstück war wie auf ein unhörbares Signal hin beendet, und sie räumten den Tisch ab, spülten das Geschirr und fegten die Küche aus. Dann zogen sie auf eine Terrasse um, die man von der Stube aus erreichen konnte und wo die Sommersonne langsam ihre Kraft demonstrierte. In der Windstille roch es nach geöffneten Blüten, modernden Tannennadeln und dunkler Erde. Nach einiger Zeit angenehmer Wärme und ungezwungener Unterhaltung über das Leben im Tal entschuldigte Minna sich dann, bereitete ein kleines Frühstück für Paul in der Küche zu, legte alles in einen Korb und ging damit zum gegenüberliegenden Gebäude.

Über den Wiesen mit ihren Obstbäumen schwirrten die Wespen und stürzten sich auf die Früchte. Es war kurz vor halb zehn. Grund genug für Minna anzunehmen, dass ihr Patient auf den Beinen war.

Als sie eintrat, kamen ihr rasche Schritte auf der Treppe entgegen.

„Herr Frauenlob?"

„Hm?"

Zu Minnas Verwunderung antwortete ihr eine Frau. Sie trug ein strahlend weißes Kleid und eine schlichte Haube. In ihren schlanken Händen hielt sie eine volle Wanne mit schmutziger Wäsche. Die Frau war vielleicht drei, höchstens fünf Jahre älter als Minna. Sie brauchte einen Moment, um Minnas Anwesenheit einzuordnen. „Ach. Das Fräulein aus der Stadt, nehme ich an?"

Minna lächelte. „Mein Name ist Minna Dahl, freut mich sehr."

Die Frau hatte feste, rosige Wangen, ein fein modelliertes, spitzes Kinn und auffallend große Augen, wie die eines Rehs. Aber trotz der angenehmen Züge tat sich aus dem abschätzigen Gesicht kein Lächeln hervor.

„Mein Name ist Eva", erklärte sie reserviert und stemmte die Wanne in ihre Hüfte.

„Freut mich, Eva. Sie gehören zur Familie Pardonner?"

Eva ließ die Wäschewanne nicht los, als Minna ihr die Hand entgegenstreckte, und drängte sich ungeschickt an ihr vorbei zur Tür. „Ich bin die Hauswirtschafterin. Ich kümmere mich um alles auf dem Gut. Auch um Herrn Frauenlob."

„Das ist ja wunderbar!"

Eva wedelte mit einer Hand ab. Sie schien nicht besonders erpicht darauf, sie kennenzulernen.

„Ist er schon wach?", wollte Minna wissen.

Eva zeigte mit dem Kinn auf den Korb. „Was haben Sie da drin?"

„Frühstück. Ich wusste nicht, was er isst, also habe ich –"

„Wissen Sie was?", unterbrach Eva sie gereizt. „Lassen Sie das Frühstück einfach hier stehen. Man wird Sie rufen, wenn man Sie benötigt."

„Benötigt?"

„Ganz recht." Eva fummelte mit dem Ellenbogen an der Türklinke herum, um sie aufzudrücken, ohne dafür die Wanne abstellen zu müssen.

„Ist das die drittklassige Vertretung, nach der ich nicht gefragt habe?", rief eine Männerstimme von oben herab. Eva verschwand im gleichen Moment durch die Eingangstür des Gebäudes und ließ Minna im Flur allein.

„Herr Frauenlob?"

„Ein Fräulein?“

Minna stellte sich auf die erste Stufe, da zeigte er sich am Treppengeländer.

„Ist das mein Frühstück?“ Er deutete auf den Korb.

„Das hängt davon ab –“ Minna sah ihn entschlossen an.

„Wovon hängt es ab?“

„Ob Sie vernünftig mit mir reden.“

Paul Frauenlob ging mit gemächlichen Schritten Stufe für Stufe die Treppe hinab. Der Kurzhaarschnitt in seinem schwarzen Haar war an der Stirn längst rausgewachsen. Immer wieder fuhr er sich mit der Hand hindurch, um es in Ordnung zu bringen.

Minna ging ihm auf der Treppe entgegen. Mit jedem Schritt auf ihn zu konnte sie mehr von der stattlichen Schulterlinie unter seinem blauen Hemdstoff erkennen. Dennoch wirkte Paul Frauenlob weder besonders kräftig noch strotzte er vor Energie.

Als sie sich in der Mitte der Treppe trafen, nahm er Minna den Korb aus der Hand und stützte sich schwer atmend auf das Geländer. „Ich habe Herrn Doktor Wilhelmsen gesagt, dass er mir niemanden mehr schicken soll. Ende der Ansage.“

„Das höre ich gerade zum ersten Mal.“

„Ist mir egal.“

„Vielleicht sollten wir dieses Gespräch von vorne beginnen? Mein Name ist Minna Dahl.“ Sie streckte ihm die Hand entgegen. Er schüttelte sie lieblos und kehrte ihr den Rücken zu.

Minna wollte es nicht dabei belassen. „Sie sollten bei diesen Temperaturen ... ich meine ... es ist einfach zu heiß. Ihr Kreislauf wird nur unnötig beansprucht. Sie sind schon völlig außer Atem."

„Ich scheiße auf meinen Kreislauf", brüllte er sie unversehens an. „Lassen Sie mich in Ruhe!"

Paul Frauenlob erklomm die Stufen zurück nach oben, und instinktiv wollte Minna ihn dabei stützen, aber seine Worte hielten sie auf Abstand. Er knallte seine Zimmertür zu und schloss sofort ab. Als sie seine Tür erreichte, löste sich ein überraschtes Lachen aus ihr.

„Herr Frauenlob?"

Minna sortierte sich. Sein Verhalten kam ihr bekannt vor. Doch normalerweise waren es die alten Herrschaften, die zu stolz waren, um sich behandeln zu lassen.

Sie straffte den Rücken und klopfte an.

Keine Reaktion.

Beim zweiten Mal schien es noch stiller als zuvor. Minna wusste nicht, ob sie sich schämen oder beleidigt sein sollte, und gab vor einem dritten Versuch auf.

„Ich werde später wiederkommen, um Ihre Medikamente zu dosieren."

Paul schwieg beharrlich.

Auf dem Weg nach unten fing Minnas Herz an, mächtig gegen ihre Rippen zu klopfen. Nein, keine Scham war es, die ihr spürbar das Feuer in die Wangen trieb. Es war Wut. Paul und Franz gehörten eindeutig derselben Gattung an. Nicht schwer vorzustellen, dass sie Freunde waren. Beide waren so leicht reizbar wie hungernde Zootiere. Beiden fehlte die Empathie, um sich auf eine neue Situation einzulassen.

Minna beschleunigte ihre Schritte und riss die Tür nach draußen auf. Gleißendes Sonnenlicht blendete ihre Augen, während sie dem Zaun entlang bis zu einem Schuppen folgte. Dort drückte sie sich gegen die moosbewachsene Wand und versuchte das plötzlich aufkommende Zittern in ihren Händen wieder in den Griff zu bekommen.

Wieso wehrte sie sich nicht?

Wie bei jedem anderen Mistkerl in Berlin auch!

Zornestränen rannen ihr über die heißen Wangen. Es war einfach ungerecht! In was für eine Situation hatte Doktor Sallinger sie hier nur gebracht? Selbst die Haushälterin machte aus ihr von vornherein eine Fremde, die niemals in Mühldorf ankommen würde. Aber denen würde sie schon zeigen, was eine Minna Dahl alles aushielt!

Der aufkeimende Widerstand fühlte sich gut an und Minna blinzelte die flackernden Kristalle vor ihren Augen fort.

Keine Sekunde später durchbrach ein Fuchs lautlos das Buschwerk am Waldrand. Er hob die Schnauze, suchte die Umgebung ab und erstarrte, als er Minna bemerkte. Frisches Blut klebte an seinem Maul, das aufgestellte Fell war verlottert und zerzaust. Er hatte gerade einen Hasen getötet und vor sich auf den Boden gelegt.

Minna beobachtete gespannt, was passieren würde. Der Fuchs regte sich nicht. Vielleicht blendete ihn auch die Sonne zu sehr, jedenfalls leckte er ein paar Mal über den Hasen und die klaffende Wunde an dessen Seite, dann über seine Pfoten. Der Fuchs war einigen Menschen gar nicht so unähnlich, fuhr es ihr durch den Kopf. Er nahm sich, was er wollte, ohne Rücksicht auf die, die er mit seinem Verhalten verletzte. Minna spürte ein Brennen im Magen wie von heißer Galle. Sie griff wie in Trance ein Stück Schiefertafel von einem überwucherten Stapel neben ihren Füßen und schleuderte es dem Fuchs entgegen. Als dieser nach seinem Hasen schnappte, warf sie ein weiteres Schieferstück und traf ihn direkt auf den Kopf. Der Fuchs machte einen Satz in die Luft und trat jaulend die Flucht in den Untergrund an.

Minna spürte einen Ruck durch ihre Schultern gehen. Als wäre das Gespräch mit Herrn Frauenlob nur eine trügerische Erinnerung und sie in Wirklichkeit diejenige, der man mit Respekt begegnen sollte. Immerhin hatte sie es geschafft. Der Fuchs war verschwunden, der Hase gehörte ihr.

Die Fassungslosigkeit über den Mann, der lieber kein Patient, sondern ein auserkorener Esel sein wollte, war für Minna beim Anblick des toten Tieres nicht mehr wichtig. Sie beugte sich tief über den erstrittenen Hasen und bemerkte im ersten Moment nicht, dass sie ihm zärtlich über das speichelverklebte Fell streichelte. Sie hatte kein Papier und keinen Stift bei sich, aber das wäre nicht das erste Mal. Im Sonnenlicht glitzerten die toten Augen so hell, es fiel ihr leicht, sich den Anblick genau einzuprägen.

22.08.1919

Eine Woche war seit Minnas Ankunft in Mühldorf vergangen. Tage, in denen es keineswegs einfach gewesen war, die Kraft aufzubringen, Franz und Paul Widerstand zu leisten. Obwohl die Auseinandersetzungen zunehmend kürzer und weniger heftig ausfielen, gingen sie dennoch selten zu Minnas Gunsten aus. Obendrein hatte ein heftiges Gewitter den Wald und das Gut Pardonner in der Nacht auf den siebten Tag heimgesucht. Überall im Innenhof lagen Äste und Tannenwedel verstreut. In Minnas Nebenzimmer war eine Scheibe zu Bruch gegangen, und Franz war noch des Nachts gekommen, um das Loch mit Latten zu verbarrikadieren.

Dementsprechend schlecht hatte Minna geschlafen.

Im Erdgeschoss roch es an diesem Morgen nach Tee, verbrannter Butter und frisch angeschnittenem Käse, als Minna das Frühstück hergerichtet und mit dem Klingeln eines kristallenen Glöckchens zu Tisch gebeten hatte. Maria Pardonner kam an diesem Tag spät ins kleine Speisezimmer. Sie ärgerte sich über den fürchterlichen Sturm und wies Minna nach dem Frühstück an, einige Tischdecken aus einer wurmstichigen Eichentruhe zu holen, sie aufzufalten und zu bügeln, weil Eva ihren freien Tag hatte.

Minna tat, wie ihr geheißen, auch wenn sie wusste, dass Maria das nur machte, um sie irgendwie zu beschäftigen.

„Ich hoffe, er nimmt seine Medikamente. Ich habe einige Stunden gebraucht, um mich in den Rezepten zurechtzufinden", seufzte Minna, der ihre Lage als Apothekerin missfiel. „Wenigstens lässt er mich an den Medizinschrank auf seinem Flur."

„Das sollte eigentlich selbstverständlich sein. Ich wundere mich, dass er sich so gegen Sie wehrt."

„Ich gewinne den Eindruck, dass er die Behandlung im Geiste mit dem letzten Arzt abgeschlossen hat. Schon während der letzten Konsultationen. Die Rezepte, die ständig wechselnden Medikamente ... er ist ihrer überdrüssig."

Maria blies hörbar Luft aus der Nase aus. „Sein Zustand macht ihm zu schaffen, das erklärt seine Launen."

„Nun, sein Zustand wird sich nicht bessern, wenn er mich nicht in sein Zimmer lässt."

„Kind, ich weiß, das ist kein Trost, aber es wird die Zeit kommen, da wird er auf Sie angewiesen sein", murmelte Maria Pardonner, während sie einen Haufen Häkeldecken sortierte.

„Wenn er Sie nicht hätte, Frau Pardonner." Minna lächelte gut gelaunt, nahm das Bügeleisen vom Ofen und testete es an einem Zipfel. „Er hat sogar sein eigenes Haus. Die Patienten von Doktor Sallinger haben ein Bett in einem Saal mit zehn anderen."

„Es ist wirklich sehr groß für eine Person", stimmte Maria Pardonner ihr zu. „Wir Kinder haben früher gesagt, das sei die Großfürstliche Kaserne. Mein Vater hat dort jene Gäste empfangen, die sich im Ballsaal und dem Rauchersalon nicht wohlfühlten. Männer, denen das Schlachtfeld noch ein Feld der Ehre war." Sie zeigte auf eine verhangene Tür, die zu einem Raum führte, den Minna noch nicht zu Gesicht bekommen hatte. „Dort, in dem Ballsaal, habe ich mit vielen Offizieren und Rittmeistern getanzt. So ungefähr in Ihrem Alter, würde ich behaupten."

„Ihr Vater muss ein angesehener Mann gewesen sein", bemerkte Minna und sprenkelte Wasser auf die Unebenheiten in der Decke.

„Er war ein Bild von einem Mann. Als er aus dem Krieg gegen Dänemark wiederkam, war er ein Held. Zwei Monate später stand fest, dass man ihn wegen seiner Leistungen adeln würde, und es gab ein großes Fest. Aber das war noch vor meiner Geburt. Freiherr Laurenz Friedhelm Pardonner, so hieß er, hat dieses Gut leider viel zu früh an meine Schwester Lisbeth und mich vererben müssen."

„Was ist passiert? Musste er erneut in den Krieg?"

Maria schaute ob der Frage nachdenklich aus dem Fenster und ließ die Serviette in ihrer Hand wie eine Fahne in Windstille hängen. „Nein. Kein Krieg. Mein Vater hat seine Frau, meine geliebte Mutter, bei Lisbeths Geburt verloren und ist ihr ein Jahr später gebrochenen Herzens gefolgt."

„Das tut mir sehr leid."

„Es ist lange her."

„Wie ging es dann für Sie weiter?"

Marias Mundwinkel zuckten fröhlich, als sie die Erinnerung an ihren Vater hinter sich ließ. „Meine Tante Thekla hat unseren Haushalt übernommen. Von da an war das Haus wieder voller Leben. Ständig hielt sie Bälle ab und lud weit entfernte Familien zu uns ein.

Ihnen hätte man auf keinem der Bälle auch nur eine ruhige Minute gelassen, glauben Sie mir."

„Ich ... vielleicht." Minna rieb sich peinlich berührt über den Arm.

„Das war ein Kompliment, Menschenskind! Lächeln Sie mal wieder! Franz und Paul können Ihnen doch nicht die ganze Laune verdorben haben." Maria stand auf und wies Minna an, ihr in die gute Stube zu folgen, wo sie das Buffet aufschloss, zwei kleine Gläschen hervorholte und sie mit dunkelroter Flüssigkeit füllte. „Hier. Wir stoßen auf den Freiherrn an."

„Ich sollte nicht trinken."

„Das ist ein Befehl!" Maria Pardonner riss die Augen auf und mahnte sie mit starrem Zeigefinger zum Gehorsam. Ob es ein Scherz war oder nicht – Minna nahm das Glas und nippte daran.

„Das ist Schlehenschnaps."

Er war viel zu stark. Minna musste im gleichen Moment husten, in dem die Flüssigkeit ihren Hals hinunterrann, was Maria Pardonner offenbar geflissentlich zu ignorieren versuchte.

„Thekla war der gute Geist in diesem Haus. Sie hat mir alles beigebracht. Von den Manieren, über den Haushalt, die Politik und das Verwalten der Finanzen. Was man als Frau wissen darf und welches Wissen man in wessen Gegenwart besser nicht zur Schau stellt." Sie zwinkerte Minna zu. „Ich habe viel gelesen in der Zeit. Über die Geschichte der Deutschen, die Poesie der Engländer und die Erkundung der Welt. Das hat mich ungemein bereichert."

Minna stellte das Glas auf den Beistelltisch, ohne den Schnaps auszutrinken. „Haben Sie Ihren Mann auf einem Ball kennengelernt?"

Marias Züge verhärteten sich schlagartig und noch bevor sie Zeit hatte, zu antworten, erkannte Minna ihren Fauxpas und wandte sich von ihr ab. „Ach herrje! Das Bügeleisen! Ich habe es auf dem Herd vergessen."

Unter diesem falschen Vorwand verließ sie die Stube. Das Gespräch hatte Minna bis zu diesem Zeitpunkt gutgetan, sie wollte keine alten Wunden aufbrechen. Aber war das zu vermeiden? Alles in Marias Leben schien mit dem Tod verbunden, überall haftete der Verlust geliebter Menschen an ihren Erinnerungen. Es war, als könnte Minna mit nur einem falschen Wort einen Nerv freilegen.

Doch als Minna in der Küche stand und darüber nachdachte, wie sie es wiedergutmachen konnte, wollte ihr nichts einfallen. Schlimmer noch. Während sie die Decken zur Ablenkung zusammenfaltete, beschlich sie ein beunruhigendes Gefühl. Erst, als sie ihren Blick nicht mehr davon lassen konnte, hielt sie das Tischtuch ins Licht. Sie kannte derartige Flecken aus dem Krankenhaus. Erst sahen sie aus wie verschütteter Wein. Doch bei genauerer Betrachtung waren sie dafür zu klein. Die feinen Linien, die tief in den Seidenstoff eingedrungen waren, mussten Blutstropfen sein. Stellte sich nur die Frage, wessen Blut?

Den restlichen Tag über hatte Minna es geschafft, ihre eigenen Sachen vom Staub der Reise zu befreien, den Kleiderschrank zu ordnen und neue Kerzen in die Leuchter auf den Fluren zu stecken. Kurz bevor die Langeweile überhandnehmen konnte, hörte sie im Innenhof ein Geräusch. Es war ein junger Mann, der lauthals ächzend einen Karren auf das Grundstück zog. Er war von irgendwo hinter dem Gebäude gekommen und zog den Karren jetzt direkt unter Minnas Fenster, wo er innehielt und sich den Hemdsärmel über die kahle Stelle seines schweißnassen Kopfes wischte. Minna konnte nicht anders, als ihn still und heimlich zu beobachten. Erst packte er Rüben und Rettiche in eine Zeitung ein, dann legte er Pakete mit Tee, Zucker und Salz in einen Korb und stellte alles um die Ecke. Als er wiederkam, warf er einen kurzen Blick hinauf und Minna schreckte zurück, aber als sie wieder hinsah, stellte sie fest, dass er sie gar nicht bemerkt zu haben schien.

Neugierig schob sie sich ein kleines Stückchen weiter nach vorn und spähte hinab. Der junge Mann öffnete einen Schrank, der auf den Karren montiert war und zog sich Handschuhe über. Er nahm eine Säge und bearbeitete etwas Großes darin. Dann nahm er einen Haken und zog einen großen Block Eis heraus. Das herausgeschnittene Stück fiel in einen Sack. Schnaufend hob er den Sack mit dem Eis hoch und trug es hinüber in das Haus, in dem Paul wohnte.

Alles an ihm war ehrlich und roh. Als Figur eines Arbeiters überzeugend – wie in den Werken der Futuristen, in denen das Pferd gezähmt wurde und Männer der Stadt zum Wachstum verhalfen. Minna schnappte sich Stift und Papier und fing an, den Kerl zu zeichnen, bevor er im Eingang verschwand. Sie grinste über beide Ohren. Es bestand also abseits allen Übels immer noch die Hoffnung, dass sie sich von toten Hasen und Geistern in Baumnarben lösen würde, um fundamental

Menschliches zu schaffen. Zumindest, wenn der Zufall ihr einen Eislieferanten schickte.

Urplötzlich drang ein brachiales Getöse aus Pauls Wohnung über den Hof, sodass Minna das frisch gefundene Lächeln wieder verging. Jemand hatte lauthals geschrien, kurz darauf war etwas zu Bruch gegangen.

Sie zögerte keine Sekunde, stürmte die Treppe hinunter, durchquerte den Flur, schlug die Tür auf und rannte über die Wiese. Am Haus kam ihr der Lieferant bereits wild mit den Händen wedelnd entgegen.

„Es ist der Paul! Der Paul ist tot!"

„Wo ist er?" Minna schnappte sich den jungen Mann im Vorbeirennen, zog ihn mit sich zurück ins Haus, wo sie die Quelle des verdächtigen Schepperns fand: Der Beutel mit dem Eisblock war die gesamte Länge der Treppe hinabgestürzt.

„Da oben ist er! Da oben! Schnell, Sie müssen was tun!"

„Jetzt sei doch endlich still, Himmel noch mal!" Minna packte ihn bei den Schultern. „Wir dürfen nicht schreien und ihn wecken."

„Aber ... ich ..." Er sah rüber zur Tür. Minna beschloss, ihn zu ignorieren, raffte ihr Kleid und nahm die Treppe im Sturm.

Sie sah ihn sofort.

Paul lag in verrenkter Haltung in seinem Zimmer. Sein linker Arm war verdreht, in der linken Hand hielt er ein Buch. Unter seinem Kopf sammelte sich ein Rinnsal aus Blut.

„Paul?" Minna kniete sich neben ihn und flüsterte mehrmals seinen Namen. Routiniert kontrollierte sie seine Atmung und den Herzschlag. Er lebte noch. Aber er hatte sich den Kopf schwer verletzt, und Minna musste dringend die Blutung stillen. Der Lieferant stand immer noch auf Abstand und ballte panisch die Fäuste.

„Das war ich nicht."

„Das hat auch keiner behauptet", erwiderte sie forsch und riss den Stoffbezug von Pauls Kopfkissen. „Wir müssen die Blutung stoppen und ihn aufs Bett heben."

„Dürfen wir ihn anfassen?" Er machte einen Schritt zurück und sah zur Treppe. Sein Verhalten machte Minna rasend, aber ohne ihn würde sie es nicht schaffen.

„Das dürfen wir. Ich bin seine Krankenschwester. Komm, ich brauch deine Hilfe. Bitte."

Er schien nicht überzeugt, aber wenigstens schaffte der junge Kerl es, ein wenig Schneid zu finden. Gemeinsam hoben sie Paul rüber aufs Bett. Minna versuchte, den ausgekugelten Arm dabei möglichst wenig zu belasten, trotzdem zuckte Paul dabei die ganze Zeit über vor Schmerzen, aber seine Augen blieben geschlossen.

Und dann passierte das Undenkbare.

Minna verlor die Kontrolle. Nur für einen unscheinbaren Moment, aber lang genug, um geistig nicht mehr anwesend zu sein. Es war ein widerwilliges Gefühl. Als würden die Realität und die Welt ihrer Zeichnungen um Paul konkurrieren. Als das Verlangen, Paul als eines ihrer Motive zu sehen, wie eine Welle über Minna hinweggerauscht war und sie feststellte, dass sie ihren Patienten immer noch fest umklammerte, räusperte sie sich geräuschvoll. Ohne ihren Aussetzer zu kommentieren, fing sie damit an, Paul das Blut aus den Haaren zu wischen und nach der Verletzung zu suchen. „Wie heißt du, wenn ich fragen darf?"

„Ich heiße Claudius."

„Mein Name ist Minna."

„Was mache ich jetzt?"

„Ich brauche Eis, Claudius. Kannst du mir welches holen? Es muss frisch sein. Nicht das vom Boden!"

Claudius sah auf seine Handschuhe, die mit Pauls Blut besudelt waren, und zog sie angewidert aus. Dann nickte er, verließ das Zimmer und kam nach zwei Minuten mit einem großen Stück Eis zurück, von dem er ihr ein kleineres abbrach. Minna ließ es in ein Tuch gewickelt sanft über Pauls Stirn und Schläfe gleiten. Anschließend ging sie zum Medizinschrank auf dem Flur, in dem alle Utensilien für Notfälle untergebracht waren. Sie holte Alkohol, Jod, Nadel, Faden und Mullbinden, aber auch zwei gefaltete Blätter mit dem verschriebenen Schmerzmittel. Erst desinfizierte sie die Wunde, goss Alkohol über Nadel und Faden, nähte so eng wie möglich am Rand der Platzwunde entlang und verband alles hastig mit einer Mullbinde. Es war ihr nach eigenem Augenmaß in der Hektik mehr schlecht als recht gelungen. Paul würde zweifelsohne Narben davontragen.

„Claudius? Ich muss dich bitten, mir hierbei zu helfen."

Sie bröselte dem Ohnmächtigen ein wenig vom Schmerzmittel in den Mund und verrieb es auf der Zunge und seinem Gaumen.

„Soll ich ihn hochheben?" Claudius ließ Pauls Arm während all der Zeit über nicht los.

Minna schüttelte den Kopf. „Es muss erst wirken. Ich will nichts überstürzen."

Paul Frauenlob war klitschnass vor Schweiß. Seine Haut hatte jegliche Farbe verloren und sein Atem ging flach, die Zunge war geschwollen. Wahrscheinlich hatte er beim Sturz draufgebissen. Minna wusste nicht, ob das Pulver schon wirkte und ob der Schmerz ihn aufwecken würde, aber das Risiko musste sie eingehen.

„Jetzt. Jetzt können wir anfangen. Du hebst ihn nur ein wenig hoch. Ungefähr so, genau. Ich werde jetzt gleich meinen Fuß unter seine Achsel klemmen und dann einmal mit aller Kraft ziehen. Du musst dagegenhalten. Hast du das verstanden?"

„Ja."

„Dann los. 3 ... 2 ... 1!"

Mit einem hörbaren Knacken schnappte das Gelenk zurück in seine ursprüngliche Position, sodass Claudius sich angeekelt abwandte. Sofort tastete Minna die Gelenkpfanne und das Schulterblatt nach einem Bruch ab. Als sie keine Erhebungen fand, zog sie ihm das Hemd aus und untersuchte seine Achseln.

„Was machen Sie da?"

Minna fuhr mit Zeige- und Mittelfinger die Achsel ab. „Ich schaue nach, ob wir eine Ader verletzt haben. Zum Glück sehe ich hier aber keine Schwellungen."

„Hätte das passieren können?", fragte er entsetzt.

„Ist es ja nicht."

„Darf ich jetzt gehen?" Er wurde spürbar ungeduldig.

Minna schwieg und nickte nur. Sie sah ihm nicht hinterher, als er ging. Ihr Herzschlag ging immer noch viel zu schnell, die Hitze in der kleinen Kammer schnürte ihr den Atem ab. Sie öffnete ein paar Knöpfe am

Rücken ihres Kleids und füllte die Lungen mit abgestandener Luft.

Das Gröbste war überstanden.

Die nächsten zweieinhalb Stunden verbrachte Minna mit Paul in aller Stille. Sie wischte das Blut vom Boden, an dem sich Fliegen laben wollten, fächerte Paul Luft zu und wechselte von Zeit zu Zeit die frisch angelegten Wadenwickel, damit er nicht zusätzlich noch einen Hitzschlag erlitt.

Gerade als sie ihm erfolgreich Tropfen für Tropfen Wasser eingeflößt hatte, stand plötzlich Franz in der Tür. Seine Klamotten waren schmutzig von der Arbeit, das Haar klebte nass an der Stirn. Er war völlig außer Atem. Wahrscheinlich war er direkt vom Sägewerk den Berg hinaufgerannt. Beißender Schweißgeruch füllte den Raum.

„Wer hat Sie gerufen?"

„Claudius ist zu mir gekommen. Weiß Mutter Bescheid?"

„Er ist stabil", meinte Minna vorsorglich und hob abwehrend die Hände. „Und nein. Ich habe nicht die Zeit gehabt, Ihrer Mutter Bescheid zu geben."

„Haben Sie einen Arzt gerufen?", wollte er wissen.

„Nein."

„Wieso nicht?"

„Ich habe seine Wunde vernäht, die Blutung gestillt, ihm Schmerzmittel gegeben. Hätten wir besser Stunden auf einen Arzt warten sollen?" Sie sah ihn entgeistert an. „Ist es das, was Sie mir sagen wollen?"

Franz warf beide Hände zornig vor sich. Aufgeregt leckte er sich über die Lippen und rang nach Worten. Dann schüttelte er den Kopf und lachte über sich selbst.

„Es tut mir leid ... es ist nur ... Ich habe Sie anscheinend unterschätzt. Sie hatten offenbar alles unter Kontrolle."

„Wir hatten Glück", korrigierte sie ihn und fing an, die Wickel auszuspülen. „Bei stärkeren inneren Verletzungen wäre ich mit meinem Latein schnell am Ende gewesen."

„Ich muss mich bei Ihnen entschuldigen", brach es plötzlich aus Franz hervor. Er trat einen Schritt in das Zimmer hinein.

„Wofür?"

„Für meinen verbalen Ausfall vor ein paar Tagen." Erst jetzt sah Minna die Schrammen und Kratzer auf seinen Armen und in seinem Gesicht. Er musste blindlings durch die Büsche gehetzt und dabei gestürzt sein. An seinen Knien klebte eine dicke Schicht Lehm. „Bitte nehmen Sie meine Entschuldigung an."

„Was soll ich sagen ..."

„Nein, schon gut. Sie müssen nichts sagen."

Er stockte.

Minna konnte seinem Gesinnungswandel nicht gänzlich folgen, aber ebenso wenig wollte sie den spontanen Anstand an sich vorbeiziehen lassen. „Ich nehme besser an. Wer weiß, wann Sie Ihre Meinung wieder ändern."

„Seid ... ihr jetzt ... beste Freunde?"

„Paul!

„Nicht bewegen!" Minna drückte seinen Oberkörper sanft aufs Bett zurück. Paul leistete keinerlei Widerstand. Er konnte die Augen gerade so offenhalten. „Wie geht es Ihnen?"

„Nicht gut."

Franz verschränkte die Arme vor seiner Brust und bleckte die Zähne. „Das Fräulein hat dir den Arsch gerettet."

„Hat Sie?" Paul grinste gewinnend.

„Du wolltest mir ja nicht glauben, dass du sie brauchst." Franz trat nach dem Dreck vor seinen Füßen. „Ich geh jetzt zurück zum Sägewerk. Du schuldest mir zwei Stunden Lohn."

„Sicher, sicher."

Franz ging, ohne sich zu verabschieden. „Hat er das gerade wirklich gesagt?" Sie sah Paul perplex an.

„Das mit dem Lohn?"

„Nein, der Teil mit meinen Fähigkeiten als Krankenschwester."

Er lachte leise, drehte sich zur Seite um, schlief unvermittelt ein und blieb Minna diese Antwort so fürs Erste schuldig.

05.09.1919

„Was für eine Strecke!“

Minna stand mit dem Korb in der Hand auf dem Gehweg und ließ den Regen in ihr Gesicht prasseln, weil ihr nichts anderes übrig blieb. Sie hatte keinen Schirm mitgenommen und ihr Sommerkleid hing in schweren Falten von ihren Schultern.

Vor ihr dröhnte das Sägewerk wie eine hungrige Bestie. Das Haupttor stand sperrangelweit geöffnet. Abgenagte Baumstämme ragten in das dahinterliegende Innere hinein und im Licht zweier großer Deckenleuchter sah Minna Greifhaken auf die Stämme niederrasseln. Holz splitterte irgendwo in der Nähe einer Maschine und Männer in aufgeknöpften Hemden riefen sich Befehle zu. Alle Prozesse griffen ineinander. Ein martialisches Uhrwerk, das kein Ziffernblatt und keine nachvollziehbare Logik besaß. Wieder spürte Minna die Begriffe des Futurismus vor sich aufflackern, aber nicht in den plakativen Worten eines Marinettis, sondern in ihrem Puls, der in die Höhe schnellte. Wenn sie Malerin wäre statt Zeichnerin, sie würde sich mit allen vibrierenden Farben daran versuchen.

Der warme Regen, der an diesem Morgen aus düsteren Wolken fiel, mischte sich unweigerlich mit Sägestaub. Kiefernholz und der Geruch von Harz stiegen Minna in die Nase. Das Sprühwasser, das man auf die Säge lenkte, kam ihr von vorn wie ein weiteres Regenband entgegen. Minna machte zaghaft ein paar Schritte hinein, um sich einen besseren Überblick zu verschaffen. In einer Maschine rechts neben ihr schabte man den Stämmen mit einer Leichtigkeit die Rinde vom Leib, dass Minna sich unvermittelt schüttelte.

Irgendwo in dem Trubel musste Franz zu finden sein. Doch wo?

Sie zog sich in den offenen Eingang zurück und wartete darauf, was passierte. Ein älterer Mann kam nach wenigen Augenblicken vorbei und stellte sich ihr als August vor. Er zeigte Minna den Weg. Vorbei an den Trassen mit den abgezogenen Holzstämmen zu einem Raum, in dem sie warten durfte.

Dieser war kaum größer als ihre Wohnung in Berlin. Dennoch hatte man irgendwie vier Tische und acht Bänke hineingequetscht. An den Wänden gab es unzählige Haken mit Jacken, Schuhen und Alltagskleidern der Arbeiter. Minna entdeckte auch Franz' Jacke und die dazugehörigen polierten Lederstiefel, an deren Sohlen feuchter Lehm klebte.

„Was machen Sie hier?"

„Herr Pardonner!"

Franz war über und über mit Sägestaub bedeckt. Er bürstete sich die Späne vom Kopf und trampelte auf dem Boden herum, dass es nur so von den Schultern schneite.

„Sie haben Ihr Essen vergessen", erklärte sie.

„Du."

„Wie meinen?"

„Wir sollten uns duzen." Er nahm ihr den Korb ab und stellte ihn auf den Tisch. Dann atmete er schwer durch und kreiste den Kopf im Nacken. „Nicht, dass das meine Idee gewesen wäre."

„Hat Paul es vorgeschlagen?"

„Wer sonst?"

„Wann war er wach, dass ihr geredet habt?"

Franz zuckte mit den Schultern. „Keine Ahnung. Vor einer Woche ungefähr, ganz kurz nur, als ich nach ihm gesehen habe."

„Sag beim nächsten Mal bitte Bescheid. Ich muss ihn dringend sprechen." Minna zeigte hinaus durch die Tür. „Kann ich mir einen Schirm leihen?"

Erst jetzt sah Franz sie erstaunt an. „Du bist ja völlig durchnässt!"

„Ja, es regnet seit einer ganzen Weile."

Franz griff nach einem Lappen und klopfte ihn am Türrahmen sauber genug, dass Minna sich damit das Gesicht und den Nacken trocknen konnte. Wortlos überreichte er Minna seine Jacke und zeigte ihr ein Rohr in der Ecke, durch das heißes Wasser lief. Ihr wurde wärmer, kaum dass sie in dessen Nähe stand.

„Mehr kann ich nicht tun."

„Das reicht mir. Danke."

„Ich habe wohl zu danken." Er zögerte. „Aber pass beim nächsten Mal gefälligst besser auf dich auf. Mit dem Regen. Und überhaupt! Ein Sägewerk ist kein Ort für eine Frau. Jung oder alt!"

„Und überhaupt ...", äffte Minna ihn leise nach, nachdem er sich umgedreht hatte, um wieder seiner Arbeit nachzugehen, und musste unwillkürlich an Paul denken. Er war seit mehr als zwei Wochen der Gefangene ungewöhnlich langer Schlafphasen und entsprechend kurzer Wachzeiten. Es kam ihr sehr bald schon so vor, als hätten Minna und er sich nie kennengelernt. Als wäre sie ihm nie zur Hilfe geeilt. Wenn er aufwachte, trank er wie ein Kamel und aß, bis er nur noch sinnloses Zeug von sich gab, dann fiel er zurück in seinen tiefen Schlaf. Wahrscheinlich musste es mit der Kopfwunde zu tun haben, die er sich bei seinem Sturz zugezogen hatte. Auch in ihrer Korrespondenz mit Doktor Sallinger kam dieser zu dem Schluss, dass es sich „sehr wahrscheinlich um ein leichtes Trauma des Schädels handelte" und die „Symptome seiner Schlafkrankheit sich seiner vermehrt bemächtigten", bis die Wunde verheilt wäre.

Minna wrang sich das Wasser aus ihrem Kleid und öffnete die Schürze, um sie über einen Stuhl zu hängen.

Nach einigen Minuten, die sie so vor dem heißen Wasserrohr verbrachte, kam ein Mann durch den Seiteneingang in das Werk und sorgte für rege Betriebsamkeit. Der Lärmpegel wurde drastisch reduziert, Helme abgesetzt, Stühle aus dem Aufenthaltsraum geholt und aufgestellt, damit man einen Kreis um ihn bilden konnte. Dann gab es eine kurze Ansprache. Es folgten anerkennendes Kopfnicken und Applaus. Sofort ging es für alle ohne Umwege zurück an ihre Arbeit. Das kurze Schauspiel imponierte Minna. Vor allem die Art, mit der der Mann in der grünen Uniform die Arbeiter zu behandeln wusste. Keiner entging seiner Aufmerksamkeit, niemanden ließ er bei der Ansprache aus. So wirkte es ebenso selbstverständlich, als er Minna von weitem sah und schnurstracks auf sie zusteuerte.

„Guten Morgen, Fräulein. Darf ich fragen, was Sie hier zu suchen haben?" Auf den letzten Satz folgte ihm ein Dachshund hinein, der sein Fell fröhlich an den Stiefeln der Arbeiter scheuerte und Minna schwanzwedelnd ankläffte.

„Ich habe nur Essen vorbeigebracht."

„Das ehrt Sie. Und sonst?"

„Man könnte sagen, ich trockne."

Er schmunzelte. „Wo habe ich meine Manieren gelassen? Mein Name ist Konrad. Victor Konrad. Ich bin der Oberförster ... Verzeihung ... Forstmeister, so muss es jetzt wohl heißen, in diesem Wald und allen umgebenden Wäldern." Er zog seinen Hut mit der geschürzten Krempe vom Kopf, sodass das rotlockige Haar darunter zum Vorschein kam. Dann öffnete er den obersten Knopf seines Jagdrocks und griff nach einem Taschentuch in der Innenseite. Der breite, rostbraune Schnauzer unter seiner Nase blieb bei jedem seiner Worte regungslos. „Mit wem habe ich das Vergnügen?"

„Minna Dahl." Sie knickste, auch wenn es wahrscheinlich nicht notwendig war. „Ich bin in der Familie Pardonner angestellt."

„Pardonners, hm? Hat die Baronin Eva rausgeworfen? Wie kommt es, dass wir uns noch nicht gesehen haben, Minna Dahl? Es gibt schließlich eine Meldepflicht im Forstamt und im Gasthaus *An der Kämpe* für die Neuankömmlinge." Er schnäuzte sich, steckte das Tuch ein und holte eine schwach glimmende Pfeife aus der Tasche. Durch die Flamme eines Zündholzes erweckte er sie wieder gänzlich zum Leben. „Sie erlauben doch? Es regnet. Da ist der Staub feucht und man gönnt sich im Werk sonst keine Auszeiten."

„Gern, nur zu."

„Wie gesagt ..." Er sah abwartend zu ihr herüber.

„Das mit der Meldung wusste ich nicht, aber ich werde es umgehend nachholen, Herr Forstmeister“, antwortete Minna gewissenhaft und holte die Schürze vom Stuhl, um sie sich umzubinden. Auch wenn sie noch klamm war, wollte Minna klarmachen, dass auch sie einer Arbeit nachging und nicht einfach auf einen Urlaub im schönen Mühldorf vorbeigekommen war.

„Ich bitte Sie, Fräulein. Das ist hiermit erledigt.“ Er zog an der Pfeife und wies sie an, ihm zu folgen. „Sie müssen sicher zurück. Aber bei dem Regen? Wenn sie möchten, nehme ich Sie ein Stück mit. Ich habe einen Schirm.“

Bei der Erwähnung des Schirms spurte der Dachshund an ihm vorbei zum Ausgang. „Sachte, sachte, Rudolf. Hierher, kommst du wohl hierher!“

„Er ist sehr lebensfroh“, meinte Minna amüsiert.

Victor Konrad blähte die Wangen. „Für die Jagd kaum zu gebrauchen, aber sein Frauchen hängt sehr an ihm. Er ist ein Schatz für die Enkel obendrein. Ich will ihn nicht missen.“

„Es ist nett von Ihnen, dass Sie mich begleiten wollen. Aber sobald der Regen aufhört, finde ich den Weg allein.“

„Glauben Sie mir, das wird er nicht. Es regnet sich ein, wie man hier sagt. Das kommt die nächsten Stunden so runter. Außerdem ist es meine Richtung.“

„Wirklich?“

„Sie werden schon sehen, Fräulein. Das ist auch der Grund, wieso ich meinte, dass wir uns eigentlich schon längst hätten begegnen müssen.“ Er knöpfte den Mantel zu, erstickte die Pfeife mit der bloßen Hand und ließ sie in der Manteltasche verschwinden. Ein junger

Mann trat zu ihm und brachte ihm Flinte und Horn. Dazu einen Schirm, den er gänzlich Minna überließ. „Mein Hut reicht mir."

Als sie die Hälfte der Strecke hinter sich gebracht hatten und Rudolf ins Gebüsch ausbüxte, nutzte Förster Konrad die Gunst der Stunde und fragte Minna über alles Mögliche aus. Wieso sie hier war, woher sie kam, was ihre Eltern gemacht hatten, um solch ein schönes Kind in das entlegene Mühldorf entkommen zu lassen. Im Austausch für ihre wohldosierten Informationen bekam sie etwas über die Gegend zu hören. Über die Männer, die im Krieg ihr Leben gelassen hatten, wie auch über die Änderungen in den Verwaltungsbehörden der Förster. Dinge, die manchem, wie Minna überlegte, keinerlei Interesse abverlangten. Doch sie sog das Neue aus dem Gespräch wie ein Schwamm auf dem Trockenen in sich auf.

Irgendwann kehrte Rudolf aus dem Busch zurück und sie gelangten über den Trampelpfad auf eine ausgebaute Straße. Diese führte hoch an die Flanke des Grundstücks von Gut Pardonner. Über diese, überlegte Minna, musste auch Claudius mit dem Wagen gekommen sein.

Minna konnte sich über die gegenüberliegende Seite des Hauses nur wundern. Die prächtige Fassade und der Jägerschmuck schrien ihr förmlich entgegen, welch erfolgreiche Jäger darin lebten. Es widersprach der schlichten Häuslichkeit auf der Rückseite völlig.

Der Förster war so sehr mit ihr ins Reden gekommen, über die Tiere, die anstehende Treibjagd, seine Erlöse aus dem Sägewerk und die schwere Lage der deutschen Wirtschaft im Allgemeinen, dass sie nicht bemerkte, wie er Stück für Stück Themen anschnitt, die man einer Frau gegenüber üblicherweise nicht ansprach.

„Wie meinen Sie das?“ Minna sah ihn verständnislos an. „Dass ich mich an Sie wenden soll, wenn es in dieser Gegend brenzlig wird ... Was muss ich mir darunter vorstellen?“

Sie blieben vor dem Torbogen des Guts stehen, an dem ein hölzerner Eberkopf angebracht war.

Der Förster sah in den Wald, dann zum Haus und versuchte abzuwinken.

„Sie sind neu hier, deswegen will ich Sie nicht mit irgendwelchen Geschichten beunruhigen. Es gebührt, sich einen eigenen Eindruck zu verschaffen.“

„Das wäre der Fall gewesen, hätten Sie es nicht erwähnt. Jetzt muss ich es erst recht wissen.“

„Was habe ich da nur angerichtet?“

„Sie sind mir eine Erklärung schuldig. *Das* haben Sie angerichtet.“

Ein Rufen riss beide aus ihrer Anspannung. Victors Name hallte im Wald wider, doch er schien nicht sofort reagieren zu wollen. Erst als der Klang der Stimme von der simplen Suche nach Aufmerksamkeit in einen verzweifelten Hilfeschrei umschlug, löste er sich augenblicklich vom Fleck und preschte los.

Minna folgte ihm, beobachtete, wie er ungebremst den Weg hinab ins Tal nahm. Was war geschehen? Hatte es etwa einen Unfall im Sägewerk gegeben? Minna kam schnell außer Atem. Es bereitete ihr Schwierigkeiten, ihm in seinem gewohnten Terrain an den Fersen zu bleiben.

„Herr Konrad?“

Der Förster drehte sich nicht einmal mehr um. Er schien sie völlig vergessen zu haben. In seinem Sprint durchbrach er Unterholz und Büsche, dann war er verschwunden. Doch Minna musste nicht lang nach ihm suchen. Das anschwellende Geräusch einer aufgebrachten Menschenmenge führte sie geradewegs an den Ort einer schrecklichen Nachricht.

„Minna, Guteste. Ich habe mir solche Sorgen gemacht!"

„Maria?"

Minna blieb keine Gelegenheit, sich ein Bild von der Situation zu machen. Da waren Menschen, der Wald, aber auch eine Straße, an der eine kleine Behausung stand. Um diese herum drängten sich die Bewohner von Mühldorf und riefen durcheinander. Maria, die mit ihren scharfen Augen Minna von Weitem schon erkannt hatte, löste sich aus der Menge und nahm sie plötzlich bei der Hand.

„Die haben mir nicht sagen wollen, wen sie gefunden haben, deswegen dachte ich erst ... oh, ich dachte erst, Sie wären es gewesen, Kind. Gott sei Dank ist dem nicht so!"

Minna war trotz der ungewohnten Rennerei plötzlich wieder hellwach. Die zittrigen Hände ihrer Gastgeberin klammerten sich mit eisernem Griff um ihre eigenen.

„Was ist passiert? Wen hat man gefunden, Frau Pardonner?"

„Du darfst jetzt nicht die Fassung verlieren", beschwor Maria sie, auch wenn sie selbst den Eindruck machte, dass sie mit den Nerven am Ende war und unaufhörlich erzählen musste. „Es ist jemand auf dem Zanker hinter dem Sägewerk gefunden worden. Da fließt der Arndtbach ab. Zu dieser Jahreszeit gibt es manchmal Hochwasser –“

„Er ist im Bach gefunden worden?“, versuchte Minna das Gespräch zu beschleunigen. „Tot?“

Maria sah sie mitgerissen an. „Gott hilf, dass es kein Kind ist.“

„Wieso sind alle hier versammelt? Hat man die Leiche etwa hierher gebracht?“ Sie zeigte auf das Häuschen und zog Maria ein Stück hinter sich her, um einen besseren Blick auf das Geschehen zu bekommen.

„Wie konnte das passieren ... so nah an unserem ...“

Endlich konnte Minna das kleine Gebäude genauer einsehen. Es handelte sich zu ihrer Überraschung um ein ehemaliges Posthäuschen, wie sie vor über fünfzig Jahren benutzt worden waren. Überall in Deutschland konnte man diese Relikte anfinden. Ihr Charme ließ sie überleben, denn früher hatten sie ausschließlich Postboten dazu gedient, Kutschen zu wechseln, Pferde zu pflegen und die Post über Nacht einzusperren. Minna kannte den Anblick nur zu gut, da direkt neben ihrem Elternhaus ein solches stand. Als man es nicht mehr genutzt hatte und die Post zunehmend motorisiert durchs Land transportiert werden konnte, hatte Minna sich als junges Mädchen darin herumgetrieben. Ein abenteuerlicher Ort, der ihre Fantasie angeregt hatte. So hatte sie oft auf einer der Pritschen im Pausenraum gelegen und sich vorgestellt, sie würde durch ganz Europa reisen. Als Brief in einem Postsack.

„Victors Mannschaft hat angewiesen, ihn herzubringen.“ Maria, die weiterhin von der Tatsache geschockt schien, dass man jemand Totes von hinter dem Sägewerk in die unmittelbare Nähe ihres Anwesens gebracht hatte, löste ihren Griff um Minnas Hand. „Das war sicherlich die einzige Lösung. Victor ist nun hier. Er wird am besten wissen, was passiert."

„Die Leute lassen ihn nicht durch." Minna verfolgte ihn mit den Augen, wie er sich von Person zu Person hangelte, aber nicht näher ans Ziel gelangte. Er wehrte Hände ab, kommentierte Zurufe, bedankte sich bei denjenigen, die ihm eine Schneise bahnten, nur um dann erneut angehalten zu werden.

„Wir sollten zurück nach Hause, Minna. Mir ist angst und bange. Franz ist nicht hier und ich möchte ..."

„Einen Moment noch", unterbrach Minna sie und bat Maria, still zu sein, denn Victor Konrad gelangte nun endlich ins Häuschen. Eine bemerkenswerte Luftleere erfasste die Anwesenden, wie ein gemeinsames Anhalten aller Atem.

Er ließ sie nicht lange warten. Energisch trat der Förster aus dem Posthäuschen, zwei Männer an seiner Seite, denen das Blut aus dem Gesicht gesackt war. Besorgt blickte Victor in die Gesichter der Gemeinde und zog seinen Hut vom Kopf.

„Es ist Stephan. Bauermanns Stephan."

Augenblicklich brach eine kleine Gruppe links von Minna und Maria in Tränen aus.

„War er es?", rief eine klagende Stimme. Sie gehörte einer gebrechlichen Alten, die in den Armen einer jüngeren Dame zusammengesackt war und mit zitternden Fingern in die Luft griff.

Wen genau meinte sie?

„Ja, Victor! War er es?"

„Ruhe jetzt! Bitte!“ Der Tumult wurde größer. „Nein, er war es nicht! Soweit ich es beurteilen kann, handelt es sich um einen Unfall.“

„So schnell kann das niemand sagen!“, konterte ein Bursche, der vor sich in den Staub spuckte und Victor auffällig mit Gesten zu einem verbalen Schlagabtausch herausforderte.

„Willst selbst nachsehen?“, platzte es aus Victor Konrad heraus. „Nein? Dachte ich mir. Jetzt haltet an euch, wir wissen nichts Genaues. Für mich sieht es im ersten Moment so aus, als wäre er schwer gestürzt.“

„Gestürzt? Wie sieht man aus, wenn man gestürzt ist?“

„Jetzt halt endlich die Klappe!“, brüllte er den Burschen an, der im nächsten Moment von einem Freund oder Bruder von der Menge fortgezerrt wurde. „Jetzt, wo ihr alle hier vor mir steht, muss ich eins fragen: Weiß irgendjemand, ob Stephan wieder angeln war? Was hat er da oben gesucht? War er allein? Habt ihr ihn auf dem Weg vom Sägewerk zu seinem Haus gesehen? Vor einem Gasthaus vielleicht? Hat er mit einem Fremden gesprochen oder sich gestritten?“

Seine Stimme bebte vor Aufregung bei der Betonung des letzten Satzes. Alle schauten sich fragend an, niemand kannte die Antwort. Die Stimmen mäßigten sich.

„Keiner? Nun ...“ Er kanalisierte seine völlige Aufmerksamkeit auf die trauernde Familie und drückte ihnen sein aufrichtiges Beileid aus. Dann wandte er sich dem Rest zu. „Ich werde ein Gespräch mit der Schutzpolizei führen. Geht bitte alle nach Hause und lasst dem armen Stephan und seinen sterblichen Überresten die gebührende Würde.“

„Minna?“ Maria schob sich in ihr Sichtfeld. „Sie haben ihn gehört. Wir kehren heim.“

„Ja“, sagte Minna gedehnt, weitab in Gedanken. „Wir gehen.“

„Was ist denn nur los mit Ihnen? Wo haben Sie sich so lange aufgehalten?“

„Ach, ich ...“, stammelte sie und sah dem Förster für einen kurzen Moment in die Augen. Der ausgetauschte Blick war wie das Siegel auf den warnenden Worten, die er erst Minuten zuvor ausgesprochen hatte. Minna bekam eine Gänsehaut und warf einen letzten Blick über ihre Schulter, während sie mit Maria den Rückweg antrat. Der Forstmeister hatte sich den Schlüssel geben lassen, schloss das Häuschen ab und schickte alle Schaulustigen vehement fort. Minna hörte einen Wortschwall, den Maria auf sie losließ, aber ihre Ohren setzten das Gehörte nicht in sinnvolle Worte um. Sie war geistig ganz und gar beim Posthaus – und das machte sie wahnsinnig. Weil sie wusste, dass sie noch heute Nacht dort einbrechen würde.

In der Nacht des 05.09.1919

Der Weg zwischen dem Gut und dem Posthaus war nicht das eigentliche Problem, das Minna zu bewältigen hatte. Auch nicht Maria, die an diesem Abend früh zu Bett gegangen war, um ihre aufgewirbelten Nerven, wie sie es formulierte, wieder in Ordnung zu bringen. Sie selbst war es, die sich in den Schlingfallen ihrer Gedanken verhedderte.

Wie eine Gefangene bereitete sie ihren Ausbruch minutiös vor. Erst behauptete sie, sie würde später noch Pauls Schlaf kontrollieren, dann wartete sie auf Franz' Rückkehr, der einen Heidenlärm in der Stube veranstaltete, kaum dass er wieder im Haus war. Als er in sein eigenes Zimmer verschwand, hatte Minna bereits gepackt, was ihr nützlich erschien. Haarklammern, Zeichenzeug, ein Messer – nur für alle Fälle. Eine Laterne durfte ebenso nicht fehlen. Im Flur nahm sie sich einen alten Mantel vom Haken, der nach Leder und Fell roch und ihr in der Nacht das Gefühl von Unsichtbarkeit gab.

In den dräuenden Schatten der Bäume gewöhnten sich ihre Augen schnell an das Dunkel. Sie schlich unter den Fenstern der Schlafenden hinweg und auf den Schotterpfad, der sie hinter dem Haus entlangführte. Es war kaum kühler als am Tag und in Minnas

Innerem erhitzte der Gedanke an eine seltene Gelegenheit ihr Blut noch weiter.

Bald konnte sie das charakteristische Gurgeln des Breitbachs hören, der Mühldorf in einer engen Schlinge umfuhr. Der Geruch von Feuer und schummriges Licht, das zwischen schwarzen Zweigen glomm, warnte sie davor, dass in den Häusern am Ende der Straße immer noch Leute wach waren.

Das Posthaus sah auch im Dunkeln aus, wie das in ihren Kindheitserinnerungen.

Es war der Sommer ihrer ersten Liebe gewesen. Ihre ältere Schwester Karla hatte sich furchtbar mit ihr über den Nachbarsjungen gestritten, der Minna oft hänselte, aber der ihr dennoch ein lieber Spielkamerad war. Der genaue Grund für den Streit fiel Minna nicht mehr ein. Sie hatte regelmäßig mit Karla im Clinch gelegen. Manchmal nur, um zu sehen, wie ihr perfektes Puppengesicht zerfiel und sich in Tränen auflöste. Doch an einem Nachmittag war der Nachbarsjunge gekommen und hatte Geschenke von seiner Mutter verteilt, um sich für sein schlechtes Benehmen zu entschuldigen. Drei Tage vorher war entschieden worden, dass man ihn auf eine Kadettenschule schicken würde. Eine Anstalt für Soldaten, hatte er es genannt, in der Jungs zu Männern, und Männer zu Helden wurden. Minna und der Nachbarsjunge waren außer sich vor Wut über die Entscheidung, sie zu trennen, weil beide insgeheim wussten, dass sie sich mochten. Aber als Minna versuchte, ihm im Posthaus einen Kuss zu geben, war das tote Rotkehlchen dazwischengekommen.

Der Vogel lag einfach dort auf der Pritsche wie Minna so viele Male zuvor. Er war wohl durch ein offenstehendes Oberlicht hineingeflattert und dann mit voller Wucht gegen das gegenüberliegende Fenster geflogen. Der Nachbarsjunge war zutiefst darüber erschrocken, dass Minna ihn sorglos aufhob und betrachtete. Er schlug ihr den Vogel aus der Hand, ohne sie nach ihren Absichten zu fragen. Das wiederum machte Minna so rasend, dass sie ihn anschrie, er sie zurück anschrie, beide sich trennten und Minna den Jungen danach nie wiedersah. Das Rotkehlchen jedoch, das war ihr erstes Bild von einem toten Tier gewesen. Trotz eines furchtbaren Zeichenunterrichts, der viele Wünsche übrig gelassen hatte, war der kleine Vogel mit dem roten Kuss auf der Brust so außergewöhnlich gut gelungen, dass es für Minna auch heute noch an ein Wunder grenzte.

Und nun stand sie vor der Hintertür des Posthauses, in dem sich das Wunder wiederholen sollte. Sie hob den Riegel an, zog das Schloss hinter dem Spalt im geheimen Klappholz hervor und bearbeitete es mit einer ihrer Haarnadeln. Als es endlich *Klick* machte, spürte sie eine freudige Erregung über ihre Finger in das Rückenmark kriechen.

Die Freude über den vor ihr liegenden Moment der Entdeckung war unermesslich.

Etliche Aspekte ihrer Vergangenheit schienen sich zusammenzufügen. Ihr Wissen um die Hintertür, ihre frühen Versuche, das baugleiche Schloss in der Heimat mit einem Hammer zu knacken, die Verschwiegenheit der Nachbarskinder, als diese ihr den Trick mit dem Bügeldraht gezeigt hatten.

Mit der Laterne voran schlich Minna in das hintere der beiden Zimmer. Der Schlafraum und der Briefschrank waren nur durch eine dünne Bretterwand voneinander getrennt. Im gleichen Moment, in dem die Tür sich schloss und der Lichtkegel den Innenraum abtastete, hielt sie den Atem an. Der Grundriss war anders als erwartet. Kleiner und deutlich gedrungener. So kauerte sie bereits keinen Schritt später unmittelbar neben zwei Pritschen und starrte auf einen bleichen, schwer verletzten Arm.

Es wurde still um Minna.

War sie tapfer genug, es anzugehen? Ihr Gewissen rebellierte, aber ihre Finger griffen bereits nach dem Etui und dem aufgerollten Papier, das in der Mantelinnentasche steckte. Er war ja tot, bläute sie sich ein, er konnte ihr nichts anhaben.

Außerdem war es ein Unfall gewesen. Ein Unfalltoter, wie sie ihnen schon viele Male zuvor in der Klinik begegnet war. Oder war es doch anders? Minna war hier nicht in Sallingers Leichenkeller und schon gar nicht in Berlin. Die Enge dieses Häuschens und die unmittelbare Nähe zur Leiche drängten ihr Fragen auf. Wieso hatte sie sich trotz allem nicht im Griff? Wieso riskierte sie die gleiche Dummheit, die sie hergebracht hatte?

Minna erschauerte vor der Antwort.

Sie allein vermochte in den Wassertropfen entlang des vollgesogenen Sackleinens die Schönheit seltener Perlen sehen. Nur sie konnte in dem Haar den wirren Algenwuchs einer ölverschmierten See erkennen. Wie sollte sie sich zurückhalten, wenn für sie feststand, dass sie im Begriff war, dem Toten das Geschenk der auf Papier gebannten Ewigkeit zu machen?

Sie hängte die Laterne an einen Haken unter dem niedrigen Balken und riss das Laken von der Leiche.

Ein schwerer Fehler.

Der Anblick des vielleicht gerade einmal Dreißigjährigen war selbst für Minnas erprobtes Nervenkostüm eine Nummer zu viel. Ihr Herz pochte. Sie wandte sich ab, hielt sich eine Hand über Mund und Nase. Der Geruch der Leiche, der sich nach der Enthüllung im Raum ausbreitete, machte ihrem Magen zu schaffen. Reflexartig griff sie in den Mantel, fand aber das kleine Fläschchen Menthol nicht, das sie während ihrer Arbeit in der Klinik stets mit sich herumtrug. Wieso auch? Das war weder ihr Mantel noch war das Fläschchen je Bestandteil ihres Reisegepäcks für Mühldorf gewesen. Sie stieß einen leisen Fluch aus und zwang sich zur Ruhe.

Dann würde sie es eben aushalten müssen.

Sie war zu weit gekommen, um jetzt umzudrehen. Oder zu weit gegangen, um sich selbst noch etwas vorzumachen, dachte sie zynisch und wagte einen zweiten Blick auf die Leiche.

Es dauerte nicht lang, dann fing sie wie nach einem unausgesprochenen Befehl mit dem Zeichnen an, bevor die Stimmung ihr abhandenkam. Sie zeichnete seine Arme, an denen sich bereits große Partien der Haut gelöst hatten. Tierbisse und Verletzungen von Steinen am Ufer wahrscheinlich. Man hatte ihn im Bach gefunden, erinnerte sich Minna. Die Verletzungen waren fransig, die Haut aufgedunsen. Sie zeichnete seine Brust, die in das von Salz verkrustete Hemd eingewickelt war. Eine große Wunde klaffte knapp unterhalb des Brustbeins. Die schwarzen Fesseln um seine Handgelenke, die Minna im gleichen Moment bemerkte, ähnelten der Wunde auf der Brust, zumindest was das Stadium der Verwesung betraf.

Minna entschied sich, die Technik zu wechseln. Kohle war hierfür zu grob. Sie zog einen Bleistift aus dem Etui und übertrug ihre bisherigen Fortschritte auf ein neues Blatt, ohne dabei die Details auszulassen. Das war, stellte sie fest, eine der besonderen Gelegenheiten, bei der ihr die Körperlinie weniger wichtig war. Stattdessen rückte sie mit Freude die Beschaffenheit der Haut in den Vordergrund. Auch wenn der Betrachter dadurch unmittelbar erkannte, dass Stephan in der Zeichnung nicht mehr am Leben war.

Die Landkarte aus durchgemachten Qualen zum Thema der Zeichnung zu erheben war verführerisch, und Minna gab ihrem inneren Drang bereitwillig nach. Zu abwechslungsreich waren die Schatten, die Linien. Um unter diesen Aspekten sein Gesicht besser sehen zu können, hockte sie sich dichter neben ihn auf den Boden und spielte mit dem Lichteinfall. Den Geruch der Verwesung nahm sie mittlerweile kaum mehr wahr.

Beim ersten Blick auf die geschlossenen Augen stutzte Minna. Sie schienen, ebenso wie der Mund, aus der Form geraten. Reste von getrocknetem Blut klebten an den Rändern der Lid- und Mundfalten. Sie holte das Lineal aus ihrem Etui, drückte die Unterlippe ein Stück herunter, schob es dann tiefer in den Mund und spreizte Stephans Kiefer am Gaumen auf. Beinahe widerstandslos. Keine Sekunde später dämmerte ihr, dass ihm die Zunge fehlte. Sie hielt inne, versuchte zu bewerten, was sie da eigentlich tat. Versuchte den Schrecken zu verdrängen, der da unbändig mit dieser Beobachtung vor Augen vor den Toren ihrer Vernunft stand und wild dagegen schlug. Ich sollte es bleiben lassen, dachte sie kurz, lenkte dann aber mit einer beiläufigen

Notiz zur Zunge die Aufmerksamkeit wieder voll auf Stephans Leichnam.

Der Stumpf der Zunge, der im Rachen verblieben war, schien auffällig sauber abgetrennt. Minna entdeckte ebenso eine kleine kreisrunde Öffnung am Hals, die ein Gegenstück im Nacken besaß. Aber es war kein Durchstich sichtbar. Daneben fand sie eine zackenförmige Wunde. Wenn die Zeit dafür blieb, würde sie beides im Anschluss noch zeichnen.

Zunächst gab es jedoch Wichtigeres.

Fern in Gedanken öffnete sie die Augenlider mit ihren Fingern und starrte unvorbereitet auf das, was sich ihren Augen bot. Hatte sie noch mit sich gerungen, die Leiche einer Bäckerstochter zu berühren, waren diese Hemmungen längst Vergangenheit. Nur, und das wurde ihr unumgänglich klar, steckte hinter jeder Berührung auch ein neuer Abgrund.

Minna war fassungslos.

Nie im Leben war Stephan bei einem Unfall ums Leben gekommen!

Sie sprang aus der Hocke auf und wischte sich die Finger an der Schürze ab. Der kalte Schauer umklammerte ihren Rücken wie die eisige Umarmung eines Geistes.

Was war mit Stephan geschehen?

Tiefe, schwarze Höhlen saßen an der Stelle, an der das Augenweiß mit den leblosen Pupillen hätte sein sollen. Schlaff schlossen sich die Lider über das gähnende Nichts in seinem Gesicht.

Es war Zeit, zu gehen.

Auf der Stelle!

Eilig hob sie das durchtränkte Tuch vom Boden auf und warf es über seinen Oberkörper. Ihre Finger froren vom Wasser, das von der Leiche ins Tuch übergegangen war, ihre Zähne klapperten vor Furcht.

Sie legte die Zeichnung zwischen zwei saubere Blätter und rollte diese ein. Die Stifte kamen zurück ins Etui, nichts sollte auf ihr Eindringen hinweisen.

Hatte sie alles? Fehlte nicht doch etwas? Sie löschte die Laterne, als ein Geräusch ertönte. Minnas Kopf fuhr erschrocken herum. Es waren Schritte.

Aber keine langsamen, behutsamen Schritte. Sondern schnelle Schritte auf der Straße neben dem Posthaus.

Minna zögerte nicht eine Sekunde und löschte die Laterne. Sie würde nicht abwarten, um herauszufinden, wohin die nächtlichen Spaziergänger wollten. Mit ihren wertvollen Utensilien in den Manteltaschen schlüpfte sie durch den Spalt in der Hintertür, drückte diese behutsam zu und versteckte sich hinter einem Busch.

Zwei Männer waren die Straße entlanggekommen. Zu Minnas Pech hielten sie direkt auf das Posthäuschen zu.

Einer der beiden war im Begriff, die Vordertür aufzuschließen, aber er rang mit seinem Schlüsselbund und fluchte im tiefen Dialekt. Der andere schnappte es ihm aus der Hand und versuchte, den richtigen Schlüssel auf eigene Faust zu finden. Als sie endlich offenstand, drängelten sie hinein.

Danach ging alles sehr schnell. Minna schlich auf die andere Seite des Häuschens, da hörte sie bereits aufgeregtes Rufen.

Was hatten sie entdeckt?

Ahnten sie, dass jemand in der Nähe war?

Natürlich ahnten sie es.

„Verdammt ..."

Sie hatte alles falsch gemacht.

Die unverschlossene Hintertür, in der noch der Draht steckte. Das Lampenöl, dessen Geruch noch den Raum erfüllte. Nicht zuletzt das Lineal, an das Minna sich mit einem brennend heißen Gefühl im Magen erst jetzt erinnerte. Sie hatte es unter Stephans Kopf auf der Pritsche vergessen.

Die beiden Männer stürmten aus dem Häuschen und schauten sich gehetzt um.

„Stehen bleiben!"

„Stopp! Auf der Stelle!"

Kopflos preschte Minna vor, in den Wald hinein.

Sie musste versuchen, ihnen zu entkommen. Koste es, was es wolle! Wenn herauskam, was sie getan hatte, war es vorbei mit Mühldorf, vorbei mit ihrer Arbeit in Berlin. Der Doktor würde ihre Eltern benachrichtigen. Sie würde nie wieder zeichnen. Das durfte nicht passieren!

Die ersten Meter waren ein einziger Rausch aus Adrenalin und vorbeiziehenden Schatten. Laub stob in die Luft, Zweige peitschten ihr durchs Haar. Nichts hielt sie auf. Selbst als der lange Saum ihres Kleides sich in einer Reihe Dornbüschen verhedderte und sie das Geräusch von reißendem Stoff vernahm, lief Minna weiter, ja, beschleunigte noch. Erst als ein Schuss die Nacht zerriss, endete die Hatz.

Erschrocken schloss Minna die Augen, verlor den Weg vor sich aus dem Blick und stieß im vollen Lauf mit dem Kinn gegen einen tief hängenden Ast. Die

Wucht des Aufpralls riss sie von den Füßen. Sie stürzte auf den Waldboden.

Das Gebrüll der Männer kam näher.

Minna wollte aufstehen und weiterrennen, aber vom Schlag gegen das Kinn wurde ihr schwarz vor Augen. Verschwommene Lichter sprangen zwischen den Wipfeln über ihrem Kopf hin und her, Blitze zuckten. Als die zwei Männer sie einholten, erkannte Minna augenblicklich Victor Konrads Stimme.

„Aber das ist ja die Minna!"

„Wer?"

„Die Krankenschwester!"

„Was hatte die bei Stephan zu suchen?"

Ja, dachte Minna noch und schmeckte Blut im Mund, was hatte sie dort eigentlich gemacht? Ihre Zunge fühlte dem Schmerz in ihrem Unterkiefer nach. Ein Zahn wackelte, aber das war das kleinste Übel. Sie sorgte sich eher um das Gefühl in ihrem Kopf, das sie auf eine Talfahrt entlang ihres Herzschlags mitnahm. Unfähig, sich zu regen, unfähig, etwas zu erwidern. Nur das Brummen der Männerstimmen und das Rauschen von Wasser in ihren Ohren.

Minna musste unweigerlich an Paul denken. War das sein Leben? Fühlte er sich ständig so wie sie in diesem Augenblick?

„Sie wacht auf."

„Setzt sie auf den Stuhl."

„Vorsicht mit den Armen."

Die stramme Ohrfeige, die sie wecken sollte, traf sie zum Glück auf der unversehrten Seite ihres Gesichts.

Im grellen Licht fügten sich aus Farbflecken die wütenden Züge von Maria Pardonner zusammen.

„Ich könnte Sie ...!"

„Was ist hier los?"

„Die da!" Jemand zeigte auf sie. „Die ist los! Wir haben sie beim Posthaus gefunden, in dem Stephan aufgebahrt wurde. Erst dachte ich noch, dass ein Tier eingebrochen sei, aber dann haben wir sie am Waldrand entdeckt! Abgehauen ist sie."

Der Mann erzählte die Geschichte mit einem vernichtenden Zorn in seiner Stimme. Minna war, als habe sie das Ganze von ihm schon einmal gehört, auch wenn das keinen Sinn ergab. Ihr Kopf brauchte zu lang, um das Geschehen zu verarbeiten, und brachte offenbar die eine oder andere Erinnerung durcheinander.

„Sie hat sich an der Leiche vergriffen."

„Heilige Muttergottes!" Maria Pardonner schlug die Hände zusammen. Minna hob unmittelbar die die Arme schützend vors Gesicht, aber eine zweite Ohrfeige blieb aus.

Das frische Adrenalin wirkte wie eine Droge auf Minnas Kreislauf. Allmählich wurde die Welt um sie herum greifbarer, die Stimmen passten wieder zu den dazugehörigen Lippen. Minnas eigener Mund aber versagte ihr noch den Dienst. Er war völlig ausgetrocknet. Dazu kam, dass ein großer Klumpen aus Schleim und frischem Blut in ihrem Rachen klebte.

„Hier. Trink das." Franz reichte ihr ein Glas kaltes Wasser, und Minna stieß ungeschickt dagegen. Er verschüttete etwa die Hälfte und drückte ihr dann das Glas in beide Hände. Dann wandte er sich den anderen zu. „Wir sollten Ruhe bewahren. Besonders du, Victor. Ich würde gern zuerst Minnas Version der Geschichte hören."

„Ich war dabei, Franz. Was gibt es da noch zu hören?", wollte der Mann neben Victor Konrad wissen. Dem Dreck an seiner Kleidung nach zu urteilen, war auch er ein Arbeiter im Sägewerk. Ein durch und durch unsympathischer Kerl. Seine fliehende Stirn wurde zum Großteil von buschigen Augenbrauen überwuchert, sein riesiger Mund mit den spitzen Zähnen fand in dem unschönen Gesicht bedauerlicherweise kein Gegengewicht. Er war ein Mensch, den Minna nie auf offener Straße angesprochen hätte.

„Da gibt es einiges zu hören!", feuerte Franz zurück. „Wieso Sie vor euch fliehen musste, zum Beispiel."

„Die Frage geht an Frau Dahl, Franz. Halt du dich da raus!", protestierte Victor Konrad.

Franz schlug mit der flachen Hand auf den Tisch, dass die Gläser darauf wackelten. „Das ist immer noch *mein* Haus!"

Minna klingelten die Ohren. Wieder ging das Gespräch in Gebrüll über.

Der Forstmeister signalisierte Minna unmissverständlich, dass er eine Antwort auf die Frage forderte. Minna öffnete langsam den Mund und suchte noch nach einer Ausrede, in der Hoffnung, sich irgendwie herauswinden zu können.

„Ich bin Krankenschwester ...", fing sie an.

„Was hat das damit zu tun?"

„Das ist ... Ich ... Ich war heute Nachmittag am Posthaus dabei. Ich habe von dem Unfall gehört. Da wollte ich es mir ansehen und mit Ihnen sprechen, aber Sie waren schon weg."

„Dann hätten Sie auf mich warten können. Oder Sie hätten mich daheim aufgesucht."

Minna stimmte ihm zu. Das hätte sie tun können. Sie schenkte ihm einen schuldbewussten Blick und erklärte: „Im Sommer darf man keine Zeit verlieren."

„Was soll das wieder heißen?"

„Das soll heißen, dass wir in der Klinik für gewöhnlich Zeichnungen anfertigen, falls es später Fragen gibt. Im Sommer jedoch zersetzt sich der Leichnam rascher, sodass ..."

„Minna!" Maria Pardonner schlug die Hände vor den Mund. „Hören Sie sofort damit auf!"

„Maria, es tut mir leid. Ich werde es nicht weiter ausführen. Es gehört eben zu meinen Aufgaben, solche Zeichnungen anzufertigen. Keinesfalls wollte ich jemanden dadurch schaden." Diese schwierige Lüge drang merklich zäh zu den Anwesenden vor. Minna spürte mit einem Mal einen stechenden Schmerz in ihrem Kiefer, während sie sprach und ihn dadurch pausenlos auf und ab bewegte.

Franz nahm Minna das Wasser wieder ab und hockte sich vor sie. „Sie hat vom Ast ganz schön einen draufbekommen, Victor. Musstest du unbedingt gleich schießen?"

„Was denk ich denn, Franz!" Der Forstmeister blähte die Brust. „Es hätte auch jemand ganz anderes sein können!"

„Jetzt fangt nicht wieder damit an!", jammerte Maria sichtlich außer sich.

„Das war vor dem Krieg, Victor", versuchte Franz ihn zu beschwichtigen.

Minna wollte Franz‘ Bemerkung im Geiste gerade einordnen, doch dazu kam sie nicht.

„Minna Dahl!“ Maria Pardonner rang mit herrischer Disziplin ihre Angststarre nieder und bekam augenblicklich wieder Farbe im Gesicht. Die Männer wurden mucksmäuschenstill. „Mir ist es gleich, wohin diese Diskussion führt. Ihr Verhalten war völlig inakzeptabel. Selbst wenn Sie sich vielleicht dachten, man würde Ihnen diese halbherzige Entschuldigung abnehmen. Ich jedenfalls tue es nicht.“

„Mutter, bitte! Sie ist verletzt.“

Ein Tumult brach aus, der die kleine Küche gänzlich ausfüllte. Jeder wollte sich Gehör verschaffen, mancher wollte Minna dazu zwingen, mit der Sprache rauszurücken. Selbst Eva, die eigentlich im Hause Pardonner keine Forderungen zu stellen hatte, verlangte, dass man sie umgehend zurück nach Berlin schickte.

„Es reicht! Haltet alle sofort die Klappe!“

Die einsetzende Ruhe kam für Minna völlig unerwartet.

Alle Anwesenden schauten hinüber zur Tür, in der ein wackliger Paul Frauenlob aufgetaucht war und sich mit den Händen in den Rahmen krallte. Dichter Schweiß glänzte auf seinem Brustbein. „Minna Dahl ist meine Krankenschwester, verdammt!“

Er wies drohend mit dem Finger auf Eva. „Seit wann schickt man Leute weg, die ihre Arbeit ernst nehmen? Seit wann hetzt man gegen einen Unschuldigen?“

„Aus dem Haus geschlichen hat sie sich!“, giftete Eva zurück. „Da kann der Forstmeister doch nichts für, wenn die nachts herumschleicht und uns allen schaurig wird, weil sie den Stephan schändet.“

Wie konnte Eva es wagen?

„Ich habe ihn nicht geschändet!", rief Minna erbost dazwischen. In ihrem Kopf überschlugen sich die Gegenargumente. Das Gegenteil war doch Fall. Sie hob die Toten empor, sie würdigte sie, sie machte sie in ihren Zeichnungen zu etwas vollkommen Neuem. Nichts davon würde sie jedoch jemals äußern dürfen, also beharrte sie auf ihrer Lüge. In der Hoffnung, dass man sie ihr am Ende des Tages abkaufte. „Ich habe die Verletzungen dokumentiert, bevor sie nicht mehr sichtbar sind. Das macht man nach einem Unfall so."

Franz und Paul schienen ihr zuzustimmen, aber der Rest war anderer Meinung.

„Ohne Erlaubnis! Mit Einbruch!", fügte Victor Konrad hinzu. „Abgesehen davon habe ich die Schutzpolizei längst informiert. Es ist nicht an ihr, sich mit solchen Grausamkeiten zu befassen."

„Höre ich da Reue in deiner Stimme oder bist du nur über dich selbst erschrocken?" Franz riss ihm Minnas Zeichnungen aus der Hand, die Victor Konrad die ganze Zeit über festgehalten hatte, und gab sie ihr zurück. Das Papier roch nach fauligem Wasser.

„So!" Franz ließ die Muskeln in seinen Schultern spielen und stellte sich direkt vor den Forstmeister. „Und jetzt wüsste ich gern, wohin du gezielt hast, als Minna vor euch beiden fortgerannt ist."

„Ich könnte dir direkt eine ..."

„Gib's zu! Du hast schon immer einen nervösen Zeigefinger bewiesen."

„Lasst es für heute gut sein!", unterbrach Paul die Streithähne erneut, sichtlich am Ende seiner Kräfte.

„Ich brauche meine Medikamente. Minna begleitet mich. Ende der Debatte!"

„Was hast du Kerl hier eigentlich zu suchen?", murrte der fremde Mann, warf Paul einen genervten Blick zu und rückte seinen Hut zurecht. „Schleich ich mich halt jetzt nachts durch die Büsche. Scheint ja der neueste Zeitvertreib zu sein."

„Paul ..." Minna hatte sich zunächst nicht getraut, vom Stuhl aufzustehen, doch Pauls Anwesenheit machte ihr Mut. „Darf ich?"

Keiner antwortete.

Auch Maria Pardonner nicht. Sie hatte nach ihrem Wutausbruch geschwiegen und Minna sah ihr an, dass die Gedanken der Baronin ihr nicht wohlgesonnen waren. Als Minna an ihr vorüberging, streckte Maria die Hand nach ihr aus, berührte sie aber nicht. „Das wird ein Nachspiel haben, meine Gastfreundschaft derart mit Füßen zu treten."

„Bitte, Maria! Schicken Sie mich nicht fort", bat Minna inständig und vor Schmerzen den Tränen nahe.

„Keiner schickt dich fort." Paul schob sie mit sanfter Gewalt durch die Tür. „Sie können dir nichts ..."

Das Letzte, was Minna in der Küche sah, war Franz. Er hatte sie vor diesen Männern beschützen wollen, wirkte aber dennoch nicht zufrieden. In seinem Ausdruck lag eine böse Vorahnung.

„Das war keine gute Idee", sagte Paul, als sie in die Nacht hinausgingen.

Minna war mehr als unglücklich. „Nein. Das war eine bescheuerte Idee."

„Ich hoffe, das war dir eine Lehre? Mit diesen Leuten ist nicht zu spaßen."

„Ich bin kein Monster!“ Minna griff seinen Arm. „Glaub mir.“

„Das sehen die da hinten anders.“ Er deutete in Richtung Küche, in der noch Licht brannte und zuckte dann mit den Schultern. „Diese Menschen haben den Horizont einer Weinbergschnecke. Sie haben das schon oft genug unter Beweis gestellt.“

„Meinst du ... vor dem Krieg?“, wiederholte Minna Franz’ Worte vorsichtig.

„Mit Stephan sind es vier.“ Paul schnaubte genervt. „Wenn man dem Geschwätz denn Glauben schenken darf.“

Minna fragte nicht nach, was genau er damit meinte. Sie wusste ohnehin schon zu viele Dinge über diesen Ort und seine Bewohner, die sie nachts um den Schlaf bringen würden.

„Komm jetzt.“

Sie folgte ihm hinein, ohne sich ein weiteres Mal zur Küche umzusehen. Im Flur desinfizierte sie das Spritzbesteck für Pauls Injektionen und wechselte die Bettwäsche, während er ungerührt im Vorwort einer Zeitschrift blätterte. Minna flößte sich im Flur heimlich selbst eine Dosis des Schmerzmittelpulvers ein und betrachtete sich im Spiegel über dem Waschbecken.

Mit einem Mal geriet ihr die Zeichnung in der Schürzentasche zwischen die Finger und ihr wurde eines bewusst: Ein Mörder trieb in Mühldorf sein Unwesen.

Am Abend des 06.09.1919

Der nächste Tag war schneller vorbeigezogen, als sie es sich erträumt hatte. Zwar brodelte es in der Familie, aber statt die Drohgebärden der gestrigen Nacht fortzusetzen, hatte Maria Pardonner ihren Gast gemieden. Minna hatte sich nach zwei kurzen Wegen außerhalb ihres Zimmers in dieses zurückgezogen und abgewartet. Ob jemand käme, ob etwas mit ihr passieren würde, das ihre Situation veränderte. Als die Nacht hereinbrach und statt ihrer Lage nur die Zeiger der Uhr vorangeschritten waren, wurde sie rastlos. Sie musste etwas tun. Der Mord an Stephan war doch offensichtlich! Victor Konrad hatte dies unmöglich übersehen können. Ein geübter Jäger erkannte eine erlegte Beute, wenn er eine sah, egal ob Mensch oder Tier.

Wie sie den Gedanken auch drehte und wendete, ihr eigenes Fehlverhalten rückte sich ständig in den Mittelpunkt. Der Mensch, der im Leichenkeller erwischt worden war und nicht aus seinen Fehlern gelernt hatte. Absurderweise verspürte sie genau deswegen Lust darauf, noch mehr zu zeichnen. Um sich davon zu überzeugen, dass es auch anders ging. Eine Landschaft oder einen Menschen. Einen lebendigen Menschen, der das Gleichgewicht wiederherstellte.

Minna entzündete eine Kerze und setzte sich an ihren Tisch. Sie hatte sich ein loses Blatt genommen, das schon ein wenig angelaufen war und schwer in der Hand lag. Mit einer Oberfläche wie plattgewalzte Baumwolle. Die Kohle fand bei der Schraffur jede Erhebung im Papier und es machte ihr Spaß, die Schattierungen dem Zufall zu überlassen.

Erst hatte sie vorgehabt, Franz zu zeichnen.

Die scharfkantige Linie entlang seines Kieferknochens, die überzogen war von dichten Stoppeln, wenn er sich drei Tage nicht rasierte. Sein Gesichtsausdruck, wie er sie vor dem Lynchmob in Schutz genommen hatte, stand ihr noch völlig gegenwärtig vor Augen. Doch die markanten Linien glückten nicht und irgendwie kam das sanftere, aber gleichzeitig größere Kinn von Paul heraus. Dann musste es eben so sein, dachte sie und beugte sich tiefer über das Blatt. Die Anspannung all der üblen Gedanken fiel selig von ihren Schultern, je genauer sie sich mit dem Motiv befasste. Dabei hielt sie sich an ihre Erinnerung, wie Paul nach dem Unfall auf dem Bett gelegen hatte, ohne auf dem Bild die Verletzung zu zeigen. Sein Kopf neigte sich zum Kissen, als wolle er etwas flüstern, doch der Schlaf zog ihn in die Tiefe hinab. Ein Schatten lauerte zwischen seinem Haar und der Stirn. Er floss wie Tinte auf seine Brauen, rechts der Nase entlang, über die Nasolabialfalte, am äußersten Mundwinkel hinein in den sacht geöffneten Spalt zwischen seinen Lippen. Die Flüssigkeit verdichtete sich auf seiner Zungenspitze, verklebte die Zähne, überzog den Gaumen mit Teer. Es tropfte aus seiner Nase, aus den Augen. Seine Hände versuchten im Schlaf zum Hals zu greifen, die Flüssigkeit am Kehlkopf abzuwürgen ...

Die Spitze ihres Kohlestifts zerbrach so heftig am Papier, dass Minna erschrocken aufsprang. Sie hörte ihren Stuhl umfallen, hörte den Stift vom Schreibtisch kullern und sah sich hektisch um, aber im Licht der fast abgebrannten Kerze zeichneten sich nur die bekannten Schemen ihres kleinen Zimmers ab.

Paul war nicht hier, er lag nicht im Sterben.

Als ihr hektischer Atem ihr bewusst wurde, spürte sie kalten Schweiß, der ihren Körper überzogen hatte.

Was war passiert?

Bedächtig hob sie den Stift vom Boden und richtete den Stuhl wieder auf. Dann setzte sie sich zurück an ihre Zeichnung. Diese war rabenschwarz. Doch das war nicht alles. In der Katastrophe dieses Liniengewitters konnte Minna all das wiedererkennen, was sie vor ihrem geistigen Auge gesehen hatte. Die Agonie, der Kampf mit dem Tod, in dem Paul sich befunden hatte. Auch Eindrücke aus dem Posthäuschen drängten sich auf, spalteten das Motiv in noch kleinere Fetzen auf.

Ohne zu zögern, nahm sie das Blatt und zerriss es in tausend kleine Teile. Das war nicht die Kunst, nach der sie strebte. Sie war nicht bereit, ihre Seele einer Dunkelheit hinzugeben, nach der sie nie verlangt hatte. Diese Zeichnung hatte keine Grauzone. Sie schilderte erbarmungslos die Abwesenheit des Lebens.

Minna beschloss, den ungewöhnlichen Zeichenrausch in ihrem Tagebuch festzuhalten. Die erste beschriebene Seite seit langem. Doch die Worte konnten, wie sie fand, das Erlebte nur ungenau einfangen, deswegen nahm sie zwei größere Fetzen der zerrissenen

Zeichnung und pinnte sie mit einer Nadel an den Eintrag. Als die Kerze kurz darauf erlosch, blickte sie verwundert auf.

Wie lange war sie in Gedanken fort gewesen?

Sie schaute hinaus.

Es war kein Stern am Himmel und kein Mond zu sehen. Die Wolken, mit denen sich das Tal über den Tag weiter verhangen hatte, mussten immer noch dort oben hängen, auch wenn kein Regen fiel. Minna wollte gerade die Vorhänge zuziehen und einen Schlussstrich unter diesen verkorksten Tag setzen, als ein scheues Licht im Innenhof zu ihr herüberblinzelte.

Es war eine Laterne, und oben in Pauls Zimmer brannte ebenfalls Licht. Irgendjemand war dort unten und schlich sich durch die Bäume am Zaun entlang. Minna hätte schwören können, dass er für einen Moment wie Paul aussah. Wirklich wissen konnte sie es aber erst, als er noch einmal zurücklief, etwas vom Boden aufhob und den Weg erneut aufnahm.

„Was hat er vor?“, fragte sie sich verwundert.

Minna winkte ihm zu, doch er zeigte keine Reaktion. Wahrscheinlich sah er sie nicht. Sie sah ja selbst die Hand vor Augen kaum.

Minna war versucht, die Vorhänge zu schließen und die Sache einfach auf sich beruhen zu lassen. Doch irgendetwas an der Art, wie Paul sich bewegte und wie die Laterne von Zeit zu Zeit mal in die eine und dann wieder in die andere Richtung pendelte, bereitete ihr Kopfzerbrechen. Zumal sie einen Spaziergang zu dieser Tageszeit und in seinem Zustand für durchaus gefährlich hielt.

Wäre Franz dagewesen, hätte sie ihn hinterhergeschickt. Maria und Eva konnte sie nachvollziehbarerweise unmöglich fragen. Also warf sie sich kurzerhand ihren dünnen Mantel über, schlüpfte in ihre Stiefel und holte am Eingang des Hauses eine Laterne aus einem Schränkchen. Sie zündete sie an und folgte grob der Richtung, die Paul eingeschlagen hatte, bis zum Schuppen, wo der ausgetretene Weg im hohen Gras ihr klarmachte, dass Paul nicht viel vom parallel verlaufenden Schotterpfad hielt.

Die feuchtschwüle Luft, die ihr den Tag über nicht präsent gewesen war, hielt den Ort merklich im Griff. Im Strahl ihrer Laterne sammelten sich kleine aufgeregte Falter.

Paul hielt sich rechts vom Waldrand, lief über eine Wiese und steuerte auf den Breitbach zu. Noch während Minna oben am anderen Ende am Gatter stand, war er längst unten in der Nähe des Flusses angelangt.

Minnas Herz machte einen Satz.

Sollte sie etwa nach ihm rufen?

Ihn warnen?

Leichter gesagt als getan.

Die Visionen ihrer Zeichnung nahmen in diesen Sekunden in rasendem Tempo Realität an. Was, wenn er sich in den Bach stürzte, weil er die Krankheit nicht mehr ertrug? Oder wenn sein Spaziergang harmloser Natur war und ihr plötzliches Rufen ihn zu Tode erschrak?

„Verdammt ..."

Sie sparte sich den Atem und glitt durch den Spalt im Gatter, um ihn möglichst schnell einzuholen und behutsam zur Rede zu stellen. Der Plan erschien ihr wasserdicht. Bis auf den Teil mit dem Behutsamsein. Diesbezüglich hatte sie keine Ahnung, wie sie es anstellen würde.

Pauls Laterne hing wie ein kleiner leuchtender Ball knapp über dem Gras und baumelte im Takt seiner Schritte. Manchmal drehte er einen Kreis, auch wenn Minna nicht nachvollziehen konnte wieso, dann lief er wieder geradeaus, blieb stehen, wiederholte seinen letzten Schritt. Sehr bald musste sie nicht einmal mehr auf ihn zuhalten, denn er machte kehrt, stolperte, rappelte sich auf und kam direkt auf sie zugelaufen. Erleichterung und Angst waren ihr in diesen Sekunden eindeutig zu nah beieinander.

„Ich dachte – Paul? Was machst du, Paul?" Minnas Stimme ähnelte einem erstickten Rufen. Ein Krächzen, das sich die Kehle hinaufquälte. „Geht es dir gut?"

Er antwortete ihr nicht.

Obwohl sie keine zwanzig Meter von ihm entfernt stand.

Hatte sie sich geirrt?

War das womöglich doch nicht Paul, sondern der Mörder? War sie wirklich so naiv gewesen, sich auf diese kleine Jagd einzulassen?

Sie machte einen Schritt zurück und spürte ihre Knie zittern.

Ein fahler Geist war es, der sich dort den leichten Hang hinaufbewegte. Die blassen, ausdruckslosen Augen blickten Minna keine Sekunde lang an.

Es war Paul. Und wiederum war er es doch nicht. Er passierte sie wortlos, die Laterne am ausgestreckten Arm weit vor sich haltend, als zöge sie den Kranken hinter sich her. Der Mund stand ihm weit offen, seine freie Hand balancierte die wackligen Schritte aus. Über seinen Schultern trug er einen Mantel aus feuerrotem Pelz.

„Paul?“, flüsterte sie verzweifelt. „Hörst du mich?“

Minnas gesunder Menschenverstand meldete sich zu Wort, sie solle die Beine in die Hand nehmen und um ihr Leben rennen. Doch als dieser Gedanke mit allen Varianten und Möglichkeiten zu Ende gedacht war, stand Paul schon wieder oben an der Weide, zog den Drahtzaun mit bloßen Händen einen Spalt auseinander, zwängte sich hindurch und lief zielsicher zurück Richtung Gut. Das Licht in Pauls Zimmer erlosch und Minna blieb allein auf der Wiese zurück.

07.09.1919

Am nächsten Morgen, noch bevor die Sonne aufgegangen war, fand Minna einen handgeschriebenen Zettel vor ihrer Zimmertür, auf dem eine Einkaufsliste geschrieben stand. Maria musste ihn noch des Nachts dort hingelegt haben. Als wäre nichts vorgefallen, das ihr Verhältnis ins Wanken gebracht hatte, schickte die Hausherrin Minna ins nahegelegene Kleintal und hatte dafür einen Kutscher bestellt. Minna fühlte sich nicht wohl bei der Sache, aber sie wollte der Anweisung lieber nachkommen. Immerhin hielt Maria sie wohl noch für nützlich genug, um sie Einkäufe erledigen zu lassen. Ein Zeichen, dass sie sich beruhigen würde?

Als Minna in der bestellten Kutsche saß, die für sie auf dem Hinterhof bereitgestanden hatte, hatte sie ihr eigenes Geld dabei, wie auch das erste Gehalt von Paul, der an diesem Morgen nicht ansprechbar gewesen war.

Nach einer Fahrt, die gefühlte Stunden andauerte, stieg Minna am Rathausplatz in Kleintal aus und streifte durch den Ortskern. Mit seinem urdeutschen Charme wäre es sicherlich ein vorzüglicher Kurort gewesen, aber wer verirrte sich schon hierher? Außerdem stand die Zurückhaltung gegenüber Fremden hier in Kleintal derjenigen in Mühldorf in nichts nach. Gelangweilt von einem ziellosen Spaziergang durch die Gassen, vertrieb Minna sich die Zeit in einem Kolonialwarenladen. Sie kaufte Süßigkeiten, zwei Fläschchen

Rum aus der Südsee, Kandiszucker aus Schweden, kleine Kohlestifte und Schrankpapier. Nur um die kurze Einkaufsliste und ihren Eigenbedarf abzudecken. Dazu noch eine Handvoll dringend benötigter Mottenkugeln, damit ihre Lieblingssachen vor dem Fraß der nächtlichen Eindringlinge bewahrt würden.

Auf die Frage, bei wem sie Bücher kaufen könnte, wurde sie vom Ladenbesitzer in die örtliche Bibliothek geschickt.

Diese erwies sich bei ihrer Ankunft als Wohnhaus mit kleinem Vorbau, das an eine örtliche Schule angeschlossen war. In den putzigen Fenstern standen handgetöpferte Vasen und geschnitzte Figuren. Eine aus dünnem Papier ausgeschnittene Sonne mit einem aufgemalten Lächeln darauf hing an einer der Fensterscheiben. Der Duft blühender Rosen wehte bis auf die Straße und Minna entdeckte neben der Schule einen üppigen Rosengarten, der zum Verweilen einlud. Die Romantik dieser unbescholtenen Einrichtung war unbeschreiblich. Sie setzte sich auf eine Bank im Vorgarten und ließ die Eindrücke eine Weile auf sich wirken, bevor sie schließlich voller Vorfreude die Tür zur Bibliothek öffnete und eintrat.

„Guten Tag."

„Guten Tag, die Dame."

Ein Mann mit ausuferndem Vollbart und Zwicker auf der krummen Nase reckte den Hals und lächelte sie an.

„Man hat mir gesagt, dass man bei Ihnen nicht nur ausleihen, sondern auch kaufen kann?"

„Sie suchen Unterhaltung oder Bildungslektüre?"

Minna musste kurz darüber nachdenken. „Haben Sie etwas Fröhliches?"

„Etwas Fröhliches?“, wiederholte er schmunzelnd. „Hier drüben.“

Er zeigte ihr ein paar interessante Gedichtbände und einen Roman. Der Mann selbst nahm Minna kaum wahr. Er war, von Seufzern unterbrochen, mit einer Sammlung loser Zettel beschäftigt.

Minna stöberte noch eine Weile durch die überschaubaren Regale und wollte schließlich alle ausgesuchten Bücher bezahlen, als ihr ein sauber eingebundener Essay zwischen den Neuerscheinungen auffiel.

„Der ist ja aus diesem Jahr“, meinte sie erstaunt und holte ihre Geldbörse mit einer Geschwindigkeit hervor, als könnte jeden Augenblick jemand hereinrauschen und ihr den Essay wegschnappen.

„Sie lesen Freud?“ Er setzte den Zwicker ab und tippte damit auf den Holztisch.

„Er schreibt eben interessant“, erwiderte Minna, eine Spur zu forsch. Sie fühlte deutlich, wie die zurückliegenden Stunden sie reizbar gemacht hatten. Der stumm verfasste Befehl, sie solle doch einkaufen gehen, hatte sein Übriges getan.

„Aber, aber. So habe ich das nicht gemeint. Es kommt nur selten vor, dass mir überhaupt einer meine Freuds abkauft.“ Er zeigte in das Regal. Dort stand eine Auswahl der älteren Aufsätze und auch das Hauptwerk des Psychoanalytikers: *Die Traumdeutung*. „Eigentlich bestelle ich die nur, damit ich sie selbst lesen kann.“

Das Lächeln in seinen Augen besänftigte Minna sofort. „*Das Unheimliche*“, las sie den Titel vor und legte passend Geld auf den Tisch. „Meinen Sie, er bezieht sich damit auf die Urängste der Menschen?“

„Nein, nicht im Geringsten. Er bezieht sich vielmehr auf die Vereinbarkeit von Bekanntem und Unbekanntem in der Angst des Alltags. Da wir uns den Tod nicht wünschen, macht das Sterben der anderen uns Angst. Ich will Ihnen die Freude am Lesen allerdings nicht verderben und zu viel verraten, Fräulein –" Er machte eine bedeutsame Pause und schwang den Zwicker wie einen Taktstock.

„Minna Dahl."

„Dahl? Nie gehört. Sie sind nicht hier aus der Gegend."

„Ich komme aus Berlin. Eigentlich aus Dresden."

„Berlin? Wie kommt jemand dazu, der Freud liest und in Berlin und Dresden zu Hause ist, uns hier in Kleintal zu besuchen? Haben Sie Verwandtschaft am Breitbach?"

„Könnte man so sagen", meinte Minna. „Sie sind Lehrer an dieser Schule, nehme ich an?"

„Der Einzige. Ich mache es aus Leidenschaft für die Berufung, falls Sie das als Nächstes fragen wollten."

„Also ..."

„Also?"

„Wie darf ich Sie dann ansprechen?"

Er schaute sie verdutzt an und schüttelte über sich selbst den Kopf. „Da soll mich doch ... Ich hab ja ganz vergessen, mich Ihnen vorzustellen." Er stand auf, ging um den Tisch und reichte ihr die Hand. Seine Erscheinung glich einer dieser romantischen Karikaturen von Spitzweg. Kerzengerader Rücken, ausdauernder Erzählton und der obligatorische strenge Blick, der sich in einem wundervollen Lächeln auflösen konnte. „Jacob Corvinus. Hoch erfreut!"

„Die Freude ist ganz meinerseits, Oberstudienrat!" Minna behielt die Bücher in der einen, reichte ihm die andere Hand und setzte ein unschuldiges Lächeln auf. „Ich arbeite hier im Tal als Krankenschwester."

„Für wen denn? Das kann ja nur noch der Paul Frauenlob in Mühldorf sein." Oberstudienrat Corvinus bot ihr einen Stuhl an. „Möchten Sie Kaffee? Meine Frau brüht um diese Zeit immer welchen für mich auf." Er zog einen Vorhang in einer seitlichen Nische zur Seite und rief die Treppe hoch. Eine rustikale Frauenstimme antwortete und bot dazu noch Plätzchen an.

„Sehr gern sogar. Aber nur, wenn es Ihnen keine Umstände macht."

„Ich bitte Sie!"

„Dann bleibe ich." Minna verzehrte sich förmlich nach einer guten Tasse Kaffee.

„Ist er denn noch sehr krank?", wollte Corvinus wissen. „Der Herr Frauenlob, meine ich."

„Das ist schwer zu sagen. Ich pflege ihn nur, ich heile ihn nicht."

„Klug gesagt, klug gesagt."

„Sie kennen einander?"

Er winkte ab, während die Dame des Hauses auf einem Silbertablett zwei Tassen, Plätzchen und eine Kanne Kaffee brachte.

„Besuch, Jacob?"

„Fräulein Dahl ist aus dem Nachbardorf zu uns gekommen. Sie hat sich für einen Freud interessiert."

„So?" Sie musterte Minna eingehend. Ihre weichen, rosigen Wangen wirkten fast jugendlich, dabei war ihre Stimme fest und mütterlich. „Da machen Sie meinem Mann aber Freude. Selbst ich kann mich nicht dazu aufraffen, ihn zu lesen."

„Sagt die Frau, die meine Buchhaltung wie der kaiserliche Staatsschatzminister führt. Sicher würdest du es mögen, wenn du dich trautest."

„Sicher würdest du deine Buchhaltung ebenso mögen, lieber Gatte."

Sie lachten.

Es war das erste normale Gespräch, das Minna seit Wochen beobachten durfte. Frau Corvinus entschuldigte sich und wünschte Minna einen guten Tag.

„Sie hätten ruhig sagen dürfen, wieso ich hier bin", sagte Minna und genoss den bitteren Geschmack des frischen Kaffees. „Es ist kein Geheimnis."

„Aber doch haben Sie ein Geheimnis, nicht wahr, Fräulein Dahl?" Er schloss den Vorhang wieder und steckte den Zwicker in die Billetttasche seines Sakkos. „Sie haben mich so angesehen, als würden Sie mich nicht einfach nur kennenlernen wollen."

Sie stellte die Tasse ab und atmete kräftig aus. „Sie haben mich ertappt. Ich wollte Sie ausfragen. Aber ich wollte Sie auch nicht in Verlegenheit bringen. Derzeit ist man mir in Mühldorf nicht unbedingt gewogen."

„So?"

„Ich habe mir üble Nachrede eingehandelt."

„Sicherlich ein Versehen."

Minna seufzte. „Vielleicht sollte ich Sie nicht in diese Angelegenheiten verstricken."

Corvinus öffnete den oberen Knopf seines Kragens und rückte den Zwicker auf seiner Nase zurecht. „Glauben Sie mir, ich bin der Letzte, der sich vor der Nachrede dieses Ortes scheut. Wie wäre es? Wir trinken den

Kaffee und ich zeige Ihnen den Garten? Er ist herrlich bei dieser Jahreszeit. Und so still ..."

Minna verstand sofort und vergaß glatt, den Kaffee zu genießen. Corvinus erweckte so viel Vertrauen in ihr, wie sie es gerade jetzt nötig hatte.

Nachdem die Tassen geleert waren, führte er sie hinaus und durch ein kleines Tor hinein in den Miniaturdschungel des Gartens hinter dem Haus. Die Bäume hielten die ungewöhnliche Hitze an diesem Platz wohl gut aus. Das hüfthohe Gras, um das sich niemand kümmerte, verschaffte ihnen die nötige Abkühlung.

„Wunderschön", entfuhr es ihr, als sie das Bild aus wilden Blumen, Schmetterlingen und spät geborenen Bienen in sich aufnahm. „Herr Corvinus, ich weiß nicht, wo ich beginnen soll. Sie haben sicherlich von Stephan Bauermann gehört."

„Das habe ich", erklärte er und sah in den Himmel. „Gott nehme sich dieser verirrten Seele an."

Minna nickte schweigend und folgte Corvinus' Blick, der auf ihren Händen haftete. Erst da bemerkte sie, dass ihre Finger nervös mit den Schürzentaschen spielten, und sie verschränkte sie ineinander.

„Wiederum sehe ich Ihnen an, dass man Ihnen auch schon von den Morden erzählt hat, die viele Jahre zurückliegen."

Minna zuckte bei dem Wort *Mord* zusammen, weil er es so unbedarft benutzte. Als wären es keine Morde, sondern Zufälle. Eine Sache, die nun mal passierte.

„Ich hörte so etwas."

„Und Sie fühlen sich unsicher. Das kann ich verstehen." Jacob blickte zurück zum Haus und dann zur

Schule. „Wir alle tun das. Aber was sage ich denn, es soll Ihnen ja hier gefallen."

Minna hielt es nicht länger aus. Es musste aus ihr heraus. Nicht Franz, nicht Paul, schon gar nicht Maria oder Victor würde sie sich anvertrauen. Aber irgendwem, dem sie vielleicht nie wieder begegnen würde. Ja, das könnte klappen. Sie zögerte nicht länger. „Ich habe an Stephans Leiche eine erschreckende Entdeckung gemacht."

Minna konnte seine Reaktion nicht wirklich deuten. Ungeachtet ihrer plötzlichen Ehrlichkeit liefen sie ruhigen Schrittes weiter entlang des Rechtecks aus explodierendem Grün. Es wurde ihr erst klar, dass er auf mehr wartete, als seine Hand in kreisrunden Bewegungen nach einer Fortsetzung verlangte. Würde er sie verstehen? Würde er sie fortschicken, wenn sie sich ihm offenbarte? Minna biss sich auf die Lippe und ballte die Hände entschlossen zu Fäusten.

„Ich habe etwas getan, auf das ich nicht stolz bin, aber aus diesem Grund weiß ich, dass Stephans sogenannter Unfall keiner war. Ich bin in das Posthäuschen eingebrochen, habe die Leiche untersucht und gezeichnet. Es ist nicht so, wie es scheint, Herr Corvinus."

„Sie vermuten, dass es kein Unfall war?"

Er hörte sich keine Sekunde überrascht an, und die Tatsache, dass Minna eine Leiche gezeichnet hatte, berührte ihn wohl weniger, als das Schreckensbild der vorletzten Nacht sie selbst.

„Leider ja."

„Sagen Sie mir, Fräulein Dahl ..." Er sog an den Zähnen. „Hat man Sie bei Ihrer Erkundungstour erwischt? Das scheint mir ein ordentlicher Bluterguss zu sein.

Verzeihen Sie, aber Ihre Direktheit ist ungemein ansteckend, wenn Sie verstehen."

„Ich habe versucht abzuhauen, als man mich entdeckt hat."

„Wer hat Ihnen das angetan? Waren es die Brüder Drechsler? Martin oder Erwin?"

Minna schüttelte den Kopf. „Victor Konrad hat mich verfolgt und ich bin gegen einen Ast gelaufen."

„Tatsächlich? Victor war da? Wer weiß noch von der Sache?"

Sie nannte die Namen aller Anwesenden aus besagter Nacht, nicht ohne den fremden Mann auszulassen. Die Schlinge um ihre Brust löste sich mit jeder neuen Wahrheit, die sie preisgab. Dabei ruhten seine Augen stets auf den ihren.

„Das ist Erwin Drechsler, da gehe ich jede Wette ein. Dann können Sie davon ausgehen, dass bald noch mehr eingeweiht sind. Haben Sie Ihre Zeichnung noch?", fragte er besorgt.

„Sie ist in meinem Zimmer auf dem Gut. Aber Victor Konrad hatte sie lang genug in seinem Besitz, um sie zu eingehend zu studieren."

„Er will wahrscheinlich selbst investigieren. Das sieht ihm ähnlich", überlegte Corvinus laut und vergrub die Hände in den Taschen seines Gehrocks. „Wenn er nun aber denkt, er könnte erneut ... Ich meine, bei Eberhard Pardonner hat er es schon einmal versucht und dann bei den Todesfällen vor dem Krieg ...."

„Eberhard Pardonner?"

„Verzeihung?"

„Den Namen höre ich zum ersten Mal."

Er räusperte sich und winkte energisch ab. „Und vielleicht auch zum letzten Mal, Fräulein. Ich wirbele nur in Gedanken Staub aus einer Vergangenheit auf, die den Herrn Forstmeister und mich verbindet."

Minna setzte sich auf eine Bank, die von hüfthohen Farnen umzingelt wurde. Corvinus blieb vor ihr stehen.

„Sie sollten sich von dieser Sache fernhalten", stellte er fest und verschränkte die Arme vor der Brust. „Was auch immer Sie dazu getrieben hat, die Leiche zu zeichnen, ich will es nicht verurteilen. Aber wenn Victor vor den Dorfbewohnern mit der Wahrheit über die Todesursache Stephans nicht rausrückt, dann hat er gute Gründe dafür."

„Was werden Sie jetzt in der Sache unternehmen?"

Jacob Corvinus sah sie überrascht an. „Warum denken Sie, dass ich etwas unternehmen sollte?"

Sie blinzelte in die Sonne und fühlte die Schwere zurückkehren. „Ich hatte es so im Gefühl."

„Sie sehen beunruhigend blass aus, liebe Minna." Er half ihr, von der Bank aufzustehen, und tatsächlich fühlte sie sich schwindlig. „Sie sollten schleunigst den Heimweg antreten. Wie wäre es, wenn ich Sie fahre?"

Der Fahrtwind blies Minna durch die Haare und rauschte ihr um die Ohren. Sie sah den grünen Baumkronen zu, wie sie in unheimlichem Tempo an ihr vorbeizogen und im Farbenbrei verschwammen. Sah hinauf zum wolkenlosen Himmel, der ihr gleichzeitig die Illusion vermittelte, sie würde sich nicht bewegen. Die Unbeschwertheit in diesen Minuten war kaum zu beschreiben. Als hätte das Gefährt die Wirkung, die Zeit anders verfliegen zu lassen und den Rausch der Farben zu einem Dauerzustand zu machen.

Jacob Corvinus war ein exzellenter Fahrer, soweit sie das ohne eigene Fahrpraxis beurteilen konnte. Er nahm achtsam jede Kurve und gab auf gerader Strecke ordentlich Gas. Als er Minnas Interesse an der Landschaft bemerkte, fühlte er sich offensichtlich zum Fremdenführer berufen. Sie fuhren zunächst in die entgegengesetzte Richtung, überquerten den Breitbach bei Einbrück und besuchten ein Kloster, das er ihr unbedingt zeigen wollte. Während ihres Spaziergangs durch den Klostergarten, der sie – das erkannte sie recht schnell – auf andere Gedanken bringen sollte, redeten sie über Nietzsche und Freud und die Kunst der großen Naturen, die Auswirkungen des Krieges auf die Motive der Expressionisten, über den Wahnwitz der Futuristen und deren Galerieauftritt in Berlin. Die Grillen zirpten ohne Unterlass in der aufgestauten Hitze des Tages, und Minna blühte merklich auf.

„Sie haben Käthe Kollwitz getroffen?", fragte er erstaunt, während er ihr die Beifahrertür öffnete. Die Klosterruine war vom Mittagsschatten des Berges verschluckt worden, und Minna erschrak ein wenig über die fortgeschrittene Zeit. Sie musste sich bald um das Mittagessen kümmern.

„Ich habe sie vor der Secession abgefangen, auf dem Weg zu ihrem Malerinnen-Stammtisch."

„Wieso sind Sie nicht selbst dabei gewesen? Beim Stammtisch, meine ich." Während er den Motor startete, lief ein angenehmer Schauer über Minnas Rücken. Der Wagen hatte einige Pferdestärken unter der Haube und schien sehr teuer gewesen zu sein. Er sah aus wie ein amerikanisches Modell, nur dass wohl alle irgendwie wie die amerikanischen Modelle aussahen und Minna das schlecht unterscheiden konnte.

„Ich habe mich nicht getraut. Man muss Mitglied sein."

„Eine Art Club?" Er betonte das Wort in einem seltsamen Englisch.

„Schlimmer. In einem Club kommen die Menschen mit gleichen Interessen zusammen. In der Secession muss man von einem Mitglied vorgeschlagen werden oder das eigene Talent muss sich rumsprechen. Und, nun ja, ich habe leider keinen Fürsprecher."

„Sie machen mich neugierig, Minna. Was genau haben Sie ihr gezeigt, dass die Kollwitz so begeistert von Ihnen war?" Er lächelte und drückte aufs Gaspedal. Das Kloster verschwand als Fleckchen hinter den Hügeln. Minna dachte an die Zeichnung, die sie aus einer Mappe mit vielen anderen gewählt hatte. Eine peinliche Arbeit, die nicht ansatzweise an die Qualität der neuen heranreichte. Doch damals war sie davon überzeugt gewesen, die Spitze ihres Schaffens schon erreicht zu haben. Man denkt immer, man sei dort oben, dachte sie im Nachhinein und wollte das Motiv für den Lehrer umreißen, auch wenn es schwer war. Schließlich waren es zwei tote Menschen in einem Grab. Soldaten, die man aus dem Lazarett getragen und verscharrt hatte. Ein Anblick, an den sich die Offiziere offenbar gewöhnt hatten. Da war Minna im Umkehrschluss bewusstgeworden, wie grausam die Bilder an der Front gewesen sein mussten.

„Zwei Schlafende, soso", sagte Jacob Corvinus, nachdem Minna ihm die Zeichnung beschrieben hatte. „Ich denke, Sie verschweigen mir da eine Kleinigkeit. Aber das macht die Kunst ja aus." Jacob Corvinus legte mit einem Knarzen der Kupplung einen höheren Gang ein und tippte mit der Fingerspitze gegen das Tachometer. „Ich würde mich freuen, wenn Sie mir bei Gelegenheit von meiner Frau eine Zeichnung anfertigen würden. Ich zahle freilich auch dafür. Weihnachten und ihr Geburtstag fallen in die gleiche Woche, da muss man kreativ werden, um das richtige Geschenk zu finden."

„Soll sie es denn wissen?", fragte Minna und spürte, wie die spontane Anfrage große Freude in ihr auslöste. „Oder soll ich sie aus dem Gedächtnis zeichnen?"

„Sie soll es ruhig wissen und ein wenig zappeln – das macht doch den Reiz eines guten Geburtstagsgeschenks aus, nicht? Die Geduld ist die schönste Lektion, die ich auch meinen Schülern immer wieder versuche beizubringen."

Das Automobil erreichte die langgezogene Straße, von der aus der Fußweg hinauf zum Gut abführte. Minna bedeutete Corvinus, anzuhalten und sie aussteigen zu lassen.

„Sie können mich auch hier herauslassen", sagte sie und sammelte ihre Einkäufe zusammen. „Sie haben schon viel zu viel für mich getan. Da kann ich nicht auch noch von Ihnen verlangen, dass Sie mich bis zum Gut begleiten."

„Wenn Sie meinen."

„Sie müssen sich wirklich keine Sorgen wegen mir machen. Ich werde mir auf dem Weg überlegen, wie ich das Porträt anfertige."

„Nun, dann sage ich nicht Nein. Ich habe noch einige Formulare auf dem Schreibtisch liegen. Sie erreichen mich übrigens unter folgender Nummer." Er griff in seine Westentasche und holte einen kleinen Papierschnipsel hervor, auf dem die Anschlussnummer des Schultelefons stand. „Meine Frau ist tagsüber gut zu erreichen. Ich denke, Sie würde sich ebenso freuen, Sie wiederzusehen."

Sie klemmte den Zettel zwischen die Seiten des Freud-Essays, stieg aus und sah ihm dabei zu, wie er eine schmale Kurve nahm und wendete. Ihr Bauchgefühl hatte sie nicht betrogen, dachte Minna zufrieden, Jacob Corvinus war ein Mann mit großen Tugenden.

Zwanzig Minuten später saß Minna in der Küche und hatte eilig alles für das Mittagessen vorbereitet. Nur mit dem Anfachen der Herdflamme hatte sie ihre Schwierigkeiten gehabt und so würde das Essen noch ein Weilchen ziehen müssen. Dafür war eingedeckt. Das Geschirr, ein Teeservice, sogar Stoffservietten und hastig poliertes Besteck hatte sie drapiert. Während sie auf die Tischgesellschaft wartete, spürte Minna, dass ihr Schlaf und das kurze Nickerchen in der Kutsche nicht annähernd ausgereicht hatten, um die letzten Nächte zu verdauen. Die Szenen ihrer Flucht und der anschließenden Auseinandersetzung liefen wieder und wieder vor ihrem geistigen Auge ab. Minna sah in die Ecke der Küche, wo sie das Bewusstsein wiedererlangt hatte. Dort hatte sie gesessen. Im geborgten Mantel, die Zeichnung in den Händen ihrer Verfolger. Victor Konrad lachte. Er war ein Mann mit einem Blick wie ein Fernrohr, spielte nervös mit seinem Gewehr. Dann wechselte das Bild. Für einen Sekundenbruchteil sah es so aus, als wäre das Missverständnis aufgeklärt und Minnas Hals aus der Schlinge gezogen. Doch der Kurzfilm hatte seine Tücken. Einmal beleuchtete er

Franz, dann wieder Maria, dann wieder Paul und immer wieder den Förster und den Schuss, der ihr gegolten hatte.

Minna holte sich einen Eisbeutel aus dem hölzernen Eisschrank und tupfte damit über ihren Kiefer. Behutsam massierte sie die Schwellung und fühlte kalte Tropfen an ihrer Wange bis zum Kinn hinabgleiten. Die Wirkung der Schmerzmittel war längst verflogen. So wie es sich anfühlte, musste der Zahn noch diese Woche raus. Sie verdrängte jedoch vorerst ihren Bammel vor Zahnärzten und blickte auf die Uhr.

Ein Uhr. Franz würde nicht kommen, der war noch im Sägewerk.

Und die Hausherrin? Maria ließ sich das Essen von Eva aufs Zimmer bringen und ging Minna damit elegant aus dem Weg. Die junge Haushälterin wiederum beschränkte ihren Austausch mit Minna auf einen abgrundtief bösen Blick und ein abschätziges Geräusch, als sie die einfache Mahlzeit aus Rüben und Pökelfleisch sah. Minna hatte die Nase voll von diesem Getue und verließ die Küche, ohne sich zu erklären.

Zum Glück war Paul wieder wach. Mit ihm würde sie reden können, ihm vom Lehrer aus Kleintal berichten. Sie hörte ihn munter summen, als sie mit dem Tablett die Treppe hinaufging. Der leere Becher am Waschbeckenrand verriet ihr, dass Paul seine Medikamente bereits ohne ihre Anweisung zu sich genommen hatte. Als Minna die Tür öffnete, schlug ihr der Geruch von Tabak entgegen.

„Komm ruhig herein."

„Danke. Ich habe dir Essen gemacht."

„Stell es auf den Beistelltisch“, wies er sie an, ohne sich für die Mahlzeit zu interessieren. Stattdessen fixierte er jegliche Regung in Minnas Gesicht. „Du siehst aus, als hättest du dich geprügelt.“

„Ich freue mich auch, dich zu sehen“, erwiderte sie müde und setzte sich auf den Bettrand. „Du rauchst?“

„Sollte ich nicht?“

Eine Sekunde lang überlegte sie, ob er es tatsächlich lassen sollte, dann aber fiel ihr nicht ein, wieso. Sie war keine Medizinerin und hielt sich einzig und allein an die Akten. „Gibt es davon noch welche?“

„Ts, ts, ts.“ Paul schüttelte mit gespielter Entrüstung den Kopf und zog aus der obersten Schublade eine Schachtel französischer Zigaretten hervor, von denen er Minna eine ansteckte. „Sind aber stark.“

„Es wird mir nicht schaden.“

„Ich habe dich gehört“, sagte er auf einmal.

Minna zuckte kurz zusammen. „Wann?“

„Vorgestern Nacht. Du hast geschrien. Seltsamerweise habe ich den Schuss selbst nicht in Erinnerung.“ Paul holte einen Aschenbecher hervor und zündete sich noch eine an.

„Du hast mich quer durch den Wald bis in dein Zimmer gehört?“ Minna erschrak bei dem Gedanken, dass der Schrei ihn geweckt hatte. Unvorstellbar das Szenario, dass er unter ihrer Dummheit aus dem Schlaf gerissen und dann aufgrund der Krankheit vor Schreck tot umgefallen wäre. Sie sog den Rauch tief in die Lunge ein und spürte dem Kratzen im Halse nach.

„Das Fenster hab ich bei der Hitze immer offen“, sagte er daraufhin.

„Ich kann mich nicht erinnern, dass ich geschrien habe." Minna sah durch das Fenster auf die Wiese im Innenhof. Die Sonne wechselte sich mit dichten Wolken ab und warf Flecken auf den Wald und das sich daneben erstreckende Tal. „Ich weiß nur noch, dass ich gegen den Ast geknallt bin."

„Dann erinnern wir uns also nur jeweils an eine Hälfte der Wirklichkeit." Er lächelte, als wäre das der Einstieg in ein philosophisches Gespräch gewesen und er auf der Suche nach einer neuen Wahrheit einen Schritt vorangekommen. „Ich bin sofort rüber, als die Meute angetrabt kam. Aber du kennst mein Tempo. Ich bin nicht der Schnellste in dieser Verfassung."

Minna stimmte ihm zu, musste aber unwillkürlich an die vorige Nacht denken, in der sie ihn kaum eingeholt hatte. Wäre jetzt ein guter Zeitpunkt gewesen, mit ihm darüber zu sprechen, so war der Moment eine Sekunde später schon vorbeigezogen.

„Mit Victor Konrad ist nicht zu spaßen. Er ist der heimliche General von Mühldorf, wenn du mich fragst." Er drückte die angerauchte Zigarette aus und holte eine Zeitungsausgabe hervor. „Mein Postbote ist heute früh mit den neuen Sendungen zu mir gekommen. Willst du dich ein wenig von Mühldorf ablenken?"

„Ich glaube, ich gehe besser. Ich habe noch eine Menge zu erledigen."

„Unsinn! Deine Aufgabe ist es, mich zu pflegen, vergessen?" Er lächelte versöhnlich. „Sei froh, dass du mich nach der Grippe nicht waschen und füttern musstest. Ich hab Menschen gesehen, die wie lebende Tote herumwandelten."

„Nicht nur du."

„Was meinst du damit?"

Minna hob abwehrend die Hände und konnte sich innerlich nur Ohrfeigen über diese nachlässige Bemerkung. Wollte heute denn jeder Gedanke einfach aus ihr herausplatzen? Erst bei Herrn Corvinus, jetzt bei Paul. Sie musste sich zurückhalten. „Ich meine damit Patienten aus der Klinik. In Berlin. Allerdings gänzlich anders gelagerte Fälle."

„Ach so."

„Erzähl mir doch bitte von der Grippe", lenkte sie ab und drückte die Zigarette im Aschenbecher aus.

Paul schlug die Beine übereinander und rieb sich vorsichtig mit dem Handballen über die grün und blau schimmernde Wunde an der Stirn. „Da gibt es nichts weiter zu erzählen. Man ist eben sehr krank. Ich kann nur sagen, dass ich mich tagelang fühlte, als würde mein Körper durch die Wüste geschleift, während mein Verstand gleichzeitig am Nordpol gefror. Ich hatte schlimmen Schleim in der Lunge. Mein damaliger Arzt meinte, das wäre ein gutes Zeichen, weil mein Körper alles versucht, um sich gegen die Krankheit zur Wehr zu setzen."

„Hattest du Angst?" Minna schob sich weiter auf seinem Bett zurück, bis sie mit dem Rücken an der Wand anlehnte. Ihr Kopf war schwer und ihre Augen brannten vom Rauch im Zimmer.

„Ich hatte große Angst, ja. Soll ich dir vielleicht ein Kissen geben?"

„Hm?"

„Du schläfst da drüben gleich ein. Entweder du nimmst dir ein Kissen oder gehst in dein eigenes Zimmer. Eva wird gleich kommen und nach dem Rechten schauen."

„Scheuch sie doch weg", murmelte Minna, schnappte sich das Kissen und rutschte damit an das Kopfende. „Ich will heute niemanden mehr sehen."

„Ich richte es ihr aus."

„Paul?"

„Ja?"

Minnas Herz klopfte aufgeregt. Sie wusste nicht, was sie sagen sollte. Seit ihrer Ankunft hegte sie die Hoffnung, sich länger mit ihm unterhalten zu können. Sich ganz von ihren Abgründen abzulenken, indem sie in seine eintauchte. Nun war es endlich soweit und die quälend langen Nächte forderten zum ungünstigsten Zeitpunkt ihren Tribut.

„Es tut mir leid."

Sie hörte, wie er sich die Stiefel überzog und im Schreibtisch kramte. „Mir auch, aber wir können es nicht ändern. Schlaf gut."

„Du auch."

Er lachte beim Hinausgehen.

Der Abend des 07.09.1919

Am frühen Abend kam Paul mit Essen wieder. Sogar an Suppe hatte er gedacht. Minna ließ die starke Brühe abkühlen und schlürfte sie so, dass sie nichts davon am Backenzahn spürte. Dieser pochte mittlerweile wie ein zweites Herz in ihrem Kiefer.

Sie redeten nicht mehr über die Leiche und das Posthaus, stattdessen berichtete Paul von den Geschehnissen in der Welt, indem er die Zeitungen der letzten Tage aus dem Gedächtnis wiedergab. Seine Stimme wechselte dabei in die Tonlage eines geübten Geschichtenerzählers. Eine der Schlagzeilen war ein unveränderter Dauerbrenner. Es ging um die Gefangenen an der französischen Grenze.

„Wie würdest du dich fühlen, wenn du noch drüben wärst?"

„Ich würd mir das Leben nehmen."

„Paul!"

Er sah sie ernst an. „Nein, du hast ja recht. Ich sag nur. Es ist eine Sache, wochenlang für jeden Meter zu schießen und sich zu fragen, ob man das Brot wohl noch fressen kann, das da in der Schei–, ich meine, das da im Schlamm und Blut liegt. Aber es ist eine andere, halbwegs versorgt in einem Lager dem Feind Steine zu kloppen und Wäsche zu waschen."

„Du bist kein guter Lügner“, sagte Minna und sah betreten zu Boden.

„Manchmal war ich schon dazu bereit, mich ... du weißt schon. Also ja. Ich bin kein guter Lügner.“

„Wie lang warst du im Dienst?“

„Drei Jahre. Eines davon im Lazarett.“

„Und dann hast du dem Franz das Leben gerettet!“ Sie versuchte ein Lächeln auf ihr Gesicht zu zaubern und strahlte ihn an. „Maria lebt wohl nur aufgrund dieser Tatsache.“

Statt dass Paul sich über dieses Lob freute, sog er hörbar Luft ein und wich ihrem Blick aus. „Ich habe nicht gewusst, was ich tat. Es ging alles zu schnell. Franz hätte dasselbe getan.“

„Du weißt also nicht genau, was passiert ist?“

„Ich weiß nur, dass Franz mich aus Dankbarkeit hier aufgenommen hat. Er glaubte, es mir schuldig zu sein.“

Minna trank die Suppe aus und stellte die Schale auf den Nachttisch. „Schuldig? Macht ihr Soldaten denn nicht alles aus Kameradschaft?“

„Wir reiten nicht mehr auf Pferden und auch Kameradschaft bedeutet nicht mehr das Gleiche. Zumindest nicht mehr nach diesem Krieg.“ Paul musste plötzlich stark husten und drehte sich auf seinem Stuhl zum Fenster herum.

„Alles gut?“

„Wird schon.“

„Soll ich noch schauen ob –?“

„Ich sagte: Es wird schon.“

Es widerstrebte ihm merklich, an diesem Abend weiter mit ihr über seine Kriegserfahrungen zu sprechen, und Minna wollte seine aufkeimende Sympathie nicht auf die Probe stellen. Sie war ohnehin schon zu lang in seinem Zimmer. „Ich muss noch einen Brief schreiben. Ich leg die Medikamente in die Dose, ja?"

„Einverstanden."

Paul sah ihr nicht hinterher, als sie ging. Er verschränkte die Arme vor sich und starrte hinaus in die anbrechende Dunkelheit. Wohin ihn seine Gedanken entführten, konnte Minna nur vermuten. Der Krieg kannte viele Grausamkeiten, die einen Mann brachen. Manche davon hatte Minna im Lazarett gesehen, als sie nach der Höheren Schule den Dienst angetreten war. Von Anfang an hatten die Scham angesichts Minnas Jugend und das Erstaunen über ihren Sinn für die Wirklichkeit gleichermaßen einschüchternd auf die Heimkehrer gewirkt, die meist schon durch andere Ärzte und Schwestern vorbehandelt worden waren. Die Sterbenden dagegen wussten oft nicht einmal, dass Minna Nacht für Nacht an ihrer Bettstelle verbracht hatte.

Zurück auf ihrem Zimmer holte Minna ein Kleid aus dem Schrank, das sie sich für einen schönen Abend aufgespart hatte, und roch daran. Es duftete noch immer nach ihrem kleinen Zimmer in Berlin. Das Mäuseatelier, wie sie es nannte. Es roch aber auch nach Wachs und gestorbenen Träumen. Das Gespräch mit Jacob über die Secession und das mangelnde Interesse an ihrer Kunst kroch in ihr hoch. Sie fühlte sich außen vor, weit entfernt von ihrem Vorhaben, sich als Künstlerin einen Platz in dieser Welt zu erstreiten.

Von plötzlicher Wut übermannt warf sie das Kleid zurück in den Schrank und knallte die Tür zu. Ihr Ausbruch richtete sich gegen alles und jeden. Gegen den Doktor, gegen Dorothea und ihr dämliches Grinsen, gegen Stephan, der ausgerechnet vor ihrer Nase in einem Häuschen aufgebahrt worden war, das ihren Namen aus jeder Ritze gesäuselt und sie angelockt hatte wie das Kerzenlicht die Motte. Sie kam sich dumm vor. Weil sie sich zweimal hintereinander selbst in diese Ecke gedrängt hatte. Eine Ecke, aus der heraus es für die anderen natürlich so aussehen musste, als wäre sie ein verwerflicher Charakter. Die Dorfbewohner waren eingebettet in ein normales Leben, mit normalen Ambitionen und normaler Art zu denken. Minna hätte sich an ihrer Stelle wahrscheinlich ebenso den Mund über eine Leichenzeichnerin zerrissen.

Am schlimmsten aber überkam Minnas Seele in diesen Sekunden eine Leere aus Verlangen und Einsamkeit, in der jedes Wort der Vernunft verschwand. Wieder und wieder fühlte sie, dass sie keine Kontrolle über ihr Handeln hatte. Dass sie die Dinge einer Minna überließ, die sich wie ein Zwilling aus ihr herausschälte und Stifte und Gespräche führte. Mit einer eisigen Distanz, gleich so, als würde sie alles besser verstehen – und die eigentliche Minna überhaupt nichts.

Minna holte ihr Tagebuch hervor und schrieb willkürliche Dinge auf, die sie bedrückten. Sie verfasste auch einen kurzen Brief an ihre Eltern und wollte danach einen an den Doktor schreiben, aber ihr dämmerte schon bald, dass das gar nicht so einfach war.

Wenn sie ihm schrieb, dass sie überlegte, zurück nach Berlin zu reisen, was durchaus richtig erschien, dann durfte sie ihm die große Wahrheit nicht verschweigen. Die wiederum würde sie um Kopf und Kragen bringen. Wie gelähmt vergrub sie ihr Gesicht in den Händen, als ihr das Ausmaß ihrer Situation bewusst wurde. „Noch einmal von vorn", sagte sie sich leise. „Es gibt eine Möglichkeit, du siehst sie nur nicht."

Verriet sie dem Doktor, dass sie einen Toten gezeichnet und ein grausames Verbrechen entdeckt hatte, war sein Vertrauen für alle Zeit dahin. Schrieb sie lediglich von einem Mann, der unglücklich ums Leben gekommen war, erfuhr er nie von der misslichen Lage, in der sie sich befand. Was sollte sie also tun? Wollte sie alles in den Wind blasen, ihre sichere Stelle opfern und zu ihren Eltern zurückkehren, um dort die Kunst der ewigen Entschuldigung zu üben?

Sie beließ es zunächst bei einem formalen Schreiben, in dem sie ihre aufmerksamen Beobachtungen im Umgang mit Paul schilderte. Doch selbst Pauls Schlafwandeln strich sie aus der ersten Version ihres Berichts heraus, weil sie fürchtete, dass der Doktor daraufhin erst recht über ihr Handeln erbost sein könnte. Hatte sie Paul doch einfach frei herumlaufen lassen.

Dem Brief fehlte beim erneuten Lesen jegliche persönliche Note. Minna hätte, nachdem sie ihre Signatur daruntergesetzt hatte und noch Platz für ein Postskriptum war, durchaus einen Hinweis liefern können.

Stattdessen befand sie den Brief für beendet und begann auf einem Notizzettel, die Namen der Pardonners und alles, was sie über die Familie, das Dorf und Stephans Tod bisher erfahren hatte, aufzuschreiben. Sie stahl sich sogar aus dem Zimmer, überflog im Vorbeigehen alle Bilderrahmen und Porträts mit Trauerflor, die sie auf die Schnelle im Haus frei zugänglich ausmachen konnte. Fast wie ein Ermittler aus einem englischen Roman, so dachte sie, der im Zwielicht und Nebel nur mit einer Funzel bewaffnet ein Schloss auf den Kopf stellte.

Doch Minna sah in ihrem Handeln Methode und so kehrte sie zufrieden auf ihr Zimmer zurück, um ein paar Notizen reicher. Die Namen von drei Männern fügte sie zu einer Liste zusammen. Adam, Christoph und Franz Pardonner. Was sie wunderte, war der von Corvinus erwähnte Eberhard Pardonner. War er der Vater der Söhne gewesen? Wenn ja, wieso fehlte er überall im Haus? Wieso gab es keine einzige Fotografie von ihm? Ihr Gefühl sagte ihr, dass sie an diesem Punkt ansetzen musste.

Sie musste nur die Augen offenhalten und genau hinsehen. So wie sie es bei ihren Zeichnungen tat.

Ihre Zeichnungen. Sie schob ihr Büchlein beiseite und zum Vorschein kam das Bild von Stephan. Es war, als fiele es Minna wie Schuppen von den Augen. Warum hatte Victor Konrad die Zeichnung so schnell wieder hergegeben, und wieso hatte sich sonst niemand dafür interessiert? Hätten Franz und Maria oder auch Erwin Drechsler und Eva nicht eine gewisse Neugierde zeigen müssen? Allein, um die Anschuldigungen gegen Minna bekräftigen zu können? Wohl nicht, überlegte Minna, und das ließ nur einen Schluss zu: Alle um sie herum fürchteten, was das Bild von Stephan Bauermann zeigen könnte. Sie wollten es nicht ansehen, weil sie Angst vor den Beweisen hatten, Angst davor, dass sein Tod kein Unfall gewesen war.

Minna kaute auf dem Ende ihres Bleistifts herum und überflog ihre Argumentation. Es deutete sich ein Trugbild aus widersprüchlichen Eindrücken und Wahrheiten an – wie in einer ihrer Zeichnungen. Doch statt das

Thema des Todes und des Lebens miteinander zu vereinen, verschmolzen in dem Gebaren der Mühldorfer Wissen und Ignoranz. Victor war das Paradebeispiel. Er wusste mehr, als er zugab. Dessen war Minna sich sicher. Aber dennoch schwieg er beharrlich.

In diesem Augenblick versetzte sich Minna zurück in das Gespräch mit dem Forstmeister, kurz bevor Stephans Leiche aufgetaucht war. Er hatte sie darin vor den Begebenheiten im Tal warnen wollen. Doch diese Warnung hatte er später nicht erneuert. Er war nicht zu Minna gekommen und hatte sie über die Verbrechen der Vergangenheit aufgeklärt. Aus einem einfachen Grund: Für ihn stand fest, dass Minna, wie auch jeder andere Bewohner Mühldorfs, längst von der Rückkehr des Mörders wusste.

08.09.1919

Am folgenden Septembertag gab die Sonne alle Hitze ab, die sie im Juli angespart hatte. Der Wald im Breitbachtal ächzte unter der sengenden Glut, Abkühlung war keine in Sicht. Der Kalender erwies sich mittlerweile nur noch als grobe Richtlinie für das Wetter und einzig die Mauersegler, die hoch über dem Breitbach die Mücken jagten, mochten das Wetter bei anrollenden Gewittern noch zuverlässig anzeigen.

Minna brachte Paul routiniert sein Frühstück und lieh sich die Zeitung aus. Dann kontrollierte sie seinen Blutdruck, den Medikamentenvorrat und wiederholte eine einfache Muskelübung für den eingerenkten Arm, die Minna ihm gezeigt hatte. Eine halbe Stunde später stahl sie sich vom Gut fort und ging zur Schotterpiste, wo Jacob Corvinus auf sie wartete. Der vorausgegangene Telefonanruf hatte aus weniger als vier Sätzen bestanden, und trotzdem hatte er sich sofort auf den Weg zu ihr gemacht, um nach ihr zu sehen. Sie gingen ein Stück tiefer in den Wald und fingen erst an zu reden, als sie sich sicher fühlten.

„Sie müssen mir von Eberhard Pardonner erzählen", fing Minna an. Ihr war nicht entgangen, wie er bei ihrem letzten Gespräch das Thema geradewegs abgeschnitten hatte.

Jacob Corvinus seufzte wie jemand, der beim Aufstehen einen ruhigen und ausgeglichenen Sommertag vor Augen gehabt hatte, den er jetzt bedroht sah.

„Ich hatte alle Pardonners in der Klasse, müssen Sie wissen. Maria wollte nie, dass jemand die Kinder zu Hause unterrichtet. Sie wollte Kinder, die mit anderen Kindern spielen. Außerdem mochte das Vermögen der Familie schon vor Christoph, Franz' jüngerem Bruder, zur Neige gegangen sein. Darüber möchte ich aber nicht urteilen." Er unterbrach seine Erklärung und zählte an den Fingern die Jahre zwischen Marias Jungs ab. „Christoph war zwei Jahre jünger als Franz, also musste der nächste – Adam hieß er – drei Jahre jünger gewesen sein. Ja, da kommen Erinnerungen hoch. Adam und Christoph waren unzertrennlich. Sie haben schon früh das Gut verlassen und kehrten nur aus ihren Studienorten zurück, um ihrer Mutter von der Kriegspflicht zu beichten. Franz war schon immer ein Einzelgänger. Ganz so wie sein kleinster Bruder Arnold."

„Arnold?" Minna war überrascht, diesen Namen zu hören, und ging in Gedanken die Namen durch, die sie von den Fotografien und Urkunden an den Wänden der Gutszimmer abgeschrieben hatte. „Welcher kleinste Bruder?"

„Dazu komme ich jetzt. Also ... ich denke ..." Er haderte sichtlich mit sich. „Es wundert mich eigentlich nicht, dass er Ihnen unbekannt ist."

„So?"

„Wahrscheinlich hat die Baronin nicht einmal mehr ein Bild von ihrem kleinen Arnold in der Stube hängen, was? Verdrängung, sage ich da nur." Der Begriff war überschwanger vor dem Hintergrund der Psychoanalyse, die beide miteinander verband. Doch Minna begriff ihn hier zum ersten Mal auf eine lebendige Weise, je länger er erzählte. „Arnold war ein ungewöhnlich kluger Bursche. Redete, wie ihm der Mund gewachsen war. Fröhlich, belesen, auf dem besten Wege. Meiner Meinung nach, als ihr Lehrer, hatte er von allen vieren die strahlendste Zukunft vor sich."

„Was ist passiert?"

„Eberhard ist passiert."

„Sie meinen ..." Minna schwante Übles.

„Wir wissen es nicht genau." Er stockte. „Ich habe den Kleinen sehr gern gehabt. Ehrenwort. Ich glaube, das war das Schlimmste, was mir in meiner Laufbahn jemals widerfahren ist."

„Sie armer Mensch!"

Minna wollte tröstend einen Arm um ihn legen, ließ es dann jedoch bleiben. Jacob wischte sich verlegen die Tränen von den rot angelaufenen Wangen und schnäuzte trompetend in sein Taschentuch.

„Das werden die Wildblumen sein", sagte er erhaben und zeigte in den Wald. „Man hat seine Leiche in der alten Mühle gefunden. Totgeschlagen hat er ihn. Kein Knochen in dem kleinen Körper war heil geblieben. Arnolds Hände waren immer noch gefesselt, wie man ihn zu Maria brachte. Die Männer haben den Knoten nicht ohne Messer losbekommen."

„Mein Gott."

Seine Worte rollten von seinem Herzen herab wie eine Lawine, die an Geschwindigkeit zunahm. „Eberhard hatte zu viel getrunken. Völliges Delirium. Als er endlich wach war und die Leiche seines Sohnes sah, musste er sich übergeben und brach in Tränen aus. Aber wir haben ihm diese infame Lüge nicht abgenommen."

„Es gab keine Spuren, die zu ihm führten?"

„Drei Tage waren seit Arnolds Verschwinden vergangen und niemand wusste, wo Eberhard damals gewesen war."

„Die Familie konnte das bezeugen?"

Er schüttelte den Kopf. „Die Angst hatte Eberhards Familie zeit seines Lebens fest im Griff. Maria und die Kinder konnten nichts sagen, selbst wenn sie es gewollt hätten. Sie wären womöglich die nächsten gewesen."

„Das hört sich an, als hätten Sie dennoch den Verdacht gegenüber Maria geäußert."

„Sehr zu meinem eigenen Leidwesen, ja. Eberhard hat mich von da an aus allem ausgeschlossen, was die Kinder anbelangte. Ich durfte in der Schule nicht mit ihnen über ihren kleinen Bruder reden, durfte mich dem Haus der Familie nicht nähern. Für mich war sein Verhalten der Beweis für seine Schuld. Ich habe Maria erst fünf Jahre später auf Eberhards Beerdigung wieder getroffen."

Minnas Herz schlug aufgeregt, als er am Ende der Geschichte ankam. Das konnte noch nicht alles sein. Er hielt Details zurück, das spürte sie.

„Wie alt war Arnold damals, als er starb?"

„Gerade einmal sieben."

„Das ist viel zu jung ..."

„Ich sehe manchmal Burschen in meiner Klasse sitzen, die sehen ihm sehr ähnlich. Da will ich zu ihnen gehen und gemeinsam den lieben Gott anflehen, dass er sie nicht auch noch holt."

„Ich möchte Sie nicht noch weiter quälen“, sagte Minna verständnisvoll.

Er sah sie überrascht an. Gerade so, als wäre seine Kapazität nicht ausgeschöpft. „Es ist in Ordnung. Glauben Sie mir, es muss nur raus. Ich komme damit wohl gerade erst ins Reine.“

„Sie sind eine gute Seele.“

Er zuckte mit den Schultern, als wüsste er das selbst nicht so genau. In dem Moment, in dem sie sich dem Gut auf ihrer kurvigen Spazierroute wieder annäherten, gab es am Gatter zum Innenhof ein Geräusch. Claudius stand mit seinem Wagen davor und lud Waren aus. Sie grüßten einander freundlich und warteten ab, bis er fertig war, verabschiedeten sich wieder und sahen ihm noch lang hinterher, bis seine strapazierten Wagenräder nicht mehr zu hören waren.

Schließlich wandte sich der Oberstudienrat noch einmal an Minna. „Erwähnen Sie diese Geschichte der Familie Pardonner gegenüber nicht. Sie würden sie nicht mehr wiedererkennen, glauben Sie mir.“

„Was aber hat Eberhard noch getan?“

„Neben Arnold meinen Sie?“

„Darauf will ich hinaus.“

„Sprechen Sie auf Franz an?“

Minna tat so, als hätte sie eine genaue Vorstellung von dem, was man sich so über Franz erzählte. „Seine Vergangenheit scheint mir ebenfalls nicht ganz lupenrein.“

„Der Vorfall mit Franz und Victors Kindern?“

„Den meine ich. Aber man wollte mir nicht sagen, woher genau diese Wut auf Franz kommt“, log Minna und hoffte, sie überzog ihre Fähigkeiten nicht maßlos.

„Franz hat Victors Burschen und seine Tochter geschlagen."

„Also doch ..."

„Es klingt wahrscheinlich dramatischer, als es ist."

„Ich will es dennoch hören."

„Wie Sie meinen." Er polierte seinen Zwicker am Ärmel. „Das war 1909 oder 1910. Damals, als der erste Mord geschehen war und man in den Dörfern nach dem Mörder gesucht hat, ja. Man hatte Franz und einige seiner Freunde förmlich an die Wand gestellt. Aber Franz hat sich zur Wehr gesetzt und ordentlich Rabatz gemacht. Besonders ab dem Zeitpunkt, an dem Victors Kinder mit einer Gruppe umhergezogen sind, um für Recht und Ordnung zu sorgen. Prügel hat da jeder bekommen."

„Victors Kinder?" Sie sah ihn erschrocken an.

„Ich weiß, was Sie jetzt denken, Fräulein Dahl. Aber deswegen ist Karl Konrad nicht umgebracht worden."

„Umgebracht?" Minnas Kopf drohte vor lauter neuer Einsichten zu platzen. Karl Konrad? Victors Kind war ein Opfer der Mordserie?

„Er war das dritte Opfer." Jacob musterte sie eindringlich. „Sie wussten es nicht?"

„Nein, das wusste ich nicht", bestätigte Minna. „Aber etwas, das sie gesagt haben, setzt sich in mir nun zusammen. Victor will selbst investigieren, das haben Sie zu mir gesagt. Er ist persönlich involviert."

„Das habe ich gesagt." Er fuhr sich nachdenklich durch die Barthaare. „Wie Sie zu mir kamen, da spürte ich, dass man Ihnen übel mitspielt, Ihnen Informationen vorenthält. Aber ich habe auch gespürt, dass Sie etwas entdeckt haben. Glauben Sie mir, es fällt mir nicht leicht, das Schweigen zu brechen. Allerdings möchte ich Ihnen nichts mehr verschweigen, was helfen könnte, um ... Nun ja ...“

„Um die Wahrheit ans Licht zu bringen“, ergänzte Minna seinen Satz und schüttelte den Kopf. „Was ist in diesem Dorf nur geschehen?“

Sie brauchten eine Weile, um die Sprache wiederzufinden. Ihr Gespräch hatte düstere Züge angenommen. Wie zwei sich belauernde Tiere horchten sie auf ein Signal des Gegenübers. Minna brach das Schweigen, als ihr Wille neuen Mut formte, und zeigte in die Richtung des Guts. „Was hatte es mit Franz und Konrads Kindern auf sich? Bitte klären Sie mich auf. Ich lebe immerhin unter einem Dach mit diesem Mann.“

„Das ist ungefähr so verlaufen.“ Corvinus prüfte ab da jedes seiner Worte genauestens, das spürte Minna deutlich. „Als Karls Leiche gefunden wurde, hatten die restlichen Konrads, also Victors Kinder, aus irgendeinem Grund Franz und einige seiner Freunde im Visier. Da gab es wohl Prügeleien, aber die sind glimpflich ausgegangen. Franz mag da um die dreiundzwanzig gewesen sein, vielleicht älter. Noch voller jugendlichem Zorn und damit eine leichte Zielscheibe, wenn Sie mich fragen. Die Polizei hat ihn daraufhin mehrmals verhört. Wie auch viele andere. Aber das führte zu nichts. Man konnte bezeugen, dass Franz zur Tatzeit stets im Sägewerk gearbeitet hatte. Tag und Nacht. Das ist alles, was man herausfinden konnte. Aber wir sind hier nicht unbedingt auf der Höhe des Fortschritts, wenn ich das so behaupten darf. Manchmal kam es mir auch so vor, als ob ...“

„Was?“ Minna musste sich doch sehr wundern, dass er nun erneut ins Stocken geriet. „Wie kam es Ihnen vor?“

„Als würde man uns mit diesem Problem allein lassen.“

Minna atmete tief durch. Sie bemerkte, wie Jacob neben ihr in sich gekehrt auf seine polierten Schuhspitzen starrte.

„Verzeihen Sie mir, ich denke, wir haben uns für heute genug den Kopf zerbrochen, Herr Corvinus. Ich hoffe, Sie verstehen, dass ich über all das Gesagte nachdenken muss. Ganz in Ruhe.“

„Ja, natürlich, das verstehe ich nur zu gut. Ich habe selbst viel, über das ich nachdenken muss.“

„Verübeln Sie mir meine bohrende Neugier?“, vergewisserte sich Minna, die die zarte Vertrauensbasis zwischen ihnen bedrohlich bröckeln sah.

„Dann wäre ich ein schlechter Lehrmeister, Minna. Aber nun will ich lieber gehen.“

Zurück im Haupthaus war Minna zu ihrer Überraschung allein. Maria Pardonner war früher als sie aus dem Haus gegangen. Auf einem kleinen Kärtchen, das Minna auf dem Küchentisch fand, stand geschrieben, dass die Baronin zusammen mit Eva anlässlich einer Hochzeit für vier Tage nach Stuttgart gereist war.

Ein Moment der Einkehr, der keiner werden sollte. Denn als Minna die Kisten und Körbe mit Vorräten, die Claudius angeliefert hatte, einzeln von draußen in die Speisekammer brachte und sich einen Moment lang in der Küche ausruhen wollte, erreichte ihre mentale Höchstleistung ungeahnte Höhen. Ihr Blick fiel auf etwas, das ihre ungesunde Neugierde befeuerte: die Tür zum Ballsaal.

Der Zugang war hinter einem großen Vorhang verborgen. Von außen gab es keinen Weg, um hineinzuschauen, weil auch dort die Vorhänge vorgezogen worden waren. Was genau war an diesem Ort so geheim? Wieso mochte Maria ausgerechnet den Ort ihrer angeblich schönsten Erinnerungen nicht mehr betreten?

Sie sah sich um.

War es verwerflich, einen kurzen Blick auf die Tanzfläche zu werfen und in der Vorstellung zu schwelgen, wie Maria Theklas rauschende Feste feierte?

Nur für einen Moment.

So in Gedanken stand Minna mehrmals vor dem Stoff, hob ihn hoch, besah sich den Türknauf und ging dann wieder. Fast in ihrem Zimmer angekommen, kehrte sie erneut um und sperrte die Stimme der Vernunft in einen kleinen Käfig. Es war der Türknauf selbst, der sie verführt hatte.

Er saß inmitten eines Beschlags, der die Form eines silbernen Kranichs hatte, der auf einer Schildkröte stand. Ein Tier, so anmutig und einladend in das Metall eingearbeitet, dass bei näherem Hinsehen jeglicher Widerstand in ihr schmolz. Sie wollte fühlen, wie der Mechanismus sich bewegen ließ. Ob der Knauf ein Geräusch machte, wenn sie ihn drehte. Mit einem lauten Knacken sprang die Tür nach innen auf. Der zweite Türflügel folgte keine Sekunde später.

Minna schaute hektisch über ihre Schulter und legte sich schon Ausflüchte zurecht. Nur, das musste sie nicht. Sie war allein und der Ballsaal lag ebenso menschenleer im Halbdunkel.

Durch die mottenzerfressenen Vorhänge drang ein Licht, das ausschließlich diejenigen Stellen Wirklichkeit werden ließ, die es berührte. Der Rest lag in einem Schlaf aus Staub und Spinnenweben. Während Minna Schritt für Schritt weiter in den Saal trat, meinte sie eine Präsenz wahrzunehmen, wie man sie aus Geschichten über Geisterbeschwörungen kannte. Dass einige Kleider auf langen Schnüren quer durch den Raum hingen und einem stummen Publikum glichen, verstärkte den Eindruck noch. Sooft es ging, hielt sie den Atem an, denn neben den muffigen Stoffbezügen roch die Luft im Raum ungewöhnlich scharf und würzig. Sie biss ihr glatt in die Nasenflügel.

Den Eindruck, den Minna von den Haufen aus Kisten, Schränken und Kleinkram gewann, war trostlos. Ein Stapel mit Gemälden, der mit Kissen bedeckt worden war, wirkte da noch am interessantesten. Die Gemälde lehnten der Größe nach sortiert an der Wand zum Flur. Minna bahnte sich den Weg zu einem der Fenster und öffnete den Vorhang einen Spalt. Das bisschen Licht reichte aus, dachte sie, und sah dem aufgewirbelten Staub in der Luft zu, der wie Schnee glitzerte.

Sie ließ sich von dem Ausmaß der Unordnung nicht abschrecken und ging die Gemälde durch, unter denen sich auch einige Fotografien befanden. Die kleineren, gerahmten waren allesamt und ohne Zweifel Hochzeitsporträts von Maria und Eberhard. Die starr wirkenden Aufnahmen, gerade einmal groß genug, um alle Anwesenden einzufangen, hatte man mit 1889 datiert. Ein anderes, späteres Bild, zeigte Maria mit Eberhard, Franz und seine jüngeren Brüder Christoph und Adam. Jemand hatte das Jahr 1896 mit Bleistift auf die Rückseite geschrieben. Maria war auf der Aufnahme eindeutig schwanger. Links neben ihr stand eine weitere Frau in einem eleganten Kleid und mit blendend schönen Augen. Das musste Tante Thekla sein, dachte Minna und versuchte sich alle Daten einzuprägen. Jemand hatte an eine Einzelaufnahme der Tante ein schwarzes Band gehängt und auch die Todesanzeige steckte noch im Rahmen, aber Minna konnte auf dem vergilbten Papier unmöglich das Datum entziffern.

Damit war ihre Neugier endgültig geweckt.

Sie klappte ein Bild nach dem anderen um und hatte redlich Mühe, den anwachsenden Druck der Rahmen mit den Knien abzufangen. Weiter hinten befanden sich diverse Ölgemälde. Man hatte dem Maler wohl nur schlechte Farbe kaufen können oder einen schlecht haltbaren Firnis aufgetragen, denn die zu schnell getrockneten Partien der Gesichter lösten sich bereits in kleinen Schollen auf.

Bis zum letzten Bild waren die Motive unverändert. Mal Maria, mal Eberhard, mal die Kinder als Beiwerk. Doch als hätte der Oberstudienrat es geahnt, fehlte jede Spur von Arnold Pardonner. Minna rückte den durcheinandergebrachten Fundus aus Gemälden zurück an die Wand und legte die Kissen drauf.

Sie blickte sich um. Wo könnte sie nach dem kleinen Jungen noch suchen? Der ganze Ballsaal bestand aus Gerümpel. In einer Kiste fand sie Spielzeug, doch das ließ sich natürlich keinem der Pardonner Jungs zuordnen.

Sie wollte schon aufgeben, da die anderen Kisten nur Kleider, abgelegte Uniformen der beiden mittleren Kinder und angerosteten Weihnachtsschmuck beinhalteten, da fiel ihr eine Schatulle auf einem Schränkchen auf. Das Arrangement der Dinge neben der Schatulle wirkte selbst für dieses Zimmer mehr als seltsam. Schmuckdöschen, silberne Schalen für Armbänder und ein wertvoller Ring mit einem giftgrünen Smaragd lagen einfach so herum. Kaum ein Staubkorn fand sich darauf. Augenscheinlich waren sie erst vor kurzem poliert worden.

Auf der faustgroßen Schatulle las Minna die eingravierten Initialen A. D. P., daneben eine eingravierte Feder und ein Jesuskreuz. Minna öffnete die Schatulle und langte hinein. Der rote Samt im Inneren glühte im Sonnenlicht wie ein flammender Ofen. Sie holte ein weißes Tuch mit goldenem Saum heraus, das zu einem kleinen Bündel geknotet worden war. Erneut las sie die Lettern A. D. P., dieses Mal in den Stoff gestickt. Arnold Pardonner. Konnte das sein? Minna löste den Knoten mit spitzen Fingern – und gefror bis ins Mark.

Was hatte sie da gefunden?

Einen Zahn? Eine goldene Haarsträhne? Eine Spielkarte mit einem aufgemalten Gesicht. Ein roter Knopf mit Resten eines Fadens daran. Ein Streichholzschächtelchen voll mit Katzengold und Muscheln. Minna legte die Gegenstände nach und nach vor sich auf dem Schränkchen ab, bis nur noch das Taschentuch übrig blieb, aus dem jemand das Bündel geknotet hatte. Unter ihren schwitzigen Fingerkuppen fühlte sie ein Loch im Stoff, und als sie es ausbreitete und vor sich hielt, packten ihre Finger es vor Schreck noch fester.

Da war es wieder.

Wie bei der Tischdecke. Ein Muster aus feinem Blut. Minna erkannte die dunklen Spritzer sofort. Auch der frühere Versuch, den Fleck grob herauszuschneiden, hatte die verräterischen Spuren einer Gewalthandlung nicht beseitigen können.

Sie hielt die Artefakte eines beendeten Lebens in der Hand.

Unwillkürlich wich die Neugier der Angst. Arnold, riefen die Dinge ihr zu, all das hatte Arnold gehört. Bruchteile seiner Existenz setzten sich in diesem Moment für sie zusammen. Ein fröhliches, ein munteres Kind.

Das war zu viel!

Sie packte das Bündel zusammen, legte es in die Schatulle, verschloss sie wieder und zog den Vorhang zu. Die Dunkelheit verschluckte den Saal von neuem und Minna trat in das Licht der Küche wie ein Eremit in die Zivilisation. In ihrem Kopf liefen die Szenen des Leichenfunds ab, die sie nun aus Jacobs Erzählung kannte. Maria hatte alles verbannt, was ihr lieb und teuer war und was sie mit ihrem jüngsten Spross verband. Jedoch ... die letzten Erinnerungen an Arnold hielt sie in dieser Schatulle am Leben. Wie konnte Minna darüber urteilen? Sie wusste ja nicht einmal, wie es für Maria war, die eigene Existenz an ein Kind zu heften und sich davon treiben, ja, auch in unbeherrschbare Untiefen ziehen zu lassen.

Mit einem Ruck zog sie die beiden Türen zu und drapierte den Stoff davor, als sei nichts gewesen. Dann ging sie hinaus, durch die Vordertür, in die warmen Strahlen der Sonne hinein. Doch drinnen wie draußen war ihr in Mühldorf keine Zuflucht mehr vor ihren düsteren Gedanken vergönnt.

„Darf ich Sie ein Stück begleiten, Minna?"

„Kommt drauf an. Tragen Sie eine Waffe bei sich?"

„Es gibt mich nur mit Gewehr." Der Förster sah sie entschuldigend an. „Sie müssen mir verzeihen, Fräulein! Das mit dem Schuss habe ich nicht gewollt. Ich wünschte, Sie hätten sich nicht so unglücklich im Gesicht verletzt."

Minna sagte nichts, weil er den Anschein machte, mit seinem Gesuch noch nicht fertig zu sein. „Von meiner Warte aus, das müssen Sie vielleicht auch zugeben, haben Sie ein verbrecherisches Geschick an den Tag gelegt, dass ich davon ausging, Sie wären ..."

„Ich wäre was?"

„Nichts für ungut."

Minna beobachtete, wie Victor Konrad auf Abstand blieb. Das Gespräch mit Jacob zeigte plötzlich eine versöhnliche Wirkung auf sie. Hätte sie ihm bei jedem Versuch der Entschuldigung noch eine Ohrfeige verpasst, wäre er ihr nicht weniger verletzt vorgekommen als Maria. Sie rang sich zu einer eigenen, eher strategischen Entschuldigung durch und ließ sich auf seine Höhe zurückfallen.

„Herr Forstmeister. Ich gebe zu, dass ich mich selbst in die Situation gebracht habe. Das aufgebrochene Schloss, meine Flucht. Das hätte ein echter Einbrecher sein können. Sie haben wahrscheinlich richtig gehandelt."

„Dann sind Sie mir nicht weiter böse?"

„Auf jeden Fall bin ich das noch! Aber nicht deswegen, sondern weil Sie mich vor allen für ihre Variante der Wahrheit verkauft haben."

„Was meinen Sie damit?"

„Die Leiche meine ich damit. Sie wissen, dass ich gesehen habe, was Sie gesehen haben. Mit ihrer Erfahrung als Jäger bleibt kein Zweifel. Sie ahnen, dass Stephans Verletzungen nicht von einem Unfall herrühren können."

Er schluckte. „Ich habe mir die Zeichnung angesehen, ja."

„Die Augen? Die Wunden? Kommt Ihnen das womöglich bekannt vor?", fragte Minna provokativ.

„Sie wissen zu viel Minna Dahl."

„Ich weiß zu wenig", konterte Minna vorschnell, denn jetzt musste er denken, dass sie sich aktiv mit dem Mord auseinandersetzte.

Doch statt einer energischen Belehrung, es als Frau ihres Standes besser sein zu lassen, witterte Victor offenbar eine Chance. „Sie haben nicht zufällig mitbekommen, wo Franz die Tage vor dem Mord gewesen sein könnte?"

„Nein. Das habe ich nicht."

„Und können Sie sich erinnern, dass Franz vom Zanker gesprochen hat?"

Minna klatschte einmal in die Hände und machte Anzeichen, umzukehren. „Wenn es Ihnen nur darum geht, mich auszuhorchen, dann soll es das gewesen sein."

„Ich? Aushorchen?", er drückte die Schultern durch. „Kommen Sie mir nicht so, Fräulein! Sie selbst haben sich schon umgehört, oder?"

„Wie kommen Sie darauf?"

„Von der Jagdhütte hat man einen guten Blick auf den rückliegenden Wald. Die Erscheinung des Studienrats könnte ich gegen jedes Gegenlicht erkennen. Sie haben sich mit ihm unterhalten."

„Über Freud."

„Über den Mörder!", polterte er. „Wie Sie schon dastanden. Auch jetzt verraten Sie mir mit Ihrer Haltung alles!"

„Das wird an meiner Meinung nichts ändern. Ich lasse mich nicht ausfragen. All die Vorgänge im Tal geben Ihnen nicht das Recht, Cowboy und Indianer zu spielen. Das ist Arbeit der Polizei. Außerdem, Herr Forstmeister, mit Ihrer Investigation geraten Sie noch selbst ins Visier dieses Mannes."

„Soll er sich nur trauen. Ich habe nichts zu verlieren."

„Sie machen sich lächerlich!"

„Und Sie nehmen das alles ungewohnt gelassen."

Der Kommentar traf Minna direkt in eine offenliegende Wunde. Eiskalt, distanziert, analytisch. Wie sonst konnte man es ungewohnt gelassen nehmen, wenn nicht die Zeichnerin in ihr übernahm und sie vor den Bösartigkeiten der menschlichen Natur beschützte? Aber soweit würde sie es nicht kommen lassen. Nicht ihm gegenüber. „Ich lebe in Berlin. Da ist man einiges gewohnt. Sie hätten Anfang des Jahres mal dort sein sollen, dann wüssten Sie, wovon ich rede. Rufen Sie die Schutzpolizei und lassen Sie die ihre Arbeit machen."

„Die Schupo wird nicht kommen."

„Wie bitte?" Hatte Minna sich verhört? „Es wird aber doch irgendjemanden geben, der für Mordfälle zuständig ist!"

„Es gibt ein paar Offiziere. Die kann man aber keine richtige Polizeiarbeit machen lassen. Um ihrer nächsten Frage vorzugreifen: Ja, das mit der Schupo war gelogen. Aber nur, um größeres Durcheinander zu verhindern."

„Sie glauben also, dass es derselbe Täter wie damals ist, stimmt's?"

„Ich würde gern die Zeichnung noch einmal sehen", sagte er und nickte dann. „Grundsätzlich besteht die Möglichkeit, dass er es ist."

„Wieso sehen Sie sich die Leiche nicht erneut an?"

„Nun, wir haben die Hitze im Posthaus unterschätzt. Wir können also jedes aufgezeichnete Detail gebrauchen."

Sein schmal gepresster Mund verriet, wie peinlich es ihm war, ihr in Hinblick auf diesen Aspekt ihrer Lüge nicht geglaubt zu haben. Die Genugtuung, dass er auf ihre Kunst zurückgreifen musste, hätte größer nicht sein können. „Ich wäre Ihnen sehr verbunden, Minna."

„Wie Sie meinen." Minna kramte in ihrer Handtasche und holte ein kleines Büchlein hervor, in dem die gefaltete Zeichnung lag.

„Hier. Bitte sehr. Ich kann zumindest mit einer kleinen Gegenleistung rechnen?"

„Sie haben meinen Dank und meine Verschwiegenheit über Ihre neugierigen Augen und Ohren." Seine Stimme gewann vom Moment der Übergabe an Kraft. Er wischte sich mit dem Zeigefinger über den Schnauzer. „Also gut, was möchten Sie?"

„Niemand hat mir bisher erzählt, wie Eberhard und Maria sich kennengelernt haben."

„Wie kommen Sie ausgerechnet darauf?"

„Sie haben keine Antwort für mich?"

„Nicht direkt. Eberhard war der Sohn des Sägewerksbesitzers aus Mühldorf. Als sein Vater starb, hat er das

Geld aus dem Erbe nicht etwa in den Betrieb, sondern in seine Spielleidenschaft gesteckt. Da kamen Maria und ihr Geld wohl gerade recht. Mit dem Erbe der Pardonners konnte er so tun, als hätte er nie in der Klemme gesteckt. Der Konkurs war für einige Jahre abgewendet."

„Wieso hat Marias Tante ihr einen Ehemann ausgesucht, der hoch verschuldet war?"

„Sie haben von Thekla gehört?" Der Förster lachte hämisch. „Maria und Eberhard waren bis über beide Ohren verliebt. Er hat bei jeder Gelegenheit um sie geworben. Das war damals nicht anders als heute. Junge Leute und keinerlei Vernunft."

Minna glaubte nicht, was sie da hörte. Eberhard Pardonner ein Rosenkavalier? „Und dann kam alles anders, nehme ich an?"

Victor Konrad versenkte die Daumen in den Westentaschen und schüttelte den Kopf. „Wir haben uns alle früher oder später von Eberhard reinlegen lassen. Aber Maria hat er in die Verzweiflung getrieben. Thekla starb, Marias Schwester kurz darauf. Da waren nicht mehr viele, die Eberhard in den Griff bekommen hätten."

„Ich hatte ja keine Ahnung."

„Damit habe ich Ihre Frage beantwortet, nehme ich an."

„Sagen Sie mir, wie es jetzt weitergeht?"

„Für Sie? Gar nicht. Sie gehen des Weges und ich zurück ins Posthaus. Das Begräbnis ist anberaumt und ich muss mit der Familie reden."

„Na, dann will ich Ihnen nicht länger die Jagd verderben." Sie zwinkerte ihm übertrieben auffällig zu. „Einen guten Tag, Herr Forstmeister."

„Minna?", rief er ihr hinterher, als sie schon ein ganzes Stück den Pfad zurückgelaufen war. „Sie stechen da in ein Wespennest. Vergessen Sie das nicht."

Seine Warnung kam zu spät, dachte sie unheilvoll, denn sie hatte das Wespenvolk bereits aufgeschreckt.

09.09.1919

Minna versuchte am nächsten Tag, die Erlebnisse der letzten Woche von sich abzustreifen, und unternahm einen Ausflug, der sie auf andere Gedanken bringen sollte. Die Landschaft war trotz einiger Schauer in den letzten Wochen geradezu ausgetrocknet. Das Moos an den Bäumen kräuselte sich wie verbranntes Papier und die Farne rollten ihre Blätter zu Zigarren auf, die braun und trostlos zwischen Minnas Fingern zerkrümelten. Unter dem Gemisch aus knisternden Tannennadeln und alten Zweigen verkrochen sich die letzten grünen Boten frischen Lebens. Kleine, in den Schatten großer Laubbäume gedeihende Tannen würden es womöglich als einzige bis zum nächsten Schauer aushalten.

Minna war froh, aus der Quelle getrunken zu haben, die Franz ihr bei ihrer Ankunft gezeigt hatte, sonst wäre sie auf ihrem Weg den gegenüberliegenden kleinen Berghang hinauf glatt verdurstet. Sie wanderte auf einem trist daliegenden Pfad mit mindestens drei Metern Breite in das Herz des Waldes hinein und hoffte, dabei automatisch eine Schleife zurück zum Gut der Pardonners zu drehen. Irgendwann jedoch bemerkte sie, dass ihre angepeilte Strecke das Gut um ein ganzes Stück verfehlte, und aus den dichten Reihen der Bäume wurde allmählich ein heruntergewirtschafteter Flickenteppich. Große Löcher waren in den Forst geschlagen worden, die Baumstümpfe hatte man stehenlassen wie Grabmäler. Zu ihrer rechten Seite öffnete sich das Land mit einem gähnenden Maul aus toten Überresten.

Minna konnte im getrockneten Schlamm die Spuren von Arbeitern und ihrem Fuhrwerk ausmachen, die die Bäume von hier abgetragen haben mussten. Glaubte sie der Verwitterung an der toten Rinde, mochte dies Jahre her sein.

Je weiter sie sich durch das kniehohe raschelnde Gras vorantrieb, um den Gräben und Erdhaufen auszuweichen, desto freier wurde ihr Blick auf den Horizont. Am anderen Ende der auslaufenden Schneise stand ein eigentümliches Gebäude. Der Bergwald rund herum war gerodet worden.

Eine Mühle vielleicht, dachte sie. Vielleicht ein Vorgänger des neuen Sägewerks? Minna war noch gut ein oder zwei Kilometer davon entfernt, konnte aber dennoch das eingefallene Dach und den zusammengebrochenen Schornstein daneben gut erkennen. Bäume hatten sich zwischen das aufgebrochene Mauerwerk gedrängt und wuchsen durch das Gerippe des abgebrannten Dachstuhls in die Höhe.

Nach einem wohligen Schauer holte Minna Stift und Zettel aus der Tasche und skizzierte das Bild in der Ferne, von dem sie nicht wusste, ob es sie anzog oder abschreckte. Zumindest machte der Irrweg ihr das Geschenk eines inspirierenden Motivs. Tote Gebäude zu zeichnen war überhaupt so viel ungefährlicher und freier von Konsequenzen als das Zeichnen toter Menschen, dachte sie selbstironisch und fertigte das Bild glatt ein zweites Mal an, weil ihre verschwitzten Hände den Grafit verschmierten.

Anschließend erprobte sie sich an der Landschaft, den Baumstümpfen und kleinen Libellen, dem gelbstichigen Gras und der aufgetürmten Sammlung aus Steinen und Geröll. Mit der Zeit verlor Minna jedoch die Lust, sich weiter selbst davon zu überzeugen, dass dies ein bemerkenswerter Ort war. Bevor ihre Freude in brütende Gedanken umschlagen konnte, folgte sie ihren Spuren durch den Wald zurück bis auf die Dorfstraße, ging auf ihr ein Stück weiter als geplant und erreichte schließlich die Schotterpiste, die nach Kleintal führte.

Die alten Kastanien am Straßenrand ließen sich vom Wetter nicht ihre innere Uhr diktieren. Sie waren dabei, die goldbraunen Blätter wie getünchte Pfauenfedern auf den Boden zu werfen und forderten einen baldigen Herbst ein. Die Mittagssonne war hinter eine der Bergspitzen gewandert und es war dunkel dort, wo Minna stand, während weiter vor ihr die Straße im hellen Licht erstrahlte.

Der Kontrast war überwältigend.

In Gedanken versunken fiel Minna die Warnung des Forstmeisters ein. Warum wollte sie trotz der gefährlichen Situation bleiben? Wieso nicht die Schande ihrer Niederlage eingestehen und dadurch womöglich ihr Leben retten? Der Impuls, aus Mühldorf zu fliehen, hatte sie vom Tag ihrer Ankunft an begleitet. Mit jedem verstreichenden Tag drang Minna tiefer in eine Welt vor, in der vieles unklar erschien. Eine Frau mit einem zerbrochenen Leben. Ein Toter, dem Augen und Zunge fehlten. Ein Förster, der sich auf einen persönlichen Rachefeldzug begab.

Wie sollte sie das ertragen, wenn die Welt, die vor ihr lag, so warm und friedlich ausschaute?

Sie machte einen langsamen Schritt nach vorn, doch schon im nächsten Augenblick spürte sie das Gewicht einer Hand auf ihrer Schulter.

„Minna, hörst du mich nicht?“

Sie erschrak so heftig, dass sie nach der Hand schlug.

Es war Paul.

Minna atmete kräftig durch die Nase ein und aus. „Was machst du hier?“

„Ich hab dich gesucht.“

„Ich war doch nur kurz unterwegs!“

„Wo willst du denn hin?“ Paul klang besorgt. Er legte ihr auch die andere Hand auf die Schulter und sah sie durchdringend an. „Antworte mir doch, Minna. Hat es mit Maria zu tun?“

„Nein.“

„Du weißt, dass wir das klären können.“

„Maria ist nicht das Problem.“ Minna drängte seine Arme fort und befreite sich aus seinem Griff. „Ich bin es.“

Ihre Beine wollten fortrennen, als hätte sich in Paul all ihre Furcht vor diesem Ort gebündelt. Aber es war nicht seine Schuld, dass sie so überreagierte. Es war eine Eingebung, die ihr plötzlich gekommen war. Sie musste ihre Notizen noch einmal durchgehen, sie musste mit Corvinus sprechen, und vielleicht würde auch Victor Konrad ihr mehr ... Paul unterbrach den Schwall an Ideen, die wie ein Heringsschwarm durch ihren Kopf sausten.

„Willst du mir nicht sagen, was los ist? Sollen wir im Vertrauen sprechen?“

„Besser nicht, ich ... Was machst du überhaupt hier?“, fragte sie abwehrend und ging schnurstracks an ihm vorbei. Sie wollte ihn nicht mit in das Geflecht aus Lügen und Ermittlungen hineinziehen. Zu tief steckte sie jetzt schon drin und fühlte die Bereitwilligkeit, sich noch tiefer in den Abgrund gleiten zu lassen. Ungeachtet dessen, was dort auf sie wartete. Glatt so, als wäre sie auf der Suche nach einer neuen Substanz, mit der man Zeichnen konnte, oder einer unbekannten Farbe, die der Malerei bisher verborgen geblieben war.

„Minna!“

„Vertrau mir, in Ordnung? Ich werde dir alles erklären. Bald.“

„Heißt das, du bleibst auf dem Gut? Du haust jetzt nicht ab, oder?“

Minna hörte, wie er aufholte.

„Bleibst du?“, fragte er erneut.

Ein leichter Wind brauste um sie herum auf. Trocken und heiß. Wie ein Fremder in einem Land, in dem er sich verlaufen hatte. Auch Minna war nach Mühldorf gekommen, weil sie sich in ihrem Leben verlaufen hatte. Sie hatte aus den Augen verloren, worum es ihr mit der Kunst ging, und daraus war eine Sucht geworden, die ihr alles abverlangte. Die einzige Aussicht, die sie an diesem Ort hielt, war die auf Wiedergutmachung.

Als sie Paul nicht antwortete, ließ er sich schnaufend zurückfallen. Minna blickte zurück und spürte ein erlösendes Lächeln auf ihren Lippen. Als hätte sie eine sinnstiftende Funktion in ihrem Leben gefunden.

Paul stützte die Hände in seine Seiten und rief ihr hinterher: „Ich nehme das als Ja.“

Der Abend des 09.09.1919

„Du schweigst uns schon den ganzen Abend an."

„Dich. Dich schweigt sie an", bemerkte Paul und teilte die dampfende Kartoffel auf seinem Teller mit der Gabel in zwei gleiche Hälften. „Mir hat sie beinahe eine Ohrfeige verpasst."

Minna sah von ihrem Teller auf, in die Gesichter der beiden Männer und schüttelte den Kopf. „Ihr solltet euch zusammenreißen, wenn ich die kommenden Tage kochen soll."

„Hört, hört! Sie spricht wieder mit uns!" Franz grinste bübisch und langte quer an ihr vorbei nach dem Salz. „Wir sind dir ja auch dankbar dafür, dass du uns das Essen machst. Ganz ehrlich." Er zwinkerte Paul zu.

Dieser hob zweifelnd eine Augenbraue. „Machst du dir immer noch Sorgen, dass man dich zurück nach Berlin schickt? Ich meine, ich fühle mich geehrt, ich scheine ja ein einwandfreier Patient zu sein."

„Nicht nur das!", stimmte Franz zu und goss sich ein weiteres Glas Wein ein. „Er ist auch ein prima Kerl."

„Lass das, Franz!" Minna trat unter dem Tisch nach ihm.

„Au!"

„Geschieht dir recht!" Paul trat nach und verfiel in ein ansteckendes Lachen, das Minna und Franz mitriss. Sie lachten und wischten sich die Tränen aus den Augen, es war herrlich. Minna fühlte sich trotz der kleinen Neckereien endlich wieder wie unter Freunden. Wie in den Nächten in den Kneipen, in Hinterzimmern mit ausgedienten Sofas und klebrigen Theken, in denen nur starker Schnaps oder schales Bier in die Gläser eingeschenkt wurde. Wo man sich lieber über komplexe politische Probleme echauffierte, indem man frivole Zeichnungen von Politikern anfertigte, statt verstehen zu wollen, was gerade wirklich in der Welt vor sich ging. Es war die schönste Form der Ablenkung. Von der Arbeit, den Geldsorgen, dem Scherbenhaufen, zu dem der Globus zerbrochen war.

„Ich hab den Stephan nich gut gekannt", fing Franz plötzlich an. Seine Stimme war weniger besonnen, als es das Thema verlangte, aber er schien sich redlich zu bemühen, zwischen dem Kauen und Lachen noch ein paar gute Worte über Stephan zu verlieren. „Aber er war 'n fleißiger Kerl, das kann ich euch sagen."

„Wusste nicht, dass wir jetzt so feierliche Reden halten müssen." Pauls Augen verengten sich. Ihm missfiel offenbar, wie Franz die Sache anging.

„Der Unfall hat das Dorf ganz schön aufgebracht." Minna seufzte. Ihr Teller war leer und ihr Glas auch. Sie stand auf und legte für alle nach. „Ich hätte nicht versuchen sollen, mich mit meinen Zeichnungen einzumischen. Am besten wäre gewesen, nichts zu tun."

„Du hättest jemanden fragen sollen."

„Oh, ja." Franz kicherte. „Darf ich bitte die Leiche zeichnen? Das klingt doch in jedermanns Ohren gut!"

„Pah!" Paul schlug mit der flachen Hand auf den Tisch. „Ihr seid hier im Tal völlig hinterher. In der Stadt löst man die Dinge anders. Da wird noch ernsthaft geforscht. Man muss sich nur mal deine Zeichnungen ansehen."

„Wie meinst du das?" Minna versuchte, möglichst unbeteiligt zu klingen. „Was genau würdest du darauf denn sehen wollen?"

„Ich meine das natürlich nicht wortwörtlich", erwiderte Paul. „Ich meine den Nutzen, den die Zeichnung für die Wissenschaft hat. Im Gegensatz zum Leichnam kann man sich die Zeichnung auch nach Wochen noch ansehen."

Minna nickte und versuchte ihre Züge zu entspannen. Ihre Verschwörung mit Corvinus und Victor Konrad hatte ein Maß erreicht, bei dem sie sich nicht mehr sicher war, wer eigentlich was wusste. Paul schien jedoch selig mit der Antwort, die die meisten im Tal akzeptiert hatten und interessierte sich deutlich mehr für die kriminalistischen Vorgehensweisen, als für den Toten selbst.

Nervös goss sie sich und den anderen Wein nach. „Wie viel Wein darf ich eigentlich aus dem Keller holen?"

„Meine Mutter trinkt ihn nich", antwortete Franz und drückte ihre Hand herunter, damit sein Glas noch voller wurde. Seine Finger waren kalt und klamm. „Wir könn' uns an den Vorräten bedienen."

„Dann ist ja gut."

„Wein hab ich damals besonners vermisst." Franz sah sein Glas an und schwenkte es im Licht. „In den Gräben haben wir gesessen und uns gedacht: Was wär doch so ein lieblicher Roter oder ein spritziger Weißer fein. Alles, was wir am Ende bekomm' haben, war Bier. Und davon nich genug.“ Er lachte hämisch, seine Fahne war nicht zu ignorieren. „Die Franzosen hatt'n Wein. Mann, was hatt'n die 'ne gute Verpflegung.“

„Das französische Volk sah das anders“, bemerkte Paul und schob das Glas von sich. „Ich habe genug für heute. Alkohol verträgt sich nicht besonders mit den Medikamenten.“

Minna stimmte ihm bedingungslos zu, aber Franz sah Paul provokant an. „Wir sin' doch zusammengekommen, um ein wenig Spaß zu haben!“

„Du hast Spaß, das sehe ich. Aber für mich ist Feierabend.“

„Komm schon, nur 'n bisschen.“ Franz schnappte die Flasche vom Tisch, stellte sich hin, ein Bein auf dem Stuhl, und zielte mit einem zugedrückten Auge auf das Glas von Paul.

Minna versuchte Franz möglichst davon abzuhalten, eine Sauerei zu veranstalten, doch bei dem Streit um die Flasche gewann er. „Ich denke, es ist gut jetzt, Franz. Wir müssen uns nicht betrinken.“

„Franz, lass es bleiben!“

„Ein Glas in Ehren! Für den feierlich'n Helden!“, grölte Franz durch die kleine Küche, dass es in Minnas Ohren klingelte.

„Wenn er aber doch nicht will!“, mischte sie sich ein und merkte direkt, dass für Franz das letzte Wort noch nicht gesprochen war.

„Ihr beiden –“ Mit einem leisen Stöhnen rutschte Paul plötzlich von seinem Stuhl. Er hatte die Augen gerade noch offenhalten können, da klappte ihm der Arm unter dem Kinn zusammen und sein Gewicht zog ihn zur Seite weg. Franz stellte hektisch die Flasche auf den

Tisch, sodass sie umfiel und der Wein sich auf das weiße Tischtuch ergoss. Minna lief direkt zu Paul, der annähernd geräuschlos auf den Fliesen aufgekommen war.

„Paul!"

„Psscht, Minna!", machte Franz und beugte sich über ihn. „Der ist wech! Is eingeschlafen wie ein Kind!"

„Hat er sich verletzt?"

„Sieht nich so aus."

Als Minna sich vor Paul kniete und die Stirn abtastete, war nichts zu sehen. Er war glücklich gelandet und schien auch sonst wohlauf.

„Du kennst das ja jetzt selbst. Schläft wie 'n Kleinkind", meinte Franz und sah auf den Tisch. „Ach du ... so eine Scheiße!"

„Ich kümmere mich später darum. Tragen wir ihn erst einmal rüber."

„Meinetwegen."

Franz packte Paul bei den Schultern und dachte wohl, er würde flüstern, doch zwischendurch entfloh seinem Mund ein breit getretenes Wort, das so laut und so albern klang, dass Minna nicht länger daran zweifelte, dass er betrunken war. Wie viel hatte er gehabt? Zwei Gläser Wein? Reichte das, um dermaßen betrunken zu sein?

„Ganz vorsichtig", nuschelte er vor der Treppe, die zu Pauls Wohnung führte. Es war dunkel im Flur und Minna hatte keine Hand frei, um eine Kerze zu entzünden. Während überall sonst im Gut der Pardonners schon elektrische Schalter installiert worden waren, lebte Paul hier geradezu im Mittelalter.

„Hast du ihn?"

„Wie er mich damals“, meinte Franz fröhlich. „Kennst du die Geschichte schon?“

„Ich habe gerade nicht unbedingt –“

„Hat mich einfach so aus dem Dreck gezogen, dabei sah ich aus wie tot. Zwei Schüsse in den Bauch. Alles zerfetzt. Aber Paul hier, Paul hier hat einfach gegen die Regeln verstoßen.“

„Wie meinst du das?“

Die Treppe kam Minna quälend lang vor, während Franz auf den abgewetzten Eichenbrettern immer wieder mühsam sein Gleichgewicht finden musste und seine Geschichte erzählte.

„Wir hatten Befehl, die Stellung zu halten. Da war Nebel überall, vom Artilleriebeschuss. Ich war vorgeschickt worden, über einen Seitengraben. Das hab ich jeden Tag gemacht, jeden Tag. Aber dann, wupp, ein Schuss, noch einer. Die Bienen stechen dich an der Front besonders stark.“ Er kicherte.

Sie brachten Paul ins Zimmer und legten ihn auf dem Bett ab. Minna dachte, damit wäre Franz’ kleine Märchenstunde vorbei, aber er wollte auch diesen letzten Teil offenbar nicht für sich behalten.

„Männer wie mich lässt man an der Front sterben, Minna.“ In seiner Stimme schwang eine tief empfundene Wut über die Befehle seiner Vorgesetzten mit. Aber auch etwas unerklärlich Fatalistisches, als wäre es normal, im Krieg zu sterben und nichts weiter als eine Art Aufgabe. „Man lässt sie liegen und verrotten. In der Sappe haben wir Männer verrotten lassen, im Stacheldraht, in den Granattrichtern. Im Wasser eines einzigen Trichters lagen mehr Männer, als du an den Fingern abzählen kannst, Fräulein.“

„Franz, beherrsch dich. Du machst mir Angst.“

„Ich sach ja nur.“ Er hob abwehrend die Hände. „Nicht gleich bös werden.“

„Bist du ihm denn nicht dankbar?“

„Doch, doch. Jeden Tag.“ Er schüttelte den Kopf, als würde er den Anflug einer Idee vertreiben wollen. Hielt er Pauls Heldenmut im Grunde seines Herzens für eine große Dummheit? „Kriecht er da durch den Schlamm, mit der Zange in der einen und dem Gewehr in der anderen und auf mich zu und über uns der Beschuss. Wir kannten uns nich mal gut.“

„Nicht?“

„Wir waren eine Woche vorher zusammengewürfelt worden. Neue Order. Zurück an die Front, dabei hatt’n wir gerade erst das Lazarett überstanden.“

Minna nickte nur und fühlte Pauls Puls. Zu ihrer Beruhigung war sein Puls normal und Paul schlief friedlich weiter – oder zumindest machte es den Anschein.

„Ach, hat er dir das erzählt?“

„Am Rande.“

Franz sah auf Paul runter und atmete hörbar ein. „Hat er dir sonst was von der Truppe erzählt?“

Minna schüttelte den Kopf. „Ehrlich gesagt habe ich das Gefühl, er hasst es, darüber zu reden. Ich bohre nicht in Wunden, in die meine Finger nicht gehören.“

„Kluges Mädchen.“

Ungeschickt schwankte er an ihr vorbei. Den ganzen Weg die Treppe hinunter hörte Minna ihn lachen.

10.09.1919

Am Nachmittag des folgenden Tages saß Minna auf einer Kirchenbank und betete. Sie hatte eigentlich von sich gedacht, sie sei kein religiöser Mensch, wenn es um das alltägliche Leben ging. Andererseits konnte sie auch nicht behaupten, dass Mühldorf ihr jemals das Gefühl von Alltag vermittelt hätte. Ein kleines Gebet, an wen auch immer gerichtet, konnte nicht schaden.

Die kleine Markuskirche im Zentrum von Mühldorf war erst vor einigen Jahren aus grobem Stein gebaut worden und wirkte daher trotz ihrer mittelalterlichen Erscheinung recht jung. Im Inneren des ungeschmückten Kirchenschiffs war die Temperatur ausgesprochen angenehm, weswegen sie sich nur mit Mühe davon überzeugen konnte, wieder zu gehen. Vom Friedhof aus, der die Kirche auf ihrem kleinen Hügel umrahmte, betrachtete Minna den leerstehenden Glockenturm und gewöhnte sich allmählich wieder an die Schwüle.

Sie wusste, dass Franz auf seinem Rückweg vom Sägewerk nach Haus hier vorbeikommen würde, und wartete.

Er rechnete sicherlich nicht mit ihr, und Minna konnte auch nicht unbedingt sagen, dass sie sich auf die Begegnung freute. Doch alleine durch die anbrechende Nacht zurück zum Gut zu laufen, war ihr nicht geheuer.

Bald schon konnte sie einen Pulk von Männern sehen und ihre Stimmen hören. Es waren mindestens zehn, von denen sich alle paar Schritte einer verabschiedete und in sein Haus einkehrte. Heute ging es wohl für alle direkt ins Bett und nicht weiter in die Kneipe. Franz lief am hinteren Ende der Truppe und sah Minna sofort, als sie ihm zuwinkte.

„Bringst du mir mein Abendbrot?“, fragte er sarkastisch und machte dabei nicht den Eindruck, als wollte er stehen bleiben. Minna holte ihn die drei Schritte ein, die er ihr voraus war, und versuchte ihre Gemütslage nicht auf ihn abfärben zu lassen.

„Heute haben wir Stephan verabschiedet“, meinte er nach einem guten Stück des Weges, während dem sie nicht miteinander sprachen. Da Minna nicht darauf einging, machte er Anstalten, höflich das Thema zu wechseln. „Was hast du so getrieben? Ist es dir im Haus der Baronin zu einsam geworden?“

„Ich habe die Wohnung sauber gehalten und mich um Paul gekümmert.“

„Schön.“

„Danach bin ich dann ins Dorf. Ich wollte mir die Kirche ansehen.“

„Beten ist gesund, hat mein Lehrer immer gesagt.“ Franz klang müde. Er hatte tiefe Ringe unter den Augen und einen bläulichen Schatten unter der Lippe, der wie eine Verletzung aussah.

„Ist Paul wieder wach?“, fragte er, und sie schauten erschrocken hoch, als ein Hase rechts von ihnen durch das trockene Laub stob.

„Nein. Aber als ich ihm was zu trinken gegeben habe, wirkte er, als wäre er auf dem Weg der Besserung.“

Minna sah hinter sich. „Ihr wohnt wirklich abgeschieden von den anderen Leuten."

„Das fällt dir aber früh auf."

„Ich meine ja nur. Du musst nicht mit mir reden. Ich habe nur gesagt, was mir in den Sinn gekommen ist." Minna sah im Zwielicht hinauf zum Gut. Hätte sie es überhaupt allein lassen dürfen? Franz schien es jedenfalls nicht zu interessieren oder er realisierte es nicht.

„Minna", sagte er plötzlich und blieb stehen. „Was denkst du, ist mit Stephan passiert?"

„Stephan?"

„Sag bitte die Wahrheit. Ich weiß, dass Victor Konrad seine Runden durch den Wald dreht und Leute danach ausfragt. Das macht die Männer im Werk nervös. Sie denken, er sucht einen Mörder."

„Vielleicht tut er das", antwortete Minna sachlich und wollte weitergehen, aber Franz erlaubte es nicht. Er schnappte nach ihrer Hand. Seine Finger zitterten. Minna hätte ihm, um ihn zu beruhigen, sofort sagen können, dass Victor zu ihr gekommen war. Dass er sie über ihn ausgefragt, sie ihm aber nichts verraten hatte. Was genau wäre das auch gewesen? Franz war bereits verhört worden. Auf der anderen Seite würde sie keine Silbe darüber verlieren, was sie im Posthäuschen herausgefunden hatte. Selbst wenn es so aussah, als würde Franz genau deswegen bei ihr nachfragen. Also wählte sie den Mittelweg. „Er hat mich um meine Zeichnung gebeten und ist damit fort. Ich glaube auch, dass er seine eigene Theorie vom Unfall nicht glaubt. Aber mehr kann ich dir nicht sagen, weil ich mehr nicht weiß."

„Hat er sonst noch was gewollt?"

„Er hat mich gefragt, ob mir beim Zeichnen etwas aufgefallen ist. Aber es ging alles so schnell. Ich habe kaum etwas zu Papier gebracht ..."

„Und er hat jetzt die Zeichnung?"

Minna nickte und spürte seine Finger, wie sie sich enger um ihre Hand schlossen. „Du hast die Zeichnung nicht gesehen, oder?"

„Nein. Sollte ich? Ist da etwas drauf, das dir merkwürdig vorkommt?"

Was wollte Franz mit seinen Fragen bezwecken? Erinnerte er sich etwa an Karl Konrads Fall und fürchtete, Victor und andere Mühldorfer könnten erneut die Schuld bei ihm suchen? Minna zog ihre Hand zu sich. „Nein. Und jetzt lass mich, bitte."

Statt dass er sie gehen ließ, hielt er jetzt ihren ganzen Arm fest in seinem kräftigen Griff. Ein Zittern lief dabei durch seinen Körper, als könnte er seine Muskeln nur mühsam beherrschen.

„Ich frage dich, ganz unter uns, kam dir dabei etwas merkwürdig vor?"

„Franz. Lass los! Ich will keinen Ärger. Ich hab dir alles gesagt. Ich will jetzt zurück!"

„Und was, wenn ich dich nicht gehen lasse?" Er stand plötzlich ganz nah vor ihr. Seine Hand schwang sich über ihr in die Luft, zum Schlag bereit.

„Franz!"

„Sag die Wahrheit, Minna. Veranstaltet Victor wieder eine seiner Hexenjagden? Hilfst du ihm dabei?"

„Ihr seid doch alle verrückt. Das ganze Dorf! Erst komme ich hier an und habe nur einen Patienten. Dann stirbt ein Mann und kurz darauf nennen mich alle eine Leichenschänderin. Jetzt willst du, dass ich dir sage, ob man dich für einen Mörder hält? Lass mich sofort in Ruhe!" Franz zögerte – nur eine Sekunde.

Sein Griff lockerte sich lang genug, dass Minna herausfuhr und einen Schritt zurückmachte. Im Zwielicht der untergehenden Sonne glänzte sein braunes Haar düster. Sein offenstehender Mund suchte nach Ausflüchten, während die schlagbereite Hand sich senkte.

„Minna, das ... es tut mir leid."

Ein ferner Schrei schnitt ihm die Worte ab.

Es waren die Stimmen zweier Kinder unten an der Straße nach Mühldorf. Sie kreischten sich die Lungen aus dem Leib.

Franz rannte einfach los und ließ Minna auf dem Pfad stehen, ohne sich umzudrehen.

Sie konnte nicht fassen, was gerade passiert war. Franz hatte versucht, ihr mit Gewalt die Wahrheit zu entlocken. Das Gefühl seiner zittrigen Berührungen auf ihrer Haut wollte nicht weichen. Ihr kam selbst seine Entschuldigung merkwürdig und bedeutungslos vor, auch wenn seine Verwunderung nicht gespielt schien.

Die Kinder schrien noch immer.

Minna setzte sich in Bewegung. Nicht in Richtung der Straße, nein, denn dort war Franz. Das ganze Dorf würde zusammenkommen und sich um die Kinder kümmern.

Stattdessen rannte sie so schnell sie konnte den Pfad hinauf bis zum Zaun, durch das Tor und durch den Innenhof, am Garten vorbei, die Treppe zu Paul hinauf.

Ihre Gedanken rasten.

Sie musste sich ihm anvertrauen. Auch wenn es im ersten Moment wie ein Verrat an seinem besten

Freund wirkte. Wer sonst, außer Paul, würde es verstehen?

„Paul?"

Minna riss die Tür auf, ohne anzuklopfen, und blieb schwer atmend vor seinem Bett stehen, nur um sich dann ratlos umzusehen.

Es war leer.

In der Nacht des 10.09.1919

Die Klänge des Waldes waren Minna noch nie so präsent gewesen wie in dieser Nacht. Das Heulen und Kratzen, das Klagen der Füchse und Dachse, die Gesänge der Fledermäuse in ihrem halsbrecherischen Flug. Selbst das Niedrigwasser des Breitbachs schwoll zu einer steten Quelle der Unruhe an.

Sie waren zu siebt aufgebrochen. Minna, Victor Konrad und fünf Männer aus dem Dorf. Das Licht ihrer Laternen irrte ziellos durch den Wald und verwandelte die Schemen der Bäume in schauerliche Scherenschnitte. Jeder von ihnen hielt auf seiner Suche genug Abstand zum Nebenmann, um nichts zu übersehen. Ebenso wenig entfernten sie sich zu weit von der Gruppe, damit sie sich nicht zu verloren.

Minna klammerte sich an ihre Laterne und überprüfte, ob sie den Forstmeister und seinen Hund noch sah. Sein Profil zeichnete sich nur unscharf ab, aber er war ihr noch nah genug, um ihr Signale zu geben.

Es war weit nach Mitternacht und die Kinder, die das Dorf aufgeschreckt hatten, lagen sicher längst im Bett. Der Suchtrupp war Minnas Bitte, sie in dieser heiklen Angelegenheit zu unterstützen, ohne großen Widerstand nachgekommen. Auch hielten sich alle sechs

Männer daran, so leise wie möglich zu sein, denn dies war keine einfache Verfolgungsjagd.

Es war die Suche nach Paul Frauenlob, der womöglich in tödlicher Gefahr schwebte.

Mit jedem Schritt entfernten sie sich dabei von dem Ort, an dem ein Fremder die Kinder in Angst und Schrecken versetzt hatte. Der Anblick des verletzten Mannes musste so markerschütternd auf sie gewirkt haben, dass sie gut einen Kilometer durch die Dämmerung gerannt waren, bis sie schließlich auf Franz trafen und dieser den Forstmeister ohne Umwege aus dem Bett klingelte.

„Psst."

Victor Konrad bedeutete der Truppe, stehen zu bleiben, und winkte Minna zu sich. Der Ausdruck von Entschlossenheit lag auf seinem Gesicht. Es schien ihr, als wäre dies die erste Nacht seit Beginn der schrecklichen Ereignisse in Mühldorf, in der er einer greifbaren Spur folgte.

„Was ist?" Minna stellte die Laterne vor ihren Füßen ab und atmete tief durch. „Wieso bleiben wir stehen?"

„Da vorn ist ein Abhang, da kommen wir nicht weiter. Wir müssen zurück zur Straße und einen anderen Weg hinein ins dahinterliegende Gebüsch suchen."

Er zeigte in das Dunkel, doch Minna erkannte nichts von dem, was er andeutete. Sie war die Einzige, die sich in dieser Gegend nicht auskannte, also beschloss sie, ihm zu vertrauen. Was ausgesprochene Überwindung kostete.

„Sie führen uns an", stimmte Minna schließlich zu und sah Konrads Dachshund im Schein ihrer Laterne auftauchen und wieder verschwinden. Wann würde

Rudolf endlich anschlagen? Oder war Pauls Geruch aus dem Kissenbezug nicht stark genug?

„Wir arbeiten gegen die Zeit." Er wiederholte diese Worte, seitdem sie aufgebrochen waren. Wieder und wieder ließ er durchscheinen, dass Paul und der Verletzte ein und dieselbe Person sein könnten oder in irgendeinem anderen Zusammenhang standen. Nicht zuletzt, weil Minna ihm verraten hatte, dass Paul schlafwandelte. Unter der Bedingung, dass er mit diesem Wissen an sich hielt.

„Wann war er das letzte Mal fort?", fragte er und hielt Minnas Arm, wies ihr den Weg.

„Vor drei Nächten." Minna rang nach Atemluft, die der aufgeheizte Wald ihr nur in schwer erträglichen Dosen verabreichte. „Einen Tag nachdem man Stephan gefunden hatte."

„Sie meinen, das eine Mal haben Sie ihn dabei beobachtet?"

„Ja."

„Er könnte auch weitere Male bei Dunkelheit aus dem Haus gewesen sein?"

„Ich weiß es nicht."

„Das beruhigt mich leider nicht."

„Beruhigt?" Beinahe wäre Minna auf einem Stein ausgerutscht. „Was heißt denn hier *beruhigt*?"

„Das heißt, dass man ihn für den Mörder halten könnte."

„Ich bitte Sie! Das haben Sie allen Ernstes in Erwägung gezogen?"

Sie erreichten die Straße, und die Männer fanden sich nach und nach bei ihnen ein.

„Ich muss jede Möglichkeit in Erwägung ziehen."

„Haben Sie auch sich selbst in Erwägung gezogen?", antwortete Minna bissig und wartete, bis sich alle eingefunden hatten.

Victor Konrad schien ihre Bemerkung fürs Erste zu ignorieren und plante, tiefer in den Wald einzudringen, aber Minna wollte er nicht dabeihaben.

„Ich komme mit Ihnen!"

„Das ist ausgeschlossen."

„Auf einmal?"

„Es könnte lebensgefährlich sein. Ich will nicht, dass Ihnen etwas passiert, was wir alle später bereuen."

Minna sah ihn ungläubig an. „Paul Frauenlob ist *mein* Patient."

„Diese Zeile kenne ich doch von irgendwo her." Ein Mann trat seitlich an sie heran, kippte seinen Hut zurück und presste die Unterlippe angriffslustig nach vorn. „Hat dieser Paul doch auch gesagt, nicht? Da an dem Abend, als –"

„Nun mal halblang, Erwin." Victor Konrad unterbrach ihn, noch bevor er mehr ausplaudern konnte. „Wir beide wissen, dass das ein Missverständnis war."

Minnas Herz machte einen Satz.

Erwin Drechsler? Konnte das sein? Er war an besagtem Abend in der Küche gewesen.

„Du hältst dich da raus, Victor. Ich hab deine Geheimniskrämerei nämlich bis obenhin satt."

„Sei du mal schön still."

„Oder was?"

„Oder Martin und du könnt morgen schon das Kittchen von innen betrachten! Denkt ihr, Wilderei ist in meinen Wäldern neuerdings nur ein Kavaliersdelikt?" Er machte einen Schritt nach vorn und zog den Riemen seines Gewehrs stramm. „Und wo ist dein fauler Bruder überhaupt? Wieso hilft er nicht mit?"

Erwins Angriffslust war wie fortgeblasen. Er spuckte dem Forstmeister vor die Füße, vergrub seine Hände in den Taschen und fletschte dabei die Zähne. „Kleine Schlampe. Hast Glück gehabt."

Minna zog Victor zu sich und flüsterte ihm ins Ohr.

„Sie nehmen mich mit, so oder so. Wenn Sie ihn finden, was dann? Wer weiß, in welchem Zustand er ist?"

„Ich muss doch bitten! Wir haben auch vor Ihrer Ankunft gewusst, uns zu helfen!"

„Soll ich jetzt allein im Dunkeln zurück? Womöglich mit *dem* da?" Sie zeigte auf Erwin, dessen Hände, tief in den Jackentaschen versunken, sichtbar Fäuste ballten.

„Ist das ihr letztes Wort?"

„Jawohl!"

„Ihre Entscheidung." Er drehte sich postwendend um und bewegte sich in die Mitte der Runde. „Abgemacht. Sie kommt mit. Und ihr alle haltet euch schön an die Orte, die ich euch beschrieben habe. Erwin geht mit Hans zum Taxstein. Nehmt Rudolf mit. Die restlichen drei schauen bei der alten Buche längs. Fräulein Dahl und ich kontrollieren das Kümmerswäldchen. Wir treffen uns spätestens in einer halben Stunde an der Rodungsschneise."

Die Männer taten wie befohlen und beeilten sich, um in den Wald zu kommen und dort weiterzusuchen. Es war wie damals, als Minna den Förster zum ersten Mal im Sägewerk gesehen hatte. Sie alle hüpften, wenn er pfiff.

„Wie kommen Sie darauf, dass er an einem der drei Orte sein könnte?", wollte Minna wissen, als sie die undurchsichtige Wand aus Büschen und Bäumen durchstießen.

„Das weiß ich nicht mit Bestimmtheit. Aber ich weiß, wie man sich fühlt, wenn man sich in diesem Wald verirrt", erklärte er.

Minna hörte, wie er das Endstück seiner Pfeife zwischen die Zähne schob und darauf herumzukauen begann. „Als Kind habe ich mich hier durchaus mal verlaufen. Jeder, der vom Weg abkommt oder versucht, diesen zu vermeiden, orientiert sich an Dingen, die er wiedererkennt oder die ihn leiten."

„Wie beim Zeichnen", warf Minna ein. „Nichts ist vorherbestimmt, aber es ergeben sich immer ähnliche Orientierungspunkte."

„Darauf wollte ich ohnehin noch einmal zu sprechen kommen." Er zog ein Stück Papier aus der Weste und reichte es ihr. „Das gehört Ihnen, wenn ich nicht irre."

„Sie geben sie mir wieder? Einfach so? Haben Sie gefunden, wonach Sie gesucht haben?"

Er blieb ruckartig stehen.

„Haben Sie das gehört?" Victor Konrad hielt sich die Hand ans Ohr und lauschte. Minna löschte hastig ihre Laterne.

Es wurde stockdunkel.

Erst hörte sie nichts, außer ihrem Atem. Dann dachte sie, sie könne die restlichen Suchtrupps im Wald hören, aber die waren sicherlich zu weit entfernt. Der Förster schien sich seiner Sache sicher. Sie harrten aus und Minna spürte, dass ihre Knie anfingen zu zittern, als sie plötzlich rechts von sich ein verdächtiges Knistern hörte.

Jemand bewegte sich langsam und mit unregelmäßigen Schritten durch das trockene Blattwerk.

Direkt auf sie zu.

„Hinter mich!", wisperte Victor Konrad scharf und drückte sie mit einer Hand an der Schulter herunter. „Ich lege an. Bleiben Sie in Deckung."

„Warten Sie! Vielleicht ist es Paul."

„Das Risiko muss ich eingehen." Er zog das Gewehr und lehnte sich mit seiner Rechten gegen einen nahestehenden Baum.

„Es könnte doch aber auch ein Tier sein!"

„Ruhe jetzt!"

Minna hatte vom plötzlichen Erlöschen des Lichts noch Sterne vor den Augen. Die Landschaft setzte sich in großen, unförmigen Flecken zusammen. Das Geräusch hielt unbeirrt auf sie zu und sie spürte ihren eigenen Herzschlag, der ihr bis hinauf zur Kehle pochte. Als die Schritte wenige Meter vor ihnen zum Halt kamen, hob sie zitternd die Hand und wollte nach dem Gewehr greifen, um einen kolossalen Fehler zu verhindern.

Da hörte sie die Stimmen der anderen im Wald.

Erst vage, dann mit jedem Atemzug verständlicher.

Sie riefen ihren Namen.

„Wir haben Paul!", rief einer aus voller Kehle. Seine Stimme hallte an ihr vorbei und wurde wieder von der Dunkelheit verschluckt.

Hastig zog Minna ihre Hand zurück.

„Wenn sie Paul haben ... wer ist dann das dort hinten?", flüsterte Victor Konrad und verlagerte sein Gewicht nach vorn, sein Atem ging hörbar schneller.

In dem Augenblick, in dem ein trockener Zweig unter dem Gewicht des Unbekannten verräterisch zerbrach, stürmte Victor blindlings nach vorn.

„Victor!“ Minna blickte ihm nach.

Ein Schuss fiel und für den Bruchteil einer Sekunde flackerte der Wald im Mündungsfeuer auf. Minna konnte nur noch den Rücken des Försters sehen. Dann war er verschwunden.

„Victor?“, rief Minna erneut, vergebens.

„Victor, Minna?“ Die Männerstimme, die nach ihr rief, gehörte zu Erwin Drechsler. Er war nicht weit von Minna entfernt und wedelte mit seinem Licht in der Luft herum. Zunächst war Minna außerstande, auch nur einen Mucks zu machen. Ihre Finger vergruben sich im trockenen Waldboden, als suchten sie Halt. Doch dann fasste sie allen Mut zusammen, drückte sich ab und rannte los.

Sie musste auf der Stelle zu Paul.

Ihre Laterne ließ sie zwischen den Baumwurzeln liegen und drehte sich kein zweites Mal nach Victor um. Der Förster war auf der Jagd, keiner verstand dieses Handwerk besser als er. Mühldorf würde sich heute Nacht von seiner Geißel befreien können. Davon war Minna überzeugt.

„Hier!“, rief sie mit aller Kraft. „Ich bin hier drüben!“

Erwin strauchelte bei dem Versuch, ihr entgegenzukommen, und geriet aus dem Gleichgewicht. Minna fand ihn keuchend am Boden und half ihm hoch.

„Wo ist er?“

„Er ist ... da hinten. Komm!“ Erwin war vollkommen außer sich. Minna rechnete bereits mit dem Schlimmsten. Was, wenn sie zu spät kam?

„Lebt er?“

„Ich weiß es nicht.“

„Was soll das heißen?“

Erwin Drechsler packte Minna brutal am Handgelenk und zerrte sie hinter sich her. Der bittere Schweißgeruch, den er verströmte, versetzte sie in blanke Angst.

Sie durchquerten eine Senke im Wald, die mit reichlich Laub gefüllt war. Jeder Schritt war wie auf Treibsand und Minna fühlte, dass ihr Körper die Belastung, die sie ihm antat, nicht gewohnt war. Erwins Stimme war das Einzige, an dem sie sich orientieren konnte.

„Minna!“ Der Mann, mit dem Erwin aufgebrochen war, hatte seine Laterne an einen Ast gehängt und leitete sie mit seiner Stimme. Rudolfs Kläffen, ihr eigener Herzschlag, die Geräusche ihrer Schritte, alles wurde dumpfer. Vor ihnen tauchten die hellen Umrisse einer Lichtung auf.

„Sie sollten da besser nicht hin“, hielt der andere Mann sie auf und zeigte hinter sich. Minna schlug ihm die abwehrende Hand aus der Luft, schritt an ihm vorbei und fiel auf die Knie.

Kein Zweifel, es war Paul.

„Atmet er noch?“, fragte sie und fing sofort an, ihn abzutasten. Lauwarmes Blut benetzte ihre Hände. Der Geruch von Eisen und Urin in der Luft war so stark, dass Erinnerungen an ihre Zeit im Lazarett hochkamen.

Minna knöpfte ihre Weste auf und versuchte einen kühlen Kopf zu bewahren. Fieberhaft begann sie damit, lange Streifen von ihrem Hemd zu reißen und zusammenzuknoten. Ihre Augen lösten sich keine Sekunde von Pauls geschundenem Körper.

Er war nackt.

Bis auf einen weiten Mantel aus Fuchsfell trug er keine Kleidung. An seinen Armen, Händen, in seinem Gesicht und an seinem linken Knie hatte er Schnittwunden erlitten. Ein scharfer Gegenstand war nach ihrer ersten Einschätzung mal mehr, mal weniger tief in seine Haut eingedrungen. Überall sickerte Blut aus den offenen Wunden – und sie war sich nicht sicher, ob er den Blutverlust überstehen würde.

„Hörst du mich, Paul?“ Minna legte ihr Ohr vor seinen Mund und lauschte. Sein Atem war flach, zu flach. Er drohte jeden Moment das letzte Bisschen Bewusstsein zu verlieren, das ihn noch am Leben hielt.

„Was ist passiert?“ Sie öffnete Paul den Mantel und begann die größeren Wunden entlang der Arme abzubinden. Die Arterien hatte der Angreifer offenbar nur knapp verfehlt. „Wer hat ihm das angetan?“

Erwin ignorierte ihre Frage und hockte sich neben Minna. „Wir haben einen Schuss gehört.“

„Das war Victor.“

„Hat er das Schwein erledigt?“, wollte der andere wissen. Er war kreidebleich und hielt sich von ihnen abgewandt, während er lautstark nach Luft schnappte.

„Wenn du kotzen musst, dann nicht hier!“, fuhr sie ihn an. Zunehmend mehr Blut klebte an ihren Händen und machte den Boden und Pauls Körper furchtbar rutschig. Wenn sie nur ihr Verbandszeug mitgenommen hätte, überfiel sie der Gedanke aus dem Hinterhalt. Wie hatte sie nur so kopflos sein können?

In diesem Augenblick erinnerte sie sich an die Medikamente in ihrer Kitteltasche. Zumindest daran hatte sie gedacht.

„Hier, Erwin. Das ist sein Schmerzmittel. Hat einer von euch Wasser dabei?"

Erwin nahm die zusammengefalteten Papiertütchen und schüttelte den Kopf. Plötzlich durchfuhr ein heftiger Knall die Luft. Alle drei zuckten zusammen.

„Das war Victor!" Wie von der Tarantel gestochen sprang er auf. „Wir müssen zu ihm!"

Er warf Minna achtlos die Medikamente entgegen und rannte los. Die Tütchen fielen vor ihr ins Laub, dann hörte Minna nur noch, wie beide im Dunkel verschwanden. In diesem Moment war sie heilfroh, dass die Laterne noch am Ast hing und ihr Licht spendete.

„Kommt zurück!"

Aber sie kamen nicht zurück.

Minna war allein.

Der nächste Schuss kaum aus weiterer Entfernung. Minna reagierte nicht mehr darauf, drückte ihre Hände verzweifelt auf die Wunden, die am stärksten bluteten.

„Paul, verdammt! Du hast doch nicht den Schützengraben überlebt, nur um in Mühldorf zu krepieren!"

Es war zwecklos, sie brauchte mehr Verbandsmaterial.

Ohne die anderen beiden Männer fühlte Minna sich schutzlos der Umgebung ausgeliefert. Wer wusste schon, ob sie den Mörder auch wirklich gefunden hatten? Vielleicht war er noch hier, lauerte ihr auf oder wollte zu Ende bringen, was er angefangen hatte. Aber verdammt, sie musste etwas unternehmen! Zitternd zog sie sich das Hemd über den Kopf und schmeckte salzige Tränen auf ihren Lippen. Im Laternenlicht zerriss sie die letzten Reste des Hemds, half mit den

Zähnen nach, stemmte ihre Arme gegen die widerborstigen Nähte. Stück für Stück fügte sie das Provisorium zusammen, aber das Blut sickerte bereits durch die Verbände, die sie als Erstes angelegt hatte.

Wie viel Blut konnte er noch verlieren, bevor sein Kreislauf gänzlich in sich zusammenbrach und sein Herz aufhörte zu schlagen?

Pauls Haut leuchtete weiß wie Schnee, und auch die ungewöhnliche Hitze konnte nichts an der Kälte seines Körpers ändern. Als Minna den Stoff ihres Hemds aufgebraucht hatte, zog sie ihre Hose aus und betete, dass ihre Kräfte ausreichten, um den Stoff vom Saum zu lösen. Sie schaffte es nur bei einem Hosenbein und wickelte den Rest um seinen linken Arm, der nicht aufhören wollte zu bluten. Dann legte sie ihre Weste und seinen Mantel über ihn, damit er warm blieb. Doch als sie seine Arme nahm und durch die Ärmel steckte, sah sie etwas zwischen den Buchenblättern am Waldboden aufblitzen. Sie griff danach und drehte es fassungslos in den Händen.

Es war ein Messer.

Wie kam es hierher?

Hatte Paul es mitgebracht?

Klinge und Griff waren über und über mit Blut beschmiert. War es die Waffe des Mörders? Erschrocken über diesen Gedanken warf sie es zu Boden und wich zurück.

„Fräulein Dahl?“

„Sie ist da hinten!“

Drei der verbliebenen Männer aus dem Suchtrupp betraten den Rand der Lichtung und hielten inne. Fast so, als trauten sie sich keinen Schritt näher. Minna rief ihnen zu, erst da nahmen sie die letzten Meter.

„Wo sind Ihre Kleider?“, rutschte es einem heraus.

„Nehmen Sie meinen Mantel“, forderte sie ein anderer auf. Minna erkannte ihn wieder. Er hieß August. Sie waren einander im Sägewerk begegnet. Die liebevolle Art, mit der der alte Mann sie zur Seite nahm, sorgenvoll ihr Gesicht und ihre Hände kontrollierte, ihr dann den Mantel überlegte und sie in den Arm nahm, kam genau richtig.

Nichts schien mehr von dieser Welt.

Sie zitterte am ganzen Leib. So heftig, dass ihre Zähne klapperten. Der kalte Schweiß auf ihrem Körper ließ sie jede Bewegung an der Luft spüren.

„Ich habe alles versucht“, brachte sie noch hervor, da gaben ihre Knie nach.

„Wir müssen sie ins Dorf bringen, alle beide“, sagte August, stützte sie und gab ihr einen Schluck Wasser aus seiner Feldflasche.

Als der Mond hinter den Wipfeln auftauchte und die Lichtung in ein knochenweißes Licht tauchte, trat Erwin Drechsler mit pendelnden Schritten aus dem Unterholz neben sie. Sein Gesicht war ausdrucksleer, seine Hände zu Fäusten geballt.

„Habt ihr ihn?“, fragte August und schaute erwartungsvoll zu ihm hoch.

Minna hätte schwören können, dass sie in diesem Moment hörte, wie sein Herz in tausend kleine Scherben zerbarst.

„Victor hat ihn erschossen“, sagte er tonlos und starrte in die sternenklare Nacht. „Martin ist tot.“

Am Vormittag des 12.09.1919

„Mit Ihnen habe ich nicht gerechnet."

„Man hat mich per Eiltelegramm hierher bestellt."

„Das habe ich nicht veranlasst."

„Nicht?", fragte er und hob eine Augenbraue. Doktor Sallinger versuchte, sich ein Lächeln abzuringen, und hängte seinen Mantel an der Garderobe im Flur auf. Minna wollte ihm dabei helfen, aber ihr waren die Vorräte im Weg, die Claudius in großen Kisten bis in den Flur getragen hatte. Der Doktor manövrierte um sie herum und schnaufte. „Ich bin eben hier. Mir gleich, wer das Telegramm geschickt hat. Ich bin schnellstmöglich aufgebrochen."

„Das glaube ich Ihnen, aber ich verstehe dennoch nicht ..."

Er bedeutete ihr, still zu sein, und nahm ihren Kopf sanft zwischen beide Hände. „Lassen Sie mich sehen. Hat man Ihnen Schaden zugefügt? Hier vielleicht?"

„Nein. Ich bin in einem Stück." Minna konnte nicht fassen, dass der Doktor wirklich bei ihr war. Hier in Mühldorf.

„Sind Sie sicher? Wir können Sie gern in Ihrem Zimmer untersuchen."

„Doktor Wilhelmsen hat mich heute Morgen schon in Augenschein genommen."

„Wilhelmsen?"

„Wir haben ihn sofort bestellt, damit er sich um Paul kümmert."

„Und wo liegt Ihr Patient?"

„Er liegt im Nebengebäude. Ich schlage vor, wir gehen sofort hin."

„Fräulein Dahl." Er hielt Minna sanft zurück und musterte sie mit einem zweifelnden Ausdruck. „Was ist hier vorgefallen?"

„Das ist ... kompliziert." Minna sah sich um. „Eine lange Geschichte. Und ich kenne nicht alle Details."

„Das Telegramm klang da anders, und auch das Dorf scheint mir in heller Aufruhr. Sie wollen mir doch nicht weismachen, dass Sie keine Ahnung von alledem haben?"

Sie schüttelte den Kopf. „Sie überschätzen mich. Man hat Paul um Mitternacht verletzt im Wald gefunden. Ein anderer Mann wurde erschossen. Mehr gibt es zunächst nicht zu sagen."

„Das hilft mir nicht weiter. Ich kann mir keinen Reim darauf machen, wieso man mich zu dieser Konstellation dazugerufen hat."

Minna hatte zwar keine Idee, wer ihn kontaktiert haben könnte, aber das bedeutete nicht, dass sie nicht froh war, ihn zu sehen. „Ich ...", begann sie, doch im gleichen Moment öffnete sich die Vordertür und ein unausgeschlafener Doktor Wilhelmsen trat hinein.

„Oha. Eine ärztliche Kleinversammlung im gemütlichen Mühldorf?"

„Wilhelmsen."

„Sallinger. Das Vergnügen ist ganz meinerseits."

Sie reichten sich die Hand und tauschten gehässige Blicke aus. Minna kannte die Beziehung zwischen den beiden nicht, besonders herzlich schien sie jedenfalls nicht.

„Wie ist sein Zustand?", unterbrach sie vorsichtig das floskelhafte Gespräch der beiden Doktoren und erntete von Wilhelmsen prompt einen missachtenden Blick.

„Den Umständen entsprechend gut. Ich meine, Gott bewahre, er hätte Ihnen auch direkt im Wald unter den Fingern wegsterben können. Sie haben allerdings die ein oder andere prekäre Wunde übersehen."

„Höre ich da richtig? Sie haben die Erstversorgung übernommen?" Sallinger kratzte sich verwundert über die kahle Stelle an seinem Schädel. „Ich dachte, man hätte ihn um Mitternacht im Wald gefunden?"

„Das Fräulein Dahl hat eine Ader für Abenteuer, wie man mir berichtete."

Sie hob abwehrend die Hände.

„Lassen Sie mich bitte erklären."

„Gern. Nur zu."

„Mein Patient war trotz seines kritischen Zustands außerhalb des Bettes unterwegs. Ich habe jegliche Maßnahmen ergriffen, um sein Wohl zu garantieren. Da musste ich mit in den Wald."

„Gab es nicht genug Ortskundige, die das hätten erledigen können, um ihn anschließend zu Ihnen zu bringen?"

Wilhelmsen lachte. „Die waren doch schon draußen, Doktor Sallinger, um einen Mörder zu fangen. Was schauen Sie mich denn so an? Wussten Sie nicht, dass der Tote ein gesuchter Mörder war? So jedenfalls scheint es, als wäre der Paul ein Opfer dieses Mannes.

Aber was sage ich? Das ist die ländliche Idylle. Mühldorf, wie es leibt und lebt. Kein Vergleich zu Berlin, habe ich recht?"

Der letzte Satz richtete sich ausschließlich an Sallinger, der nicht anders konnte, als verächtlich zu lachen.

„Einen beschaulichen Landurlaub habe ich Ihnen da vergönnt. Da hätte ich Sie auch in Berlin behalten können, Minna. Nun, ich habe die Zeit nicht gepachtet. Ich sollte mir daher schleunigst den Patienten ansehen."

„Das wird nicht notwendig sein, werter Kollege." Wilhelmsen kramte in seinen Taschen herum, holte ein Bonbon hervor und schob es sich in den Mund. „Ich habe ihn versorgt. Sie können sich von den Strapazen Ihrer Zugreise erholen. Fräulein Dahl und ich werden uns über den weiteren Behandlungsplan unterhalten müssen."

„Völlig ausgeschlossen", erwiderte Sallinger mit fester Stimme und legte Minna bedeutsam eine Hand auf die Schulter. „Ich werde mir von einem Radiologen doch nicht nach so langer Fahrt die Beschau eines so interessanten Falls nehmen lassen!"

Wilhelmsen ließ das Bonbon geräuschvoll an der vorderen Zahnreihe entlang rutschen. Er sah nicht so aus, als wollte er seine Ehre verteidigen. „Wenn Sie meinen."

„Und wie ich das meine! Überdies ist es dem Fräulein sicherlich ein dringendes Anliegen, mir in dieser Sache zur Hand zu gehen. Sie ist nach wie vor meine privat angestellte Assistentin."

„Ich verstehe. Ihnen gilt weiterhin der Vorzug in der Sache. Wie wir es ausgemacht haben", sagte

Wilhelmsen schmallippig und griff nach seinem Hut. „Dann werde ich hier wohl nicht weiter gebraucht."

„Haben Sie vielen Dank für alles", verabschiedete Minna ihn freundlich im Vorbeigehen, auch wenn sie heilfroh war, dass er das Gut wieder verließ und den geheimen Vertrag zwischen Sallinger und ihm mit sich nahm. Noch mehr Absprachen hinter vorgehaltener Hand konnte sie nicht gebrauchen.

Draußen im Garten merkte sie dem Wetter an, dass es endlich abkühlte. Nicht nur die angestaute Hitze hatte sich in einem nahegelegenen Tal mit einem heftigen Gewitter entladen, auch der Wind kam jetzt aus einer anderen Richtung und trug die Gerüche des Herbstes mit sich. Sallinger, der in Berlin offenbar keine Sommerhitze mehr hatte ertragen müssen, fand die klimatischen Kapriolen selbst ganz erstaunlich und berichtete Minna von einem rauschenden Regenguss, der in Berlin die Straßen unter Wasser gesetzt hatte.

„Das ist ein imponierendes Gelände", sagte er beim Eintritt in das Nebengebäude. Gern hätte Minna sich seiner Aussage angeschlossen, doch ihr fehlte in diesem Moment jegliches Gespür für ein alltägliches Gespräch.

Ein Hauch von Verwesung lag in der Luft, als sie Pauls Zimmer betraten. Die weißen Verbände um seine Arme und Beine hatten sich mit Jod und Blut vollgesogen. Eiterblasen drückten seitlich auf die Wundränder kleinerer Verletzungen, die an der Luft heilen sollten. Insgesamt waren zwölf Attacken mit dem Messer auf ihn ausgeübt worden. Die Augäpfel hinter seinen geschlossenen Lidern regten sich nicht, das Herz schlug schwach, der Atem ging kaum merklich. Paul stand dem Tode näher, als Minna es jemals bei einem Patienten gesehen hatte. So dünn der Faden, der das Gewicht seines Körpers mit dem der Seele verband, dachte sie unwillkürlich und blickte just erschrocken zu Doktor Sallinger hoch.

„Sapperlot! Das sieht in der Tat katastrophal aus." Der Doktor rückte sich wie selbstverständlich einen Stuhl heran, setzte sich drauf und öffnete seinen Koffer. „Ich weiß nicht einmal, wo ich beginnen soll. Kein Wunder, dass man ihn bei diesem Ausmaß an Verletzungen nicht in ein Krankenhaus überführt hat. Allein der Blutverlust. Minna, sagen Sie, haben Sie das allein veranlasst? Ich bin mir auf den ersten Blick sicher, dass es die richtige Entscheidung war, ihn hier zu lassen."

„Ich wollte ihn stationär halten, bis er sich stabilisiert hat. Ohne Doktor Wilhelmsen ..."

„Ach", unterbrach er sie wirsch und warf eine Hand in die Luft. „Dieser Quacksalber hat keinerlei Kompetenz, Minna! Der hätte lieber Zoologie studieren sollen wie sein Vater zuvor auch. So wie er auf Froschschenkel fixiert ist. Wiederholt ein ums andere Mal dieselben dümmlichen Reden seines Professors und wundert sich, dass ihm dabei niemand mehr zuhören mag. Sie an seiner Stelle hätten das Studium mit mehr Begeisterung für die Sache absolviert, da bin ich mir sicher."

Minna zeigte Sallinger die einzelnen Verletzungen und erzählte ihm, dass sie im Wald ihre eigenen Kleider als Verbandsmaterial verwendet hatte, wofür er ihr großen Einfallsreichtum attestierte, sie aber auch einen unvorsichtigen kleinen Dummkopf schimpfte. Schließlich seien Kleider nicht steril und ihre eigene

Sicherheit und Gesundheit hätte sie damit ebenso fahrlässig ignoriert.

„Sie haben mir mit keinem Brief geschrieben, wie es um dieses Dorf steht."

„Hätte ich gewusst, dass es eine Bedrohung gab, die auch meinen Patienten erreichen würde, dann vielleicht."

„Mit Bedrohung meinen Sie den Mörder, den Wilhelmsen ansprach? Ist er schon länger auf freiem Fuß unterwegs und treibt sein Unwesen?"

Minna sah ihn ratlos an. Was auch immer sie ihm verriet, er würde danach weitere Türen aufschließen wollen. Neutral halten, dachte Minna, wie den Brief an ihn. Ein klinischer Bericht reichte völlig aus. „Sie würden sich wundern. Das hier ist im eigentlichen Sinne nur die logische Folge vorangegangener Umstände. Die Verkettung rief zahlreiche aufgebrachte Charaktere auf den Plan. Falsche Anschuldigungen führten zu falschen Handlungen. Mit einigen Entscheidungen gehe ich moralisch nicht konform, aber die örtliche Gesellschaft hatte es zu guter Letzt im Griff."

„Sie klingen ja schon wie ich!" Er rieb sich amüsiert die Hände. „Nun aber weitermachen. Wir haben reichlich zu tun."

Die folgenden zwei Stunden verbrachten sie damit, die neu angelegten Verbände von Wilhelmsen zu kontrollieren. Doktor Sallinger machte sich auf einem Diagramm, auf dem die Umrisse eines Menschen abgebildet waren, Notizen zu den Stichwunden und dem verheilten Schädeltrauma. Er erklärte Minna, dass seine Vorgehensweise in dieser Sache nicht nur medizinischer Natur sei, was sie, ohne weiter nachzufragen, hinnahm. Sein Interesse an Paul und seinem Zustand wuchs währenddessen ununterbrochen. Teilweise schien er ungeduldig seine eigenen Gedanken zu zügeln, um Minna nicht mit den zahlreichen Fragen zu überfordern, die ihm auf dem Herzen lagen.

„Für meine Begriffe hätte sein Körper schon längst mit den Infektionen kämpfen müssen. Größere Fieberschübe oder Muskelzittern. Etwas in dieser Richtung. Geben Sie ihm zufällig Salvarsan gegen die Schlafkrankheit?"

„Ja."

„Wie?"

„Ich verabreiche ihm nach Anordnung alle vier Tage eine Ampulle. Wenn er schläft, kann ich die Medikamentengabe recht gut einhalten. Wenn er wach ist, versucht er mir zu widersprechen. Es bedarf eines gewissen Geschicks, ihn davon zu überzeugen. Die Liste mit den Medikamenten wächst kontinuierlich und er sieht keinen Effekt."

„Versetzen Sie das Salvarsan mit Natronlauge?", fragte er und überging Pauls Eigenheiten professionell.

„Das muss ich."

Er nickte gravitätisch und rieb sich das Kinn. „Dann sollten Sie versuchen, bei den zukünftigen Injektionen die Muskulatur nicht zu verätzen. Wie Sie wissen, reagiert Salvarsan toxisch mit der Luft. Eine weitere Verletzung größeren Ausmaßes würde dem Knaben das Leben kosten."

„Was schlagen Sie vor?"

„Geringere Dosen und Injektionen ins Bein. Wenn wir die Halsmuskulatur mit der Substanz schädigen, verliert er womöglich die Fähigkeit, sich aufrecht zu halten oder zu schlucken."

„Ich verstehe."

Bei der Vorstellung, dass Paul den letzten Rest seines frei bestimmten Lebens einbüßen könnte, lief es ihr kalt über den Rücken. Der Doktor überflog unbeirrt die Medikamentenverordnung und fügte zwei neue Komponenten hinzu, die er aus seiner Arzttasche holte und ihr überließ. Seine Untersuchungen waren hier jedoch nicht am Ende.

„Sie können mir doch sicher sagen, ob es sich bei diesem nächtlichen Ausflug um einen Einzelfall gehandelt hat, oder?"

Minna sah von den Notizen hoch. „Wieso fragen Sie das?"

„Einfache Beobachtung." Er zog sich ein frisches Paar Wollhandschuhe über und deutete auf Pauls Hals. „An den Händen leichte Verbrennungen frischeren Datums, aber kochen wird er ja wohl nicht und die Kerzen stehen in seinem Zimmer nicht am Fenster, sondern hier auf dem Schreibtisch. Da spreche ich aus Erfahrung mit anderen Patienten. Ungünstiger Zugwind oder ein ungeschickter Griff zum Fenster über die Kerzen hinaus, kann man somit ausschließen. Er ist auch Raucher. Das war einfach zu sehen. Hier, die Fingernägel und der Schneidezahn zum Beispiel. Gelblich verfärbt. Am auffälligsten für meine Begriffe sind die zahlreichen Quetschungen und Schnitte an seinen Füßen, von denen einige drei und andere etwa vier Wochen alt sein mögen. Wir wissen bereits, dass er ohnmächtig geworden ist und sich dabei den Kopf verletzt hat. Das stand alles in Ihrem Bericht, aber anders als angenommen, wird er versucht haben, sich im Schlaf zu bewegen, richtig?"

„Das ist leider wahr. Wie haben Sie das abgeleitet?"

„Die arbiträren Verletzungen und das vernarbte Gewebe unter den Fußsohlen und an den Fesseln. Bewusst würde keiner auf Schuhwerk in dieser Gegend verzichten. Der Wald erscheint mir dafür zu überwuchert mit Dornengebüsch und Nesselgewächsen."

Minna legte die Hände ineinander und sah ihn forschend an. Seine Augen mochte sie haben. Wie viel könnte sie dann noch erkennen? Was würde sie mit diesen Augen alles zu zeichnen in der Lage sein? Die Zeit für Erklärungen schien reif.

„Er schlafwandelt. Ich habe es selbst beobachtet. Ein Zwischenzustand, in dem er motorisch vollkommen fähig ist und auch komplexe Handlungsabläufe vollziehen kann. Aber er ist dabei nicht ansprechbar. Wie in Trance."

„Sie haben versucht, ihn zu wecken?"

„Nicht direkt ... ich ...", stammelte Minna. Sie konnte ihren Fehler unmöglich überspielen. „Ich habe es versucht, ja. Aber als ich seinen Zustand erkannt habe, habe ich sofort wieder davon abgelassen."

„Ich verstehe. Die täuschend ähnliche Wandelei ist auf den ersten Blick auch nicht von einer echten Wachphase zu unterscheiden. Nun, sei es drum. Dann haben wir es hier mit einer Begleiterscheinung seiner Krankheit zu tun. Ich schlage vor, dass Familie Pardonner ihn für seine weitere Genesung einsperrt und den Schlüssel verwahrt."

„Ich kann das Zimmer abschließen, wenn Sie erlauben."

„Ausgeschlossen. Ab sofort übernimmt jemand anderes. Ich bringe Sie zurück nach Berlin." Er erhob sich vom Stuhl und sah auf sie herab wie auf ein unmündiges Kind. „Ich habe Sie in große Gefahr gebracht und will Sie keine weitere Sekunde an diesem schrecklichen Ort wissen."

Seine Aufforderung kam nicht unerwartet, dennoch hatte Minna ihren Entschluss bereits gefasst.

„Ich kann nicht abreisen. Jedenfalls nicht sofort", entgegnete sie und sah ihm an, dass er an ihrem Menschenverstand zweifelte. „Doktor Sallinger, es gibt Ungereimtheiten, in die ich Licht bringen könnte."

„Die da wären? Reden Sie nur weiter."

Sie nickte dankbar. „Victor Konrad, der Forstmeister dieser Gegend, hat in der besagten Nacht einen Mann getötet, den er nach wie vor für den Mörder hält. Es ist noch nichts geklärt, kein Beweis für die Schuld des Getöteten gefunden. Victor Konrad muss jetzt seine Handlung vor den Behörden und vor allen Dingen vor dem Dorf rechtfertigen. Ich möchte mich daher als Zeugin zur Verfügung halten."

„Sie wollen sich aktiv in diese Dinge verwickeln lassen? Denn dann hole ich Sie erst recht zurück!"

Minna schüttelte heftig den Kopf und sah zu Paul hinüber. „Victor Konrad steht unter Verdacht, den Mord aus Rache für Wilderei, die Martin und Erwin Drechsler in seinen Wäldern betrieben haben sollen, geplant zu haben. Ein Hin und Her aus Vorwürfen und laufenden Strafverfahren. Erwin ist der Bruder des Ermordeten. Er wiederum hat seine Rache bereits angekündigt. Es ist der reinste Hexenkessel."

„Und Sie sehen sich dazu in der Lage, diesen Gordischen Knoten zu durchschlagen? Wie, wenn ich fragen darf?"

Minnas Hände sanken auf ihren Schoß, sie zögerte, bevor sie weitersprach. „Eigentlich möchte ich nur sichergehen, dass niemand Paul involviert, sobald ich fort bin."

„Herrn Frauenlob? Das ist aber doch absurd! Seine Konstitution ist die eines Mehlwurms. Wie kann man ihm da anlasten, einen Mord begangen zu haben?"

„Es gibt eine Waffe ... und zahllose Ungereimtheiten. Ich will nicht vorschnell urteilen, bevor ich nicht alles weiß."

„So? Sie möchten also ermitteln? Sie liefern mir nicht gerade Argumente, die mir Ihre Unversehrtheit garantieren."

Sie atmete ein und starrte an Doktor Sallinger vorbei. „Ich schlage Ihnen einen Kompromiss vor."

„Nun bin ich allerdings überaus gespannt auf Ihr Argument."

„Ich komme früher nach Berlin zurück. Meinetwegen schon in drei Wochen. Dann wird sich hoffentlich abzeichnen, ob Paul es übersteht. Aber ich warte zumindest noch darauf, wie sich der Behandlungsplan nach seiner vorläufigen Genesung gestaltet und ob ich zusammen mit Ihnen oder Doktor Wilhelmsen neue Medikamente empfehlen kann."

Bei der Erwähnung des Namens wedelte Doktor Sallinger genervt ab, ließ Minna aber weiterreden.

„Zudem muss ich noch Maria Pardonner unterrichten, damit sie nicht aus allen Wolken fällt, wenn sie von ihrer Reise zurückkehrt. Die Familie muss vollumfänglich instruiert werden, um mit dem Patienten korrekt zu verfahren."

Doktor Sallingers Zeigefinger tippte im Sekundentakt gegen sein Revers, während sie sprach. Wie eine Stoppuhr, die das Maß jedes Vorschlags bewertete. „Gesetzt den Fall, Sie blieben hier ... Wen kennen Sie, den Sie im Notfall erreichen und bei dem Sie unterkommen können?"

„Da gibt es keinen ...", fing Minna an, änderte ihre Meinung jedoch schlagartig. „Doch, nun, wo Sie es so ansprechen. Es gibt jemanden. Einen Oberstudienrat aus Kleintal. Herrn Jacob Corvinus. Ein gewissenhafter Mann. Den könnte ich fragen."

„Ich glaube", sagte der Doktor und spähte aus dem Gaubenfenster, „dass jener Herr bereits draußen auf Sie wartet."

Minna folgte seinem Blick hinaus. Jacob Corvinus stand tatsächlich im Garten und betrachtete die Bäume.

„Kann man ihm vertrauen?"

„Ja."

„Wie können Sie da so sicher sein?"

Minna lächelte. Corvinus war ein Mitwisser, sicherlich. Aber das war nicht der Begriff, der ihr auf der Zunge lag und mit dem sie ihre Beziehung schildern würde. „Er ist ein Freund."

„Sie machen sich schnell Freunde, Minna. Das gefällt mir. Drei Wochen, also. Nun gut. Wenn es mehr werden, schreiben Sie mir. Ich habe fürs Erste genug gesehen."

Er klopfte mit den Fingerknöcheln gegen die Aufzeichnungen in seiner Aktenmappe.

„Sie werden allerdings bei jeglichem Anzeichen von Gefahr von hier aufbrechen."

„Ich habe nichts anderes vor", bestätigte sie und half ihm dabei, den Inhalt seiner Arzttasche zu organisieren.

Sie waren bereits ein Stück die Treppe hinab, da blickte Sallinger sie neugierig an. „Sie haben doch nicht wieder mit dem Zeichnen gewisser Dinge angefangen, oder?"

„Wieso?", fragte sie.

„Mir sind Zeichnungen an der Zimmerwand Ihres Patienten aufgefallen, die Ihre charakteristische Handschrift tragen."

„Eine alte Sägemühle und eine Klosterruine" gab sie unversehens zu. „Ich habe mich ein wenig mit der Landschaft in der Gegend auseinandergesetzt."

„Gefallen Herrn Frauenlob Ihre Bilder?"

Minna errötete. „Er wird es mir sagen, wenn er wieder wach ist und einen Blick darauf werfen kann."

„Sonst irgendein Motiv, von dem ich vielleicht wissen sollte?"

„Ein toter Hase."

„Ein Hase?" Ein erleichtertes Lachen löste sich aus seiner Brust. „Na, wenn es weiter nichts ist."

„Nein. Mehr nicht", log sie und führte ihn durch die Tür in den Garten.

„Nun dann. Na los, gehen Sie voraus und stellen Sie mir den Oberstudienrat doch einmal vor. Auch ich habe ein Faible dafür, neue Freunde zu machen."

„Sie werden sich sicher verstehen", versprach Minna und machte beide, als sie bei den Bäumen im Innenhof ankamen, höflich miteinander bekannt. Als hätten der

Doktor und der Oberstudienrat einen geistigen Salon um sich herum erschlossen, befanden sie sich sofort in reger Konversation. Minna hielt sich aus dem Kennenlernen der beiden höflich heraus. Erst als sich abzeichnete, dass der Doktor davon überzeugt war, Minna in guten Händen zu wissen, trat er den Heimweg an. Corvinus brachte ihn mit seinem Wagen in einen weiter entfernten Ort mit Bahnstation und Minna blieb bei Paul, um die Verbände zu wechseln.

Es war schon Abend, als der Oberstudienrat zurückkehrte.

„Wir haben den Zug gerade so erwischt." Er legte weder seinen Hut noch seinen Zweireiher ab, sondern blieb in der Tür stehen.

Minna lächelte. „Sie haben mir damit einen großen Gefallen getan."

Er kniff den Mund zusammen und rückte den Zwicker auf der Nase zurecht. „Er ist ein äußerst belesener Mann, Ihr Herr Doktor. Wirklich, außerordentlich gesprächig. Er hat mir Einiges anvertraut, das ich über Sie wissen sollte."

Minna rann es heiß-kalt den Rücken hinunter. „Was denn genau?"

„Die Umstände Ihrer Anwesenheit waren mir ja nicht zwingend unbekannt. Dass Sie allerdings aufgrund wiederholter Vergehen zu uns geschickt wurden ... Ich kann nur sagen, dass ich nicht in allen Punkten einverstanden bin. Ich hielt die Sache mit Stephan für einen unglücklichen Einzelfall. Ohne Erlaubnis, ohne Einverständnis der Angehörigen. Schauerlich."

„Sie haben es ja nicht ahnen können", gestand Minna und holte frisches Wasser aus dem Trog im Flur. Sie tauchte ein Taschentuch in das kalte Nass und spürte die Hitze ihrer Schamesröte auf der Haut. Wieder im Zimmer flößte sie Paul Tropfen für Tropfen ein. „Es tut mir leid, wenn Sie jetzt enttäuscht sind."

„Das bin ich." Er veränderte seine Haltung kaum und blickte sich im Zimmer um. „Haben Sie eine Ahnung, wie ich mich jetzt fühle?"

„Ich kann es Ihnen nicht verübeln, wenn Sie mir die Freundschaft aufkündigen." Sie legte das Tuch neben sich und musterte ihn. Ihr Kopf musste knallrot sein.

„Sie hätten ehrlicher mit mir sein sollen. Sie haben ein Problem mit der Wahrheit, Minna, und eins sollte Ihnen klar sein: Ich will mich nicht in ein ausführliches Lügengebilde Ihrerseits begeben, wenn wir weiter vorgehen."

„Weiter vorgehen?" Was hatte er da gerade gesagt?

„Ich habe ein Treffen anberaumt, das keinen Aufschub duldet. Wir müssen unverzüglich nach Breitbach."

„Herr Corvinus, ich verstehe nicht. Um was für ein Treffen handelt es sich hierbei?"

„Meinen Sie, Sie können Paul für etwa drei Stunden sich selbst überlassen?" In Minna regte sich eindeutiger Widerstand. Natürlich konnte sie das nicht. Es stand ihr nicht zu, auch nur eine Minute von seiner Seite zu weichen. Es sei denn, jemand anderes würde sich um ihn kümmern. Dafür kam jedoch nur eine einzige Person in Frage.

Minna stellte sich ans Fenster und schaute durch den Garten zum Haupthaus hinüber. In der Küche brannte Licht. Franz musste mittlerweile wieder daheim sein.

Reden wollte sie aber keine Silbe mit ihm. Nicht nach dem, was zwischen ihnen vorgefallen war.

„Wären Sie so freundlich und würden Franz fragen, ob er diese Nacht neben seinem Bett Wache hält?"

Der Oberstudienrat wirkte verwundert. „Wollen *Sie* das denn nicht tun?"

„Ich kann nicht", antwortete sie mit Bitterkeit in der Stimme. Zu frisch waren die Eindrücke seines Wutausbruchs. „Bitte fragen Sie nicht weiter."

„Gut. Ich frage ihn. Dann fahren wir ab."

Corvinus brauchte länger als eine Viertelstunde, bis er zurückkam. Sie stiegen in den Wagen und fuhren auf die Hauptstraße Richtung Kleintal, bogen dann auf eine schmalere Straße ab und folgten dem unscheinbaren Straßenschild Richtung Breitbach.

Minna war Franz vor der Abfahrt nur kurz begegnet. Er hatte weder gegrüßt noch sie richtig wahrgenommen, doch er ging ohne Umschweife hinüber zu Paul, also schien er seine Aufgabe ernst zu nehmen.

Am späten Abend des 12.09.1919

„Es riecht nach Frost“, meinte Corvinus auf halber Strecke und kurbelte das Fenster seines Wagens ein wenig herunter. „Ich glaube, wir können mit einem ordentlichen Winter rechnen.“

„Wohin fahren wir?“, fragte Minna ungeduldig und überhörte seinen wiederholten Versuch, sie in die Normalität zurückzuholen.

„Wir sind auf dem Weg in die Leichenhalle.“

„Was?“

„Sagen Sie nicht, dass Sie jetzt Angst haben.“

„Bitte halten Sie den Wagen an.“

„Minna!“

„Bitte!“

Corvinus stieg auf die Bremse und der Wagen kam abrupt zum Stehen. Seine Hände klammerten sich wütend um das Lenkrad. „Was in Gottes Namen wollen Sie?“

„Wieso bringen Sie mich ausgerechnet in die Leichenhalle?“ Minna war drauf und dran, den Wagen zu verlassen. Zur Not wäre sie den ganzen Weg zurück zum Gut gelaufen, wenn es drauf angekommen wäre.

„Sie sind mir eine! Erst können Sie nicht von ihnen lassen und jetzt wollen Sie keine Leiche sehen.“

„Welche Leiche?“

„Fällt Ihnen denn noch eine ein, außer der von Martin Drechsler?“ Seine Stimme überschlug sich. Offensichtlich hielt er das, was er tat, für eine Art logischen Schluss in der Akte der Mordfälle. Wollte auch er Teil der Jagd werden? War es das, was ihn schon vor Jahren mit Victor verband? „Wir brauchen Ihr Talent, Minna. Ich habe ein Treffen mit Victor Konrad eingerichtet. Ich weiß, was Sie denken, aber noch hadern die Leute damit, ihn auszuliefern. Ich gehöre dazu.“

„Erst wünschen sich alle die Polizei her und nun möchten Sie mir sagen, dass sie selbst entscheiden, wann sie eingreifen soll?“

„Die Behörden sind träge in unserer Gegend, das stimmt.“ Er blies schwer Luft aus und verzog den Mund. „Aber ich halte Victor nur für bedingt schuldig in dieser Sache. Sein Verhalten mal dahingestellt, hätten viele an seiner Stelle so reagiert.“

„Das ist Ihre Einschätzung. Ich war dabei und habe ihn gewarnt. Er hat nicht auf mich gehört“, erzählte Minna, nicht ohne eine Spur von Wut aufkeimen zu fühlen.

„Sie müssen das Umdenken lernen, Minna. Auch wenn Victor sich sehr bald vor einer Richterlichkeit zu verantworten haben wird, er hat uns den Zugang zur Leichenhalle gesichert. Freilich halte ich hier den Kopf hin, wenn Sie verstehen. Wenn wir jetzt umkehren, dann wäre die ganze Sache umsonst.“

„Dann sei es so. Für mich ist der Fall bereits zu brisant!“, fauchte Minna und hielt mit einer Hand den Griff der Beifahrertür fest umklammert, bereit, jederzeit herauszuspringen. „Victor Konrad hat sich die Schuld, den Mörder auch nach Jahren nicht erwischt zu haben, so lange eingeredet, bis er bereit war, den Abzug zu drücken. Und es sich sehr einfach damit gemacht. Wie sagte er noch? Der Mörder tötete seine Opfer vor dem Krieg, verschwand, kam wieder und es ging wieder los. Sein Fanatismus ist doch blanker Wahnsinn! Ich muss mich klar distanzieren. Das Recht wird entscheiden, ob Victor richtig gehandelt hat. Nicht ich."

„Das kann ich nachvollziehen. Wiederum setze ich großes Vertrauen in Victors Fähigkeiten, die er sich mit der Historie des Falls aufgebaut hat. Minna, er hat die Leiche gesehen und sofort Kontakt zu mir aufgenommen. Er hat mir gegenüber klargemacht, er habe Grund zur Annahme, dass Martin Drechsler *nicht* der Mörder war!"

„Wer denn dann? Paul vielleicht?"

„Wie kommen Sie denn ausgerechnet auf Paul? Er war immerhin ohne Zweifel das Opfer eines furchtbaren Angriffs."

Minna wurde auf einmal bewusst, dass sie niemandem außer Doktor Sallinger von dem Messer erzählt hatte, welches sie in der Schreckensnacht bei Paul gefunden und auch dort gelassen hatte. Dieses Messer, überschlugen sich Minnas Gedanken, brachte zu viele neue Variablen in eine bereits undurchsteigbare Rechnung. Ihr Hals schnürte sich spürbar bei den folgenden Worten zu. „Nichts. Ich ... ich habe nur gehört, dass man so ziemlich jeden beschuldigt und ... er gehört ebenfalls dazu."

„Weil er ein Fremder ist", konstatierte der Oberstudienrat einsichtig. „Das macht die Enge im Tal mit den Leuten. Sie sehen Gespenster."

„Diese Art zu denken macht mir Angst“, führte Minna weiter aus. „Es ist, als wünschte sich jeder eine schnelle Erklärung.“

„Sie erkennen, Victor ist ebenso Zielscheibe dieser Denkart.“ Minna wollte etwas entgegnen, doch mit gelehrsamem Ton hatte er ihr eine rhetorische Falle gestellt. Eine, die sie erkennen ließ, wie voreingenommen sie selbst über die Talbewohner dachte.

„Sie haben recht. Niemand sollte diesen haltlosen Anschuldigungen ausgesetzt sein“, gestand sie ihm gegenüber ein.

„Sie können beruhigt sein, was Ihren Schützling betrifft. Dafür werde ich persönlich Sorge tragen. Paul Frauenlob ist erst in diesem Jahr zugezogen. Die Schuldzuweisungen gegen ihn werden sich in Wohlgefallen auflösen, sobald sich der Verstand bei den Leuten wieder anschaltet.“ Er versuchte ein freundliches Gesicht zu machen, aber der schnelle Gang seines Atems verriet seine Nervosität. Als könnte er noch nicht absehen, was wirklich passieren würde. Jacob Corvinus brütete unverschleiert eine ungeheuerliche Vorahnung aus und Minna war bereitwillig dabei, sich auf diese einzulassen.

Geben und nehmen, beschwichtigte sie die aufgewühlten Emotionen in ihrer Brust. Er hatte ein offenes Ohr für mich, nun werde ich ihm meines leihen.

„Fahren wir nun?“

„Einverstanden.“ Sie nahm die Hand vom Griff, doch ein unkontrollierbares Zittern in ihren Armen blieb. Das feine Pochen in ihrem lädierten Kiefer verriet ihr, dass ihr Herz noch auf Hochtouren lief. „Ich muss Sie aber warnen. Wenn ich auf eine mir noch unerklärliche Weise herausfinden sollte, dass Martin Drechsler nicht der Mörder war, wird das die Probleme für Victor nicht aus der Welt schaffen. Im Gegenteil. Ich kann daher nur hoffen, dass Sie beide falsch liegen."

„Und ich hoffe, dass wir auf diesem Wege der ultimativen Wahrheit näherkommen. Ganz gleich, wie diese geartet ist."

Sie fuhren weiter und erreichten nach vierzig Minuten aus Serpentinen und unstetem Gelände den kleinen Ort Breitbach. Das Dörfchen lag direkt an einem Wasserfall, der in den Breitbach überging und sich von dort aus zwischen den Häusern entlangschlängelte.

Da Corvinus sich mit seinem Wagen nicht über die alten Holzbrücken traute, gingen sie zu Fuß weiter, stiegen eine steinerne Treppe neben einem Gasthaus mit schmucklos angebrachtem Mühlrad hinab und erreichten schließlich ein finsteres Viertel, wo sie vor dem Eingang eines Kellergewölbes stehen blieben. Victor hatte seine Pfeife gegen eine Zigarette eingetauscht, die er gerade unter dem Stiefelabsatz zertrat. Tiefe Ringe unter seinen Augen ließen Minna erahnen, was er in den letzten Stunden durchgemacht hatte. Doch Mitleid regte sich wider Erwarten nicht in ihr und so reagierte sie auch nicht auf seine angedeutete Verbeugung.

„Guten Abend, Minna. Jacob."

„Guten Abend, Victor. Ich sehe, du hast Rudolf daheim gelassen?"

„Er hütet Frau und Herd", murmelte der Förster und gab Minna in einem zweiten Anlauf seine nassgeschwitzte Hand, ohne ihr in die Augen zu sehen. Dieses Mal wehrte Minna sich nicht.

„Kommt. Es ist zwar dunkel, aber manche Breitbacher haben Augen wie Katzen. Ich will nicht noch mehr Ärger mit den Drechslers."

Minna sagte nichts und folgte den beiden durch einen kühlen Gang hindurch in eine Kammer mit einem antiquierten Kerzenhalter an der Decke. Das Licht war ausreichend, aber unangenehm unstet und von einer milchigen Qualität. Im Kerzenschein füllten sich die Falten in den Gesichtern der Männer mit bedrohlichen Schatten.

„Was genau tun wir hier?", fragte Minna und zeigte auf die aufgebahrte Leiche.

„Sie beweisen meine Unschuld, Fräulein Dahl", erklärte der Forstmeister nüchtern und hob das Leichentuch an. „Ich habe diesen Mann nicht ermordet."

„Wie bitte? Und wer hat es dann getan? Ich sehe doch, dass er getroffen wurde." Minna zeigte auf die Wunden in der Schulter, die sich wie eine Stola aus schwarzrandigen Schrotlöchern über Hals und Nacken zogen. „Das war Ihre Waffe."

„Aber getötet habe ich ihn nicht", behauptete er steif und fest.

„Wie soll ich so etwas beweisen, wenn die Fakten doch offensichtlich sind?", fragte Minna entrüstet. „Soll ich die Wirklichkeit etwa ein kleines bisschen für Sie zurechtrücken?"

Jacob Corvinus schüttelte den Kopf, ohne etwas zu sagen, ging hinüber zur Leiche, öffnete ihr den Mund und zeigte hinein. „Das wird Sie überzeugen, ich bin mir sicher."

Minna machte widerwillig den letzten Schritt auf Martin Drechsler zu, um einen genauen Blick in die Mundhöhle zu werfen.

Es war, als starrte sie in das Gesicht von Stephan Bauermann. Doch das Bild vor ihr verwirrte sie. Es war unfertig, Details fehlten.

„Seine Zunge. Jemand hat Teile davon herausgeschnitten." Das Gesagte hallte unschön an den steinernen Wänden des engen Leichenkellers wider. Minna stützte sich mit durchgestreckten Armen auf den Rand der Bahre und rang mit der Fassung. Wenn dem so wäre, wenn Martin ebenso ein Opfer des Mörders war, dann bedeutete das ... Sie sah furchterfüllt zu Victor und Jacob. „Der Mörder ... er lebt noch."

„Jetzt haben Sie begriffen, worauf ich hinauswollte." Victor Konrad griff in seine Manteltasche, holte Zeichenmaterial und Papier heraus. „Hier, nehmen Sie. Ich möchte, dass Sie ihn zeichnen."

„Damit anschließend gleich drei Dörfer fordern können, mich auf dem Scheiterhaufen zu verbrennen?"

„Minna!" Corvinus drängte sie unsanft in eine Ecke und flüsterte ihr zu. „In den Augen des Mobs hat dieser Mann ein Mitglied ihrer geliebten Gemeinde erschossen. Alle sind hinter ihm her."

Sie machte einen Schritt zurück und sah ihrem Gegenüber tief in die Augen. Jacob Corvinus war tatsächlich am Ende seines Lateins. Die Morde, der Krieg, die unzähligen toten Schüler, die er mit zu Grabe getragen haben musste, all das nagte an seinem guten Herzen. Und auch Victor Konrad schien mit den gleichen Dämonen zu ringen. Sein Blick ging nervös von der Tür zur Leiche und zu den beiden, die in der Ecke tuschelten. Im Grunde genommen war es sogar ihre Schuld, dass er jetzt hier stand, dachte sie auf einmal. Wäre sie nicht gewesen und hätte die Männer mobilisiert, dann wären sie nicht auf die Suche nach Paul gegangen. Dann wäre Martin nicht erschossen worden. Oder vielleicht doch? Vielleicht hätten die Hilferufe der Kinder dazu ausgereicht, dass sich die Männer auf den Weg machten. Minna stutzte. Die Kinder. Wen genau hatten die Kinder eigentlich gesehen? Paul, Martin – oder einen Dritten?

„Sie wollen einen Täter?", meinte Minna beflügelt von der Anwesenheit einer Leiche und rückte ihr Haar mithilfe eines Bands im Nacken zurecht. „Ich werde mit großer Sorgfalt nach Hinweisen suchen."

„Danke. Mehr will ich nicht."

„Benötigen Sie unsere Hilfe?", fragte der Forstmeister und leckte sich nervös über die Lippen. „Wir können auch vor der Tür warten."

„Bleiben Sie. Ich habe nichts zu verbergen. Ihre Zeugenschaft könnte mich unter Umständen sogar vor weiteren Anschuldigungen bewahren. Denken Sie nur an die Reaktion von Erwin Drechsler, wenn er davon Wind bekäme."

Sie holten ihr einen Schemel, und Minna versuchte einen Winkel zu finden, der ihr einen ausgiebigen Blick auf die Leiche offenbarte. Dieses Motiv würde anders werden. Das hatte sie ihm Gespür. Es ging nicht um die Inszenierung. Es ging um ihren unverfälschten Blick auf den Leichnam. Ihre Fähigkeit, Dinge zu entdecken, die anderen verborgen blieben. Tatsächlich fiel eine unerklärliche Last von ihr, als der Anspruch an ihre Prämisse, einen schwer deutbaren Schwebezustand darzustellen, verschwand und den Weg freimachten für Martins klaren, unverfälschten Linien.

Minna zeichnete erst die Umrisse und konzentrierte sich dann auf die äußere Erscheinung. Martin war von schlankem Körperbau gewesen, seine Rippenbögen zeichneten sich unter der Haut seiner Brust in regelmäßigen Abständen ab. Arme und Beine waren gegenüber dem Torso disproportional lang, weswegen Minna den gesamten Körper in ihrer Version stauchen musste, damit er ganz auf das Papier passte. Seine Augen hatte man im Vornherein geschlossen, der Mund jedoch stand nach dem kleinen Handgriff des Försters unverändert offen. Minna erfasste den Stumpf der Zunge, die unsauber herausgeschnitten worden war. Verletzungen an den Lippen und der oberen Zahnreihe deuteten an, dass er sich bei dem Vorgang gewehrt haben musste. Oder war das nur eine vorschnelle Ableitung? Fing sie erneut an, in eine Richtung zu deuten, die ihr selbst sinnvoll erschien? Das durfte ihr nicht passieren, ihre Wahrnehmung würde die Neutralität der Zeichnung verändern.

Minna entschloss sich, an anderer Stelle fortzufahren, und widmete sich den Einstichen an der Brust und den Schnittverletzungen an den Händen. Sie waren nicht tief genug, um ihn verbluten zu lassen, aber je mehr sie dazu überging, sie zu zählen, desto deutlicher hatte sie seine Todesqualen vor Augen.

„Seine Fingerknöchel sind blau angelaufen“, warf Corvinus mit einem Mal ein und riss Minna damit aus der Konzentration.

„Faustschläge“, bestätigte Minna und schraffierte den Bereich seiner Hand, der ihr wichtig erschien, mit dunklen Kohleschatten.

„Gegen wen?“

Sie schüttelte den Kopf und legte Papier und Stift auf der Bahre ab. „Ich muss ihn bewegen. Sonst sehe ich nicht genug.“

„Tun Sie alles, was recht ist.“ Victor Konrads Stimme schien von Scham gebeutelt. Er hätte sie womöglich auch mit Skalpell und Säge an die Leiche gelassen, wenn sie dadurch mehr herausgefunden hätte.

„Er hat sich die Fingernägel abgebrochen. Aber nicht einfach nur abgebrochen.“ Sie sah genauer hin. „Abgeschabt trifft es eher. Unter den Fingerkuppen sind feine Splitter. Und hier am Handgelenk, sehen Sie? Die gleichen blauen Äderchen wie bei Stephan.“

„Welche Äderchen?“ Der Oberstudienrat horchte auf. „Ich sehe nichts.“

„Wenn Sie nicht näherkommen, nicht, nein. Aber hier sieht man es ganz deutlich. Man muss ihn gefesselt haben. Ziemlich fest sogar.“

„Der Mörder hat ihn mitgenommen“, spann Konrad den Faden weiter, auch wenn Minna das Ergebnis mehr als fragwürdig hielt. „Die Fesseln. Das war Tortur, reine Folter. Die Zunge, die Zähne, die Messerstiche. Er hat ihn abgehangen. Wie ging er also vor, um ihn zu verstecken?“ Er machte eine kurze Pause, dann beantwortete er sich die Frage hektisch selbst. „Das ist es. Er muss irgendwo eine abgelegene Hütte haben. Oder einen Keller wie diesen hier. Damit man ihn nicht hört.“

„Wie hätte man ihn hören sollen?“, erwiderte Corvinus raubeinig. „Er hat doch keine Zunge mehr gehabt.“

„Da kann man meines Wissens nach immer noch schreien.“ Minnas Bemerkung schien die beiden so sehr zu erschüttern, dass das Gespräch auf der Stelle verebbte.

Sie nahm sich das Zeichenzeug und musterte ausgiebig Nacken, Haar und Ohren. Unter Umständen konnte ihr das weitere Hinweise liefern. Doch als sie sich im Licht neu positionierte und die Kerzen nicht mehr im Zug der Kellerluft flackerten, stockte ihr der Atem. Ein Büschel rotes Fell klebte an seiner Wange. Samt einem Klumpen Blut, den noch niemand bemerkt und entfernt hatte. Ein weiteres Büschel tauchte auf, und einige rötliche Haare zwischen Stephans Fingern und hinter seinen Ohren. Sofort fiel Minna der feuerrote Mantel ein, den Paul während des Schlafwandelns getragen hatte.

„Was haben Sie da entdeckt?“

„Ich ...“ Minna blies die Haare von ihrer Hand und tat so, als müsste sie sich die Hände an ihrer Schürze abwischen. „Nur Dreck. Vielleicht Waldboden. Nichts, was uns weiterhilft. Ich werde jetzt schauen, wie viele Kugeln ihn getroffen haben und ob Ihre Schüsse tödlich waren.“

Der Förster und der Oberstudienrat holten ihre Pfeifen aus den Manteltaschen und verzogen sich auf den Flur vor der Kammer, wo sich ein hitziges Gespräch entfaltete, das sie jedoch nur dumpf durch die Kellertür hören konnte.

Minna untersuchte die Einschüsse wie versprochen. Eine klassische Schrotladung, wie sie schnell attestieren konnte. Insgesamt waren es neunzehn an der Zahl, die meisten jedoch Streifschüsse. Die wenigen Schrotkugeln, die bis unter die Haut geraten waren, waren nicht tief genug eingedrungen, um an wichtigen Organen lebensbedrohlichen Schaden anzurichten. Auch wenn Martin ohne ärztliche Versorgung zweifelsfrei wenige Tage später an einer Bleivergiftung gestorben wäre.

Minna horchte in sich hinein. Ihre Nerven waren aufgerieben, ihr Körper ausgelaugt. Wäre nicht jetzt die Gelegenheit, wo die Herren sich von ihr fernhielten, noch eine alternative Zeichnung anzufertigen? Nur eine grobe Skizze, eine Vorarbeit für spätere Überlegungen vielleicht. Ja, rief ihr eine innerliche Stimme zu, das könnte sie in aller Schnelle erledigen. Niemand würde es merken.

Minna griff sich ein neues Blatt und fing an, die Silhouette mit drei kräftigen Strichen zu umreißen. So, als würde das Bild eine eigene, neuartige Technik erfordern. Sie fuhr vorsichtig mit dem feineren Bleistift an den Linien entlang und verlieh ihnen die Proportionen von Martins Muskeln und Sehnen. Als das erledigt war, befand sie, dass er aussehen sollte, als ob er schlief. Damit seine Leiden nun ein Ende hatten. Das Gesicht war daher besonders schwierig. Je mehr Zeit sie darauf verwendete, desto eher hatte sie den Eindruck, dass Martin das Elysium noch nicht gefunden hatte. Sein offener Mund ließ sich nicht schließen, weder in dieser Welt noch in der Welt der Linien. Minna skizzierte die Zunge, wie sie sein sollte, und legte einen kleinen Schatten darauf, der wie eine Münze anmutete.

Der Gedanke wurde umso atemberaubender, je näher sie der Leiche kam. Hier und jetzt konnte sie den Toten von seinem körperlichen Gefängnis befreien und auf die Reise ins Jenseits schicken. Sie nahm sich den Radiergummi, rieb den schwarzen Schatten von der Zunge und fing an, die Münze detailliert zu beschreiben. Aus ihrem Gedächtnis zeichnete sie eine antike Münze mit dem Porträt eines unbekannten Kaisers darauf. Die Münze wanderte aus heiterem Himmel im Mund hin und her. Nicht, weil sie es nicht schaffte, die richtige Position zu finden, sondern weil sich die unrechtmäßig eingefügte Zunge bewegte. Sie schob die Münze vor Minnas Augen zwischen den Zahnreihen hin und her, versuchte sie vom Rachen fernzuhalten. Mit einem Mal spuckte Martin die Münze aus, riss die Lider auf und starrte sie aus leeren Augenhöhlen an.

Minna stand keuchend mit dem Rücken an der Wand.

„Haben Sie die Zeichnung abgeschlossen?"

Minna wirbelte erschrocken herum.

Jacob Corvinus zog eine dichte Wolke aus aromatischem Tabak hinter sich her, als er in die Kammer eintrat. Der Geruch schob sich angenehm über die Gase der einsetzenden Fäulnis.

„Ist alles gut?"

„Ich ..." Sie fand keine Worte für das, was ihr widerfahren war. „Ich glaube, Martin Drechsler wusste, wer der Täter war."

„So?"

„Er hat sein Werk nicht zu Ende bringen können. Irgendetwas hat Martin die Zeit verschafft, zu fliehen ..."

„Kommen Sie. Es soll für heute genug sein." Er streckte eine Hand nach ihr aus wie nach einem eingeschüchterten Tier. „Ich will Sie lieber nach Hause bringen, bevor ich mich vor Doktor Sallinger für die geistige Gesundheit seiner Angestellten verantworten muss."

Auf dem Weg zurück zum Auto, das von aufgezogenem Nebel umwabert wurde, unterrichtete der Oberstudienrat Minna darüber, dass Victor Konrad bereits gegangen war. Als sie das Auto erreichten, hielt er ihr die Tür auf und wartete darauf, dass sie einstieg.

Doch Minna wollte noch nicht losfahren.

Sie sah hoch zu den Sternen, die zwischen den Wolkenfetzen glänzten und lauschte dem Rauschen des Bachs. Bei ihrer Ankunft hatte sie es sich ungefähr so vorgestellt, das kleine gemütliche Mühldorf. Ein Dorf mit einer Mühle eben. Nicht diese lose Ansammlung von Häusern zwischen den Bergen, in denen sich die Geheimnisse anhäuften. Sie sehnte sich nach Berlin, den lauten Straßen, dem pulsierenden Leben und ihrem Streben nach Kunst, das mehr und mehr an Kontur verlor. Fragend sah sie Jacob an. „Glauben Sie, dass wir ihn finden?"

„Wir?" Er nahm seine Hand von der Beifahrertür und folgte Minnas Blick an den Nachthimmel. „Das hängt ganz davon ab, was als Nächstes passiert."

„Mir gefällt nicht, worauf das hinausläuft."

„Nein, mir auch nicht."

„Es werden weitere Menschen sterben."

„Wir werden vorbereitet sein. Er kann nicht jeden von uns umbringen."

Minna hielt den Atem an.

„Ich werde das nie begreifen. Weder den Krieg noch die Mordlust noch die Rachsucht. Die Menschen sind für so viele Gefühle nicht gemacht. *Ich* bin dafür nicht gemacht … Ich hätte Stephan nie zeichnen sollen. Ich –“

„Sie haben zu viel Freud gelesen“, unterbrach er sie mit müder Stimme.

„Ich wünschte, es wäre so“, erwiderte Minna und stieg ein. „Denn damit könnte ich mich in die Seelenwelt dieses Bastards versetzen.“

„Ganz ehrlich?“ Jacob sah nachdenklich in die Kegel des Scheinwerferlichts, das die Nebelperlen zum Glühen brachten. „Wer will das schon?“

In der Nacht des 12.09.1919

Als Jacobs Wagen langsam auf die Zufahrt des Gut Pardonner rollte, schwieg die Nacht beharrlich. Minna war, als versuchte ihr Gehör, in die Dunkelheit hinein die Geräusche von Schüssen und Schreien zu dichten. Wollte sie sich denn unbedingt fürchten? War das der eigentliche Grund, weshalb sie blieb?

„Da wären wir, Minna. Ich muss Sie noch um einen Gefallen bitten."

„Der da wäre?"

„Kein Sterbenswort. Niemandem gegenüber."

Minna sagte ihm nicht, dass diese Bitte völlig unberechtigt war, sondern bedeutete ihm, verstanden zu haben. Sie hatte niemals vorgehabt, ihren Ruf als teuflische Leichenzeichnerin zu zementieren. Schweigend ließ sie ihn davonfahren.

Ein leichter Wind trug den Geruch von morschem Holz und Humus an ihrer Nase vorbei. Die Stille war erfüllt von der Idee eines sich wandelnden Lebens.

Sie beschloss, einen letzten Blick auf Paul zu werfen, bevor sie schlafen ging, und öffnete das kleine Tor am rückliegenden Teil des Jagdzauns, der Jagdstube und Haupthaus miteinander verband. Die Bäume im Garten waren überzogen mit Wassertropfen, die der Nebel auf ihrer Rinde hinterlassen hatte. Sie glänzten geheimnisvoll im Licht der Küche, das brannte, obwohl dort offensichtlich niemand war. Im Gras zwischen den Obstbäumen hingen die Blüten der letzten Sommerblumen verschlossen wie schlafende Köpfe an den Stielen.

Es war merkwürdig.

Minna hatte sich in Berlin den Sommer so sehr zurückgesehnt, jetzt konnte sie es nicht erwarten, dass er endlich ging und Platz machte für das nächste Kapitel in ihrem Leben, das hoffentlich friedlicher und in jeder Hinsicht erfüllender ausfiel.

Verwundert sah Minna von den Blüten auf.

Wieso stand die Tür zu Pauls Wohnung offen?

War Franz etwa nicht bei ihm?

Sie spähte die Treppe hinauf und lauschte. Als sie nichts hörte, schlich sie sich hoch und fand Paul schlafend im Bett vor. Seine Haltung hatte sich keinen Millimeter verändert. Er lag so da, wie Minna ihn im Beisein von Jacob verlassen hatte. Nur ein neuer Wasserkrug und eine zerlesene Tageszeitung verrieten, dass Franz hier gewesen sein musste.

Doch wo war er jetzt?

Hatte er nicht versprochen, die restliche Nacht Wache zu halten?

Verärgert zog sie die Decke bis hoch an Pauls Adamsapfel und stellte sich vor, dass er schon seit Stunden gefroren haben musste. Sie schloss das Gaubenfenster, notierte sich auf dem Kontrollblatt die Werte seines Pulses und der Atmung, stand eine Weile geistesabwesend im Flur und ging dann hinaus.

Sie lief den gepflasterten Pfad von der Kaserne ins Haupthaus zurück, als ein Geräusch ihr einen kurzweiligen Schrecken einjagte. Es klang wie eine Maus, die in eine Falle getappt war. Die Tatsache, dass es sich beständig wiederholte, bewog Minna umzukehren und dem Geräusch zu seiner Quelle zu folgen.

Die war nicht weit entfernt.

Das Geräusch musste aus dem Schuppen kommen, denn dort brannte Licht. Es strahlte als Liniengebilde durch die Ritzen der verzogenen Latten.

Minna erinnerte sich wieder. Hier hatte sie die Schiefertafeln gefunden und nach dem Fuchs geworfen.

„Hallo?"

Keine Antwort.

Stattdessen bewirkte ihr Rufen, dass das Geräusch auf der Stelle verstummte. Sie hörte, wie etwas abgeschaltet wurde, Schritte folgten.

Minna beobachtete aus sicherer Entfernung die Tür.

„Franz? Bist du es?"

„Minna?"

Franz öffnete die Tür, bis sie sich am Boden verkantete. Der entstandene Spalt war gerade einmal schulterbreit. Franz rieb sich mit einem Lappen die Hände sauber und kniff die Augen zusammen. Er konnte Minna im Dunkeln anscheinend nur schwer erkennen. „Was machst du hier? Solltest du nicht die Nacht in Kleintal verbringen, um dich zu erholen?"

„Hat der Oberstudienrat das gesagt?"

„Er meinte, dein Doktor Sallinger hätte dir äußerst dringliche Nachtruhe empfohlen", antwortete er. „Ich fand das eigentlich eine gute Idee."

„Ich kann mich nicht erholen, wenn ich nicht weiß, wie es meinem Patienten geht", behauptete Minna ernst und ging auf ihn zu, bis sie im Licht der Tür stand.

„Was machst du denn da drin? Es klang, als würdest du am laufenden Band Ratten totschlagen."

„Wenn wir mal nur Ratten hätten", sagte er und brach in krächzenden Husten aus. Er hielt sich den Lappen vor den Mund und winkte sie hinein. „Komm. Es ist kühl geworden."

Minna trat in ein kleines schiefes Universum aus Rost und Spänen. Rundherum standen schmale Tische, aus unbehandelten Stämmen geschnitten und aufgebockt auf Stümpfen, die nur grob von Wurzeln befreit worden waren. Die Werkzeuge im Schuppen hingen an krumm geschlagenen Nägeln. Statt einer sinnvollen Anordnung befand sich jedes an einer Stelle, an der gerade noch ein Nagel oder ein Haken gepasst hatte.

„Bewahrt ihr hier euer ganzes Werkzeug auf?"

„Nicht nur hier."

Minna fühlte die Müdigkeit in ihr arbeiten. „Du solltest lieber zurück zu Paul. Jemand muss auf ihn aufpassen. Ich schaffe das heute Nacht nicht mehr."

Das war nur die halbe Wahrheit, denn ihr wurde zunehmend unwohl in der Enge der provisorischen Werkbude. Es roch nach Schmieröl, trockenem Sägestaub, rostigem Metall, eben nach all den Dingen, die ihr auf eine seltsame Art gefährlich vorkamen.

Franz hatte seinen Oberkörper bis aufs durchgeschwitzte Unterhemd entblößt. Als er Minnas Unruhe bemerkte, warf er sich sofort ein Hemd über und knöpfte es zu.

„Du willst sicher schlafen gehen", fing er an und lehnte sich gegen eine Drehbank, in die er irgendein Metallteil eingespannt hatte. „Ich würde zuvor aber gern noch etwas loswerden."

„Was soll das sein? Geht es etwa um deinen Ausbruch, dann –„

„Aber genau darum geht es“, unterbrach er sie hastig. „Das war idiotisch. Ich habe dir ungewollt wehgetan.“

„Schön, wie man sich die Wahrheit so zurechtlegen kann.“

„Ich meine es ernst.“ Franz wirkte schwermütig, er war über den Punkt der Reue hinaus.

„Du denkst, das wäre mit einer Entschuldigung einfach so aus dem Weg?“

„Wenn ich dir es in aller Ruhe erklären darf, ja.“

„Weil es dir dann besser geht? Oder weil du deiner Mutter keinen Ärger bereiten willst?“

Er schüttelte den Kopf. „Wieso sagst du das?“

Minna sah von den Kreisen auf. „Weil ich mir mit dir nicht sicher sein kann.“

„Worüber.“

„Ob deine Entschuldigung wirklich mir oder deiner Mutter gelten wird.“

Erneut folgte vergiftetes Schweigen.

Franz schien mit der Frage überfordert. Ob es nur an der fortgeschrittenen Zeit lag, wusste sie nicht zu sagen.

„Schau, ich will, dass du dich hier wohlfühlst“, erklärte er und warf den Lappen in eine dunkle Ecke. „Du bist wegen Paul hier.“

„Ich bin nicht wegen Paul hier. Sondern weil ich Mist gebaut habe.“

„Und wenn schon. Mich interessiert nicht, *wieso* man dich hergeschickt hat. Das hat doch mit Pauls Pflege nichts zu tun!“

„Aber es hat mit mir zu tun, Franz!" Minna wurde lauter. „Seit ich hier bin, stoße ich auf Widerstand. Und dann hält man mir auch noch Fehler vor, ohne mir eine Chance zu geben. Ohne mich beweisen zu lassen, dass ich meine Aufgabe ernst nehme!"

„Du hast Paul das Leben gerettet. Zweimal. Reicht das nicht, um es dir selbst zu beweisen?"

„Nein."

„Dann kultivierst du wohl gerne Selbstmitleid, wo keines sein sollte."

Minna stutzte. Seine Worte würgten ihrer Wut die Luft ab, die sie so dringend gebraucht hätte, um endlich den Frust der zurückliegenden Wochen herauszulassen.

„Du hast recht. Du hast mir wehgetan", wisperte sie erschrocken und malte mit der Schuhspitze Kreise in den Staub auf dem Boden. „Ich hatte für einen Moment die Hoffnung, du würdest mir das Leben hier leichter machen."

„Genau das meine ich!" Franz warf erbost die Hände in die Luft. Minna hatte unterschätzt, *wie* ehrlich er es meinte. „Du versinkst geradezu in Selbstmitleid. Keiner von uns hat dich nach Mühldorf gerufen. Du bist zu *uns* geschickt worden. Aber trotzdem tust du die ganze Zeit über so, als wären wir diejenigen, die mit *dir* zurechtkommen müssten ..."

„Und wieso machst du es mir so schwer? Ihr alle eigentlich! Meinst du nicht, nach dem Mord an Stephan hättet ihr mir alles erzählen müssen?"

„Was *alles*?"

„Eure Vergangenheit in Mühldorf, meine ich. Stephan, die Morde vor dem Krieg, dein Vater –", verlangte Minna aufgewühlt und bereute es sofort.

Franz riss überrascht die Augen auf. „Mein Vater hat nichts mit alledem zu tun. Rede keinen Blödsinn!"

Minna hörte, wie seine Zähne knirschten, doch noch hielt Franz sich zurück. Plötzlich wurde Minna klar, wem sie dort eigentlich gegenüberstand. Franz war ein wandelndes Pulverfass, wenn sie seine Kindheit, seine Beziehung zu seinem Vater richtig deutete. Ein warnender Schauer durchwühlte ihren Rücken.

„Nein ... Ich ... Egal."

„Das ist mir ganz und gar nicht egal! Sprich dich aus!", forderte Franz. Die Sehnen an seinem Hals traten sichtbar hervor.

„Ich wollte die Sprache nicht auf deinen Vater bringen. Du wolltest dich bei mir entschuldigen und ich habe dich nicht ausreden lassen."

Franz drehte sich um, trat gegen einen Eimer voller Metallteile und schlug dann mit den flachen Händen auf die Werkbank. „Ich habe es so satt, mich immer wieder zu fühlen, als würde alle Welt wissen, wie es mir geht."

„Franz ..."

„Ach, halt doch den Mund", platzte es aus ihm heraus, dass Speichel über seine Lippen flog. „Du bist schon wie der Rest in diesem Dreckstal. Wenn du schon so genau über meinen Vater Bescheid weißt, dann erhelle mich doch. Wie viel steckt von dem Hund in seinem Sohn? Wie viele habe ich wohl schon auf dem Gewissen?"

Minna hielt inne. Sie konnte und wollte nichts sagen, weil sie nicht wusste, was als Nächstes passieren würde. Franz stand wie angewurzelt an der Werkbank, aber sein Blick verriet, dass der Hass auf die Menschen im Tal sich auf Minna übertrug. Weil sie mit ihnen über ihn sprach. „Das war idiotisch von mir“, fing sie zögerlich an. „Mir ist nie in den Sinn gekommen, dass ich dir Unrecht tun könnte.“

„Wie sonst würdest du es nennen, wenn man ein Geheimnis für sich bewahren will und andere es herumreichen wie eine Hure?“

„Verschlossenheit erzeugt Zweifel“, lenkte Minna mit ruhiger Stimme ein. „Das ist wie mit dir und Paul. Ihr beide erzählt nie vom Krieg, also denkt man, man könnte euch helf–“

„Du würdest nicht eine Sekunde ertragen, was ich über den Krieg zu erzählen hätte. Ist dir das eigentlich klar?“

Franz hob die Hände und verkrampfte die Finger in der Luft, dann brüllte er einmal laut und unverständlich, rieb sich durch die Haare und das Gesicht, war schon dabei, an Minna vorbei ins Freie zu preschen, und drehte dann plötzlich wieder um.

„Franz?“

Er schlug fest gegen einen Balken und Minna ließ ihre Hand über einem langen Nagel schweben, falls er sie angreifen würde. Doch bald darauf entspannte sich Franz’ Muskulatur ein wenig. Er sah an Minna vorbei und starrte sich an einem Punkt an der Wand fest. „Was für eine Scheiße ...“

Er atmete schwer aus. „Schau? Jetzt habe ich es wieder getan.“

„Stimmt ...“, sagte Minna. Es war das Einzige, was ihr in diesem Moment einfiel.

„Wieso kann das nicht auch anders gehen?"

„Manchmal kann man eben nur so aus seiner Haut", behauptete Minna und ging ein wenig auf ihn zu. „Wir sind uns da nicht unähnlich."

„Hm?"

„Wir beide verletzen den anderen, wenn wir nicht weiterwissen."

Franz nickte bleiern. „Das hilft niemandem, ich weiß."

Urplötzlich schossen Minna Tränen in die Augen, als der Ausbruch überstanden schien.

„Wieso ist alles nur so ... furchtbar?", schluchzte sie, als sie ihren Fehler erkannte.

Franz löste sich aus seiner Position, hievte sich neben sie auf die Werkbank und sah Minna an, als könnte er ebenso wenig Zugang zu ihr finden. „Hat man dir schon einmal gesagt, dass du eine seltsame Art hast, über Probleme zu reden?"

Minna wischte sich vergeblich die Tränen von den Wangen und ging in die Knie. Ihr Kleid fegte den Staub über den Boden, ihre Schuhe traten den Dreck im Saum fest.

„Martin Drechsler ist meinetwegen gejagt worden", sagte sie irgendwann. „Hätte ich besser auf Paul achtgegeben, dann hätte ich es verhindern können."

„Das ist gelogen."

„Ist es nicht."

„Niemand hätte Victors Rache verhindern können."

„Hättest du an seiner Stelle ähnlich gehandelt?"

Franz seufzte und verschränkte die Hände, legte sie in seinen Schoß und atmete mit geblähten Wangen aus. Dann rutschte er von der Werkbank, rückte Minna einen sauber geschliffenen Baumstumpf heran und half ihr drauf.

„Wenn du noch einen Moment hast, erzähle ich dir vom Krieg", sagte er trocken. „Ich verspreche dir, danach wirst du mich besser verstehen. Aber nur, damit du es weißt: Ich bin dir für alles dankbar, das du für Paul getan hast. Er ist der einzig wahre Kamerad, der mir geblieben ist."

Minna nickte matt und bemühte sich, nicht mehr zu weinen.

Franz hatte nach der Eskalation eine beeindruckende Vernunft bewiesen. Nun saß er vor ihr und erzählte. Nahm den Blick nicht von seinen Händen, versuchte nichts von den apokalyptischen Bildern der Front mit einem Lächeln zu relativieren. Er berichtete schonungslos und detailliert, und Minna hörte nach Kräften zu, bis ihr Kinn von den Händen rutschte und beide sich entschlossen, die Vergangenheit für diese Nacht ruhen zu lassen.

13.09.1919

Am folgenden Morgen erwachte Minna mit dröhnenden Kopfschmerzen und der bösen Ahnung, dass sie nicht nur geträumt hatte, Maria Pardonner wäre zurückgekehrt.

Tatsächlich saß die Baronin auf ihrer Bettkante, als sie die Augen aufschlug, hatte die Hände auf dem Schoß überkreuzt und schien darauf zu warten, dass Minna den tiefen Schlaf abschüttelte.

„Guten Morgen, Minna."

„Guten Morgen, Maria ... Darf ich fragen, wieso Sie an meinem Bett sitzen?"

„Das hier ist mein Haus. Da sitze ich, wo es mir beliebt. Ich glaube, ich bin an der Reihe, Fragen zu stellen. Was ist in meiner Abwesenheit vorgefallen?"

Minna zog die Decke hoch bis zum Hals, als sie realisierte, dass sie nur ein Nachthemd trug. „Kann das nicht warten? Ich würde mich gerne anziehen."

„Es entscheidet wohl eher darüber, ob Sie sich für die Abreise oder für Ihre täglichen Pflichten in meinem Haus herrichten."

Minna schluckte schwer. „Wo fange ich nur an? Es ist sehr viel geschehen."

„An der Stelle, an der ich alles schnellstmöglich begreife."

Minnas Erzählung fiel deutlich länger aus, als sie selbst für angebracht gehalten hätte. Manch ein Detail hätte sie lieber nicht ausgesprochen, insbesondere aus der Nacht, in der sie Paul gefunden hatten. Doch auch wenn ihr mehr und mehr an der Wahrheit gelegen war, erwähnte sie weder die Leichenschau in Breitbach noch ihre Zusammenarbeit mit Victor und Jacob. Stattdessen versuchte sie ein Bild zu zeichnen, in dem Minna die gewissenhafte und wohlsorgende Krankenschwester blieb, die sie für Maria zu Beginn gewesen war. Diese Krankenschwester, so befand Minna, hatte eine neutrale Sicht auf die Situation und sagte Dinge wie: „Ich bin mir unsicher, ob man den Mörder damit schon gefasst hat", oder: „Victor Konrad hat angesichts der Situation menschlich reagiert, dennoch muss er sich dem Recht stellen."

Maria Pardonner schloss während der Erzählung die Augen und senkte den Kopf. Sie sah um Jahre gealtert aus. Die Strapazen der Reise und der langen Feierlichkeiten mussten ihr arg zugesetzt haben. Die schlechten Nachrichten schienen es nicht besser zu machen, und Minna konnte nicht einmal einschätzen, auf welcher Seite Maria mittlerweile stand.

„Ich hatte so ein Gefühl auf der Fahrt, dass es Probleme gibt", sagte sie ohne jegliche Emotion und stand auf. „Das macht es nicht leichter für mich. Paul kann das Gut Pardonner in seinem Zustand offensichtlich nicht verlassen, dabei wollte ich Sie bitten, gemeinsam an einen anderen Ort umzuziehen."

„Wie meinen Sie das?" Minna kroch es kalt in den Nacken. „Sie wünschen, dass wir gehen?"

„Ich hielt es für eine gute Idee", antwortete sie und verschränkte ihre Finger wie zum Gebet.

„Handeln Sie dabei aus dem Wunsch heraus, uns in Sicherheit bringen?“, fragte Minna erstaunt und hörte die Frage in ihrem Inneren nachhallen. Der unverhüllte Zynismus aber prallte an ihrem Gegenüber ab.

„Ich werde Franz fragen, wie er die Sache sieht. Danach müssen wir eine Lösung finden.“

„Es gibt bereits eine Lösung. Doktor Sallinger war hier und hat mich gebeten, nach Berlin zurückzukommen. Ich habe einen Kompromiss mit ihm geschlossen.“

„Und wie sieht dieser Kompromiss aus?“

„Ich werde so lange hierbleiben, bis sich herausstellt, wie lange Paul braucht, um zu genesen. Ich will ihn in guten Händen in einem Krankenhaus wissen. Doch dazu muss er sich erholen.“

„Wie lange wird das dauern?“, fragte Maria säuerlich.

„Drei Wochen, schätze ich. Wenn er nicht vorher stirbt, heißt das.“

„Nun denn“, antwortete Maria, scheinbar teilnahmslos, und verließ das Zimmer. Minna löste ihre verkrampften Finger aus der Decke und sah durchs Fenster. Franz hatte lange genug Wache geschoben, also zog sie sich an, wusch sich den Geruch der Balsamierungsflüssigkeiten von den Fingern, der sich hartnäckig auf der Haut hielt, und ging hinüber. Doch statt auf Franz zu treffen, fand sie Eva in Pauls Zimmer vor. Ihre Augen waren blutunterlaufen und tränenverschleiert.

„Wie konnten Sie ihn nur so lange unbeaufsichtigt lassen?“, fragte sie mit gebrochener Stimme.

„Ich habe mein Möglichstes getan“, erwiderte Minna.

„Das ist nicht genug.“

„Wieso? Denken Sie, ich hätte sein Verschwinden verhindern können?“

Eva rieb sich die Hände über die Augen, der Vorwurf in ihrer Stimme schlug in Wut über. „Worüber haben Sie mit denen gesprochen?"

„Mit wem?"

„Jacob Corvinus und Victor Konrad! Denken Sie, ich würde darüber nicht längst Bescheid wissen? Was haben die beiden über Paul gesagt?"

Erst jetzt bemerkte Minna, dass Eva versuchte, etwas hinter ihrem Rücken zu verstecken. „Was haben Sie da?"

„Das geht Sie nichts an!"

„Gehört das Paul? Zeigen Sie her!"

Minna langte hinter ihren Rücken und bekam ein Büchlein zu greifen. Mühelos nahm sie es der Haushälterin ab.

„Ist das Pauls Tagebuch?", fragte Minna fassungslos und legte es zurück in die offenstehende Schreibtischschublade. „Ich nehme doch an, es gehört dort hin?"

Eva sah sie aus arglistigen Augen an. „Wieso sind Sie immer noch hier, Minna? Wieso verziehen Sie sich nicht zurück nach Berlin?"

„Seien Sie beruhigt, ewig werde ich nicht bleiben", erwiderte Minna. „Würden Sie jetzt so freundlich sein?" Sie zeigte zur Tür.

„Den Teufel werde ich tun."

„Stellen Sie meine Geduld nicht auf die Probe, Eva!" Minna stellte sich ihr demonstrativ entgegen. „Sie haben keine Ahnung, was ich die letzten Tage durchgemacht habe."

„Seitdem Sie hier sind, hat das alles erst angefangen!", behauptete Eva mit hasserfüllter Stimme. „Erst

Stephan, dann Martin, jetzt auch noch Paul. Wenn Sie Ihre Nase nicht in alles reinstecken würden, dann –"

„Jetzt machen Sie aber mal halblang! Ich bin doch nicht hergekommen, um einen Mörder zu fangen. Ich bin gekommen, weil Paul Frauenlob eine Krankenschwester brauchte!"

„Und dennoch haben Sie es geschafft, ihn in die Arme eines Mörders zu treiben! Bestimmt wollte er sich an Ihnen rächen. Wegen Ihrer frevelhaften Zeichnungen, jawohl!", kreischte Eva sie an. Das Luftgespinst, das sie sich zurechtlegte, hatte sie fest im Griff.

Minnas Blut geriet in Wallung. Hässliche Worte lagen ihr auf der Zunge und es war zu schwer, ihnen zu widerstehen. Sie wollte ihr gehörig Angst machen, den Spieß einfach umdrehen. „In Ihren kleinen Schädel will das wohl nicht rein, was? Jeder hier könnte der Mörder sein. Das halbe Dorf. Ja, sogar Ihr heiß geliebter Paul! Oder was denken Sie, was er im Wald zu suchen hatte?"

Eva machte einen Schritt zurück. „Was sagen Sie da?"

„Ach, verziehen Sie sich einfach und lassen Sie mich meine Arbeit machen! Ich bin mir sicher, dass irgendwo noch ein Haufen dreckiger Wäsche auf Sie wartet."

„Ich –"

„Wird's bald?"

Eva stieß Minna, ohne etwas zu erwidern, zur Seite und verließ überstürzt den Raum. Ihre hektischen Schritte auf der Treppe endeten mit einem Türenknallen. Minna brauchte selbst ein wenig Zeit, um zu realisieren, was sie getan hatte, und seufzte schwer. Maria würde dieser Streit zwischen der Haushälterin und ihr nicht gefallen, und Minna war sich nicht einmal sicher, ob die Art, sich auf diese Weise Luft zu machen, es wert gewesen war.

Minna schüttelte über sich selbst den Kopf, drehte sich zu Paul und fing an, den ersten Verband an seinem linken Arm zu wechseln. Pauls Zustand war unverändert. Zwar heilten die kleineren Wunden überdurchschnittlich gut, dafür brauchten die größeren umso mehr Aufmerksamkeit. Sie nässten und drückten außer gelbweißem Eiter noch klares Wundwasser heraus, in dem auch Tage nach der Reinigung Teile des Waldbodens zum Vorschein kamen. Sie entfernte die Fremdkörper vorsichtig mit der Pinzette und lockerte die Fäden. Wenn sie das Gefühl hatte, dass die Naht durch die Schwellungen den Geist aufgab, dann schnitt sie diese mit der Schere auf und wartete, bis sie abheilten. Eine Fleißarbeit, an die sie sich durch ihre Zeit im Lazarett bereits gewöhnt hatte. In einer Nierenschale neben dem Bett hatte Minna das Spritzbesteck, ein kleines Gefäß mit Natronlauge und eine Ampulle des wertvollen Salvarsans bereitgelegt. Sie zog die Spritze bis zu einer Markierung mit der Natronlauge auf, brach das Köpfchen der Ampulle ab und sie tropfte es vorsichtig in das Salvarsan. Ihre Hände zitterten merklich, und je mehr sie sich darauf konzentrierte, desto länger brauchte sie, um die Mischung anzusetzen. Dabei wusste sie genau, dass das Medikament schnell an der Luft reagierte und sie keine Zeit verschwenden durfte. Sie verwirbelte die beiden Flüssigkeiten und verabreichte nach allen Vorsichtsmaßnahmen das Gemisch in sein rechtes Bein, denn das linke war von der Verletzung unter dem Knie zu sehr angeschwollen, und sie hatte schon jetzt Mühe, die Durchblutung mit Druckmassagen anzuregen.

Minna kam nach allem Wechseln und Untersuchen zu dem Schluss, dass es für heute genug war, und legte eine dünne Decke über Paul.

Von draußen kroch feuchte, frische Luft herein, die ihr guttat. Sie setzte sich an den Schreibtisch, nahm sich eine der französischen Zigaretten aus dem Etui, zündete sie an und blies den Rauch in langen Bahnen über ihrem Kopf aus. Die Stille war auf gewisse Weise unerträglich. Sicherlich konnte sie nicht behaupten, dass sie viel mit Paul geredet hätte, wenn er wach gewesen wäre. Eher hätten sie einander gegenüber gesessen, gelesen und nachgedacht.

Minna drückte die Zigarette im Aschenbecher aus und wusch sich die Hände.

Ihre Gedanken fanden zurück zu dem kleinen Büchlein, das Eva aus dem Schreibtisch genommen hatte. Warum hatte sie darüber Tränen vergossen? Hatte sie etwas entdeckt, das auch für Minna wichtig sein könnte? Es würde ihr selbst nicht gefallen, wenn jemand ihre privaten Sachen durchwühlen würde. Wenn Paul nun allerdings etwas aufgeschrieben hatte, das er ihr über seine Krankheit verschwieg, dann müsste sie dieses Siegel brechen. Ein Blick hinein dürfte nicht schaden, dachte Minna, auch wenn sie damit keinen Deut besser war als Eva. Sie öffnete zögerlich den Schreibtisch und holte das Büchlein hervor.

Die ersten Einträge, die sie las, waren in blauer Tinte verfasst. Der Inhalt der Zeilen drehte sich um die Schule und um Freunde. Namen fielen keine, aber Minna gewann den Eindruck, dass Paul nicht besonders beliebt gewesen sein konnte. Die kurz gehaltenen Abschnitte beleuchteten Streiche, Bestrafungen und eine unerwiderte Jugendliebe. Schlicht und ereignislos geschildert. Dann gab es in dem Journal einen eindeutigen Bruch. Die Schrift wechselte von der eines Schülers in die krakeligen Buchstaben eines jungen Erwachsenen. Statt blauer Tinte hatte er erst schwarze, später rote gewählt. Ab da ergaben die Einträge für Minna keinen Sinn mehr. Sie versuchte sich vorzustellen, wie er Seite für Seite vorlas, aber der Paul aus der Vergangenheit war ihr unerwartet fremd. Beim ersten Eintrag ohne Datum stellten sich ihr die Nackenhaare auf.

In aller Frühe raus. Ohne Messer. Ich wollte es so machen wie er. Mit den Händen. Dieses Mal hätte sie mich beinahe gesehen. Vielleicht ahnt sie schon was. Ich komme mir vor wie ein Landstreicher. Schlafe wieder mehr, aber die Träume bleiben aus. Jedenfalls große Freude, wenn er schreit.

Danach ein weiterer Eintrag.

Am Fluss gewaschen. Musste mich beim Aufschneiden übergeben. So was passiert eben. Habe den Jungen wiedergesehen. Es hat nicht lang gedauert. Hat sich vor Angst in die Hosen geschissen, der Kleine. Mit ihm ist alles leichter. Muss aber aufpassen, dass er mich nicht verpfeift.

Das Journal brach ab.

Minna blätterte alle restlichen Seiten durch, die von einem getrockneten Schmutzfilm überzogen waren, aber es gab keine weiteren Einträge.

Was hatte das zu bedeuten?

Minna legte das Buch vor sich auf den Schreibtisch und sah voller Sorge zu Paul hinüber. Der Unterton der Worte war so brutal, so unmenschlich. Ihr Herzschlag beschleunigte sich. Ihr erster Impuls war, das Buch auf der Stelle verschwinden zu lassen. Am besten verbrennen, damit niemand anderes es fand. Dann aber öffnete sie es ein zweites Mal und las die Einträge erneut. Hatte sie es vielleicht doch falsch verstanden? Es konnte vieles hineingelesen werden. Von der Jagd auf ein Tier oder lediglich einem Ausflug zum Angeln. Nicht auszuschließen, dass ihre Gedanken ihr einen Streich spielten, weil sie die letzten Tage ausschließlich mit dem Schlechtesten im Menschen konfrontiert worden war.

Vorsichtshalber steckte sie das Buch in ihre Schürze und plante, es in ihrem Zimmer vor neugierigen Augen zu verstecken. Ein Problem blieb, denn Eva musste die Einträge gelesen haben. Oder doch nicht? Hätte sie dann nicht härter um das Büchlein gekämpft? Minna atmete einmal tief durch. Eva stellte keine akute Bedrohung für die Ermittlungen dar, befand Minna schließlich und fuhr mit den Fingern am Einband entlang.

Gemieden zu werden, erwies sich seit Marias und Evas Rückkehr als unverhoffter Glücksfall. Minna war der unliebsame Gegenpol, der unerwünschte Eindringling. Jedes Mal, wenn sie den Flur betrat und die Treppe hinabging, hörte sie, wie sich Türen schlossen. Minna war das nur recht. So blieben ihr genug Raum für große

Gedanken und gerade das richtige Maß an Stille, mit dem diese Gedanken nicht überwältigend wurden.

Nach ihrer Pflichtvisite bei Paul machte Minna sich eine kleine Mahlzeit aus den Resten der letzten Tage. Am Tisch wurde ihr von Zeit zu Zeit ein wenig schwindelig und sie wusste nicht, ob es an den kräftezeh-renden Ereignissen lag oder daran, dass es nach wie vor unverhältnismäßig warm für Mitte September blieb.

Mit vollem Magen setzte sie sich in ihrem Zimmer an den Tisch und platzierte die Zeichnungen von Stephan und Martin nebeneinander. Zwischen die beiden legte sie ein leeres Blatt, auf welches sie das Schema von Doktor Sallinger kopierte, das er bei Pauls Untersuchung verwendet hatte.

Überzeugt, dadurch zu einem Ergebnis zu kommen, übertrug sie mit farbigen Stiften die Wunden und verfasste für Art und Muster eine Legende. Blaue Striche zeigten die Verletzungen auf Stephans Körper, rote die von Martin. Am Ende bedeckten die Markierungen den ganzen Körper der Schemafigur.

„Furchtbar", stellte sie unzufrieden fest und vereinfachte das Schema auf einem zweiten Blatt. Nur die größeren Verletzungen fanden ihren Weg in die zweite Darstellung. Je länger sie auf die Zeichnungen starrte, desto willkürlichere Ideen regten sich in ihr. Bei Stephan Bauermann gab es Verletzungen, die ganz eindeutig post mortem entstanden waren. Verglich man diese aber mit denen von Martin Drechsler, war offensichtlich, dass ihm die Wunden noch vor seinem Ableben zugefügt worden waren. Wieso dieser Wechsel? Hatte der Mörder keine Zeit mehr gehabt oder traute er sich auf einmal, bestimmte Dinge am lebenden Opfer auszuführen? Hatte er möglicherweise an den Leichen geübt, was er später noch zur Tortur hinzufügen wollte?

Minna schrieb das Wort ‚Abfolge' auf ein neues Blatt und notierte daneben ‚Zunge entfernt' und ‚Augen entfernt'. Dies waren wichtige Bestandteile für Minna. Doch wieso machte er das? Minna schrieb ‚Schweigen' und ‚Blindheit' daneben. *Menschliche Handlungen finden den Ursprung nicht selten in einem Bedürfnis*, erinnerte sie sich rudimentär an ihre Privatlektüre Freudscher Texte der Psychoanalyse. Demnach musste der Mörder ein Bedürfnis haben, seine Opfer auf diese besondere Weise zu quälen. Aber woraus entwickelte sich das Bedürfnis? Der Krieg fiel ihr ein, aber der konnte verworfen werden. Sich nach einer Rückführung in die Gesellschaft weiter dem Drang nach Mord hinzugeben, passte nicht, denn die Morde hatten schon vor dem Krieg eingesetzt.

Sie griff nach einem neuen Zettel. Jetzt galt es, frisch zu denken, riet sie sich. Alle blinden Flecke mussten ausgemerzt werden. Sie fing bei Maria an, die sich unmittelbar als körperlich untauglich erwies, ebenso Eva. Dann machte sie mit Franz weiter. Was war ein überzeugendes Bedürfnis seinerseits? Ein zorniges Herz konnte so manchen Wunsch gebären, trotzdem scheiterte sie an dem Versuch, aus ihm einen Mörder zu machen. Er hatte einen Teil seiner Jugend unter den Anschuldigungen leiden müssen, Karl Konrad umgebracht zu haben. Karl Konrad, der Name klang noch weiter in ihr. Konnte sie mit Sicherheit verneinen, dass nicht auch der eigene Vater sein Kind umgebracht haben könnte?

Was Paul betraf, besaß er unmöglich das spezielle Wissen, über das der Mörder verfügte und mit dem er sein Werk von vor der Zeit des Krieges fortsetzte. Wie hatte Jacob es ausgedrückt? Es interessierte niemanden außerhalb des Breitbachtals, was hier geschah. Keine Zeitung würde darüber berichten, kein Schreiber sich für einen Artikel hierher trauen.

Es beruhigte sie, Franz und Paul von der Liste streichen zu können. Aber wer war es dann? Wie musste sie sich den Mörder vorstellen? Minna sah ihn vor sich. Groß, grobschlächtig, bereit, sein Opfer niederzuschlagen und fortzuzerren. Oder war er vielleicht doch ganz anders? Unauffällig und schlank, schlug aus dem Hinterhalt zu und schleppte sein Opfer dann ins Versteck?

Das Versteck!

Minna fühlte augenblicklich die Müdigkeit weichen. Mit jedem Bild, das sie sich vom Mörder ausmalte, wuchs ihre Angst. Sie brauchte eine Karte der Gegend – wenn es denn eine gab. Aber hatten das nicht schon andere vor ihr versucht?

Minna machte gedanklich einen Schritt zurück. Sie wollte es anders angehen. Zuerst musste sie die Namen der früheren Opfer herausfinden und einen Blick in die Sterberegister der Dörfer werfen. So konnte sie ausschließen, dass sie irgendetwas übersah. Irgendetwas oder irgendjemanden.

„Ich brauche eine Waffe …“, stellte sie am Ende ihrer langen Liste nicht ohne eine gewisse Scheu fest. Machte ihr diese Einsicht doch klar, dass der Mörder für Minna nicht mehr nur auf einem Stück Papier existierte.

14.09.1919

Der Pfarrer der Markuskirche, Nikolaus Bahlow, war sichtlich perplex über Minnas spontanen Besuch im Gotteshaus. Er stand auf einer Trittleiter und befreite die Kreidetafel, auf der die Passagen fürs Gesangbuch abgelesen werden konnten, von dichten Staubflocken. Er war noch jung für sein Amt und sein Gesicht wies jene naive Freundlichkeit auf, die er über die Jahre wahrscheinlich verlieren würde.

„Sie interessieren sich für die Kirchengeschichte der umliegenden Orte?", wiederholte der Pfarrer überrascht.

Minna holte demonstrativ Block und Stift heraus und zeigte einen halbherzig begonnenen Stammbaum. Mit ihren tiefen Augenringen musste sie wie eine neugierige Eule aussehen. „Ich betreibe nur ein wenig Ahnenforschung. Die Familie meines Vaters, um genau zu sein."

„Aber denken Sie denn, dass Sie hier fündig werden, Fräulein ..."

„Dahl."

„Ah, ja. Ich verstehe." Er kam von der Trittleiter herunter und putzte sich den Staub vom Gewand. „Sie sind der gute Geist, der den Kranken bei der Baronin pflegt, stimmt's? Ich habe Sie seit Ihrer Ankunft in meinen Gottesdiensten wirklich vermisst."

„Ich stehe der Kirche im Herzen nah", log Minna und tat schuldbewusst. „Indes: Sie sind eine eingeschworene Gemeinde, ich nur ein schüchterner Gast."

„Ein Geständnis, das nicht ohne Folgen bleiben wird." Er zwinkerte ihr vielsagend zu. „Damit sind Sie selbstverständlich verpflichtet, bei der Messe für das Hubertusfest zu erscheinen. Die gesamte Gemeinde wird dort sein. Auch, um nach der Treibjagd gemeinsam zu beten."

„Ich werde es mir merken." Dass es eine Treibjagd geben würde, daran erinnerte sie sich aus dem ersten Gespräch mit Victor Konrad. Wie harmlos doch die Welt damals noch erschien. Was allerdings das Hubertusfest sein sollte, blieb ihr ein Rätsel.

„Haben Sie die Kirchenbücher hier oder in einem Archiv?", erkundigte sie sich und sah ihn hoffnungsvoll an.

„Für Mühldorf und Breitbach pflege ich sie hier aufzubewahren. Wir haben mitunter sehr feuchte Winter in der Kirche in Breitbach, weswegen es von den Wänden tropft. Vor allen Dingen, wenn der Fluss zufriert und der Wasserfall sich staut."

„Und die aus Kleintal?"

„Die führt unser Herr Oberstudienrat."

„Jacob Corvinus?"

„Sie kennen ihn bereits?"

„Wir sind Freunde."

Er lachte. „Aber noch keinmal meinen Gottesdienst besucht, das ist ja ein starkes Stück!"

„Das werde ich sicherlich nachholen", entgegnete Minna zuvorkommend.

Der Pfarrer nickte zuversichtlich und rieb sich den Staub von den Händen. „Dann wissen Sie ja zumindest, wo Ihre Recherche in Kleintal weitergehen wird. Ich zeige Ihnen gern die Bücher. Jemand, der mit dem Oberstudienrat befreundet ist, kann sich ja nur als besonders leseerprobt erweisen."

„Sagt seine Frau auch."

„Trude liest sogar noch mehr als er!", erwiderte er munter und zog einen Schlüsselbund hervor, an dem nur zwei Schlüssel hingen. Der Pfarrer schloss eine Tür hinter der Empore auf. Dahinter befand sich ein Raum, nicht viel größer als eine Speisekammer und vollgestopft mit allen möglichen Dingen. Bahlow fischte blind und mit ausgestrecktem Arm, wohl aufgrund der Sammlung von Decken, Kerzen, Leuchtern und Festtagsschmuck vor seinen Füßen, zwei Einbände aus dem Durcheinander.

„Hier müsste ich auch mal wieder Ordnung schaffen."

„Haben Sie keine helfende Hand?"

„Die hatte ich, aber in letzter Zeit ist der Junge unzuverlässig. Er ist früh auf den Beinen und stromert dann zwischen den Dörfern umher."

„Der Junge heißt nicht zufällig Peter Kolkner?"

„Ja. Doch. Wieso?"

„Ich glaube, er bringt Herrn Frauenlob die Morgenzeitung aus Buchhain."

„Da hol mich doch ..." Er schüttelte vehement den Kopf. „Das liegt aber doch hinter der Hauptstraße. Hoffentlich läuft er nur im Hellen. Sie wissen schon. Bei allem, was passiert ist."

„Darf ich?" Minna nahm ihm die Bücher aus der Hand.

„Gern. Wenn Sie einen Platz brauchen, gehen Sie doch rüber an das Schreibpult neben dem Eingang."

Minna folgte seiner Einladung und legte beide Bücher auf dem Schreibpult ab und zwängte sich zwischen die schmale Bank und das niedrige Brett. Hatte sie es ernsthaft Jahre des Lebens ertragen, auf diesen harten Möbeln in der Schule zu sitzen? Sie öffnete das Register von Mühldorf und fing an zu blättern. Die Spalten waren einfach strukturiert. Name, Familienname, Geburtsname, Geburtstag, Todestag. Minna arbeitete sich vor bis zu den letzten Jahren. Der Vorgänger des jetzigen Pfarrers hatte versucht, jeglichen Platz in den Zeilen zu nutzen. Zu Minnas Verwunderung waren seine Einträge beinahe so detailliert wie Zeitungsartikel. Wer er auch gewesen sein mochte, er hatte seine Schäfchen in- und auswendig gekannt. Sehr zu Minnas Begeisterung.

Zufällig fand sie so auch den Eintrag der viel gerühmten Tante Thekla. Thekla Isolde Rotenburg von Pardonner hatte offenbar geheiratet und war nach Stuttgart gezogen. Es gab kein Todesdatum, dafür aber waren Taufe, Firmung und dergleichen minutiös festgehalten worden.

„Wenn du nicht gegangen wärst ...", murmelte Minna gedankenverloren.

„Was haben Sie gesagt?"

„Ach." Minna fuhr ertappt hoch. „Ich habe nur mit mir selbst geredet."

„Falten Sie beim nächsten Mal die Hände, dann können Sie schon mal für November üben." Sein verschmitztes Lächeln strahlte quer durchs Kirchenschiff.

Minna lächelte verlegen zurück und seufzte. Da kam sie nicht mehr raus. Das Hubertusfest war hoffentlich nicht so langweilig, wie es klang.

Sie steckte die Nase wieder in die Chronik und blätterte durch die Seiten. Wo sie schon dabei war, konnte sie ihre angefangene Liste der Familie Pardonner auch gleich ergänzen. Glatt fiel ihr in derselben Sekunde eine andere Frage ein, die sie völlig verdrängt hatte: Wer war Arnold Pardonner? Irgendwo musste der Junge doch zu finden sein! Minnas Augen überflogen konzentriert die Nachrufe. Konnte es denn sein, dass selbst in diesem Buch der Eintrag fehlte? Minna startete einen zweiten Anlauf. Wieder kein Ergebnis. Durch einen Zufall schlug sie am Punkt der Resignation ein Zwischenverzeichnis auf, in dem vorläufig verfasste Einträge zu finden waren. Und endlich – dort tauchte er auf: Arnold David Pardonner war 1896 geboren und 1903 gestorben. Durch einen Unfall, hieß es, auch wenn das Wort unterstrichen worden war und eine geöffnete Klammer dahinter suggerierte, dass jemand die Unfallursache hatte formulieren wollen, es jedoch niemals zu Ende gebracht hatte. Hatte der Verfasser schon geahnt, dass Arnolds frühes Ableben nicht Teil von Gottes großem Plan gewesen sein konnte?

Minna schüttelte sich bei dem Gedanken, dass keiner für den Kleinen eingestanden war und Eberhard zur Rechenschaft gezogen hatte.

Sie ging dazu über, sich zusätzlich die Einträge der Brüder Adam und Christoph zu notieren, und befriedigte damit vorerst ihre Neugier. Es wurde Zeit, sich Wichtigerem zu widmen. Minna blätterte sich rückwärts durch die Seiten, bis sie beim Register mit dem

Buchstaben *K* angelangte. Der Familiennamen Konrad besaß nur wenige Einträge. Sie übertrug den Eintrag von Victors Sohn Karl Konrad in ihre Notizen und tat noch eine Weile so, als wäre sie nicht fündig geworden. Der Pfarrer warf ihr immer wieder interessierte Blicke über die Schulter zu.

„Sie kommen mit Ihren Nachforschungen voran?"

„Wie man es nimmt."

„Sie haben sich ja schon eine Menge notiert."

Minna legte rasch die Hand auf den Zettel. „Ich lasse mich leicht ablenken und notiere alles Mögliche."

„Das muss Ihnen nicht peinlich sein."

„Es ist nicht leicht, sich all die Namen ins Gedächtnis zu rufen, die mein Vater mir mit auf den Weg gegeben hat. Manchmal verschwinden sie einfach im Dunkeln und tauchen dann nach langem Grübeln wieder auf. Ob sie allerdings richtig sind, kann ich nicht sagen. Vermutlich muss ich ihm noch einen Brief schreiben."

„Das ... war eine äußerst lange Erklärung, finden Sie nicht auch?"

Minna sah ihn stutzig an.

Er mochte jung sein, ungefähr Mitte dreißig. Frisch aus dem theologischen Seminar wahrscheinlich. Aber sie wurde das Gefühl nicht los, dass Doktoren, Lehrer und nun auch Priester sie durchblickten wie Glas. Dann musste sie eben ohne weitere Umschweife ihr Anliegen schildern. Waren Pfarrer nicht ohnehin dazu angehalten, zu schweigen? Was hatte sie also zu verlieren?

„Es sind zwei Namen, die ich noch suche. Den dritten kenne ich."

„Zwei bestimmte?"

„Sie werden von ihnen gehört haben. Sie sind unter schwierigen Umständen ums Leben gekommen.“

„Und somit für die Suche nach dem Täter von Belang?“, führte er ihren zögerlichen Satz fort, und auf Minnas Nicken hin spannten sich seine Schultermuskeln an. „Nun ... Ich schlage vor, Sie schauen sich folgende Einträge an.“

Er öffnete eine Seite, glitt mit der Fingerkuppe über das Papier und blieb bei einem Namen stehen.

„Karl Konrad“, bestätigte Minna und zeigte auf ihre Notiz mit seinem Eintrag. „Und dieser hier?“, fragte der Pfarrer.

Minna fing sofort an zu schreiben.

„Bernhard Strobinger. Der Eintrag ist in der Kleintaler Chronik zu finden“, las sie laut vor und nickte Bahlow dann zu. „Danke, ich habe es mir notiert.“

Schweigend blättere er das Kirchenbuch von Breitbach auf und fand den dritten Namen.

„Ingmar Groß“, las Minna vor.

„Das wären dann alle. Über Stephan Bauermann wissen Sie ausführlicher Bescheid, hat man mir zugetragen.“

„Also das ... Wenn Sie vorhaben, mir den Kopf zu waschen, hätten Sie mir nicht helfen dürfen.“

Er winkte ab. „Lassen Sie es gut sein. Wir verantworten uns sonst vor der falschen Instanz.“ Er sog mit einem quietschenden Geräusch Luft an den Zähnen vorbei und sah auf die Flügeltüren des Eingangs, als würde er Besuch erwarten. „Ich bin zwar erst während des Krieges hierher beordert worden, aber in der Nähe aufgewachsen. Ich komme aus einem Ort an der Breitbachmündung. Man könnte sagen, nach gut zwei

Tagen wird dort alles angespült, was der Fluss nicht mehr tragen möchte. Sie sahen so aus, als würden sie dort am Ende des Flusses stehen und auf die Antworten warten. Deswegen helfe ich Ihnen."

Dieses Bild klang keinesfalls hoffnungsvoll.

„Ich versichere Ihnen, Herr Pfarrer, dass das, wonach ich suche, in die richtigen Hände gerät. Ich möchte nur dabei behilflich sein, einen gefährlichen Mann zu fassen."

„Das haben Victor und Jacob auch schon versucht."

„So?"

„Ich habe mir die Geschichte in den ersten Wochen meiner Ankunft im Dorf bei fast jedem Gespräch mit den Gemeindemitgliedern anhören müssen. Man bekommt mit der Zeit ein Gefühl dafür, welcher Teil stimmt und welcher Teil nur erzählt wird, um der Sache einen gewissen Feinschliff zu verpassen." Der Pfarrer lächelte unbeirrt, während er sprach. „Aber jeder auf seine Weise. Der Oberstudienrat soll sich in alle möglichen Ermittlungen und polizeilichen Angelegenheiten eingemischt haben. Bis zu dem Punkt, dass man ihn von den laufenden Untersuchungen ausschloss."

„Wir reden vom gleichen Jacob Corvinus?"

„Hat er Ihnen denn davon nichts erzählt?"

„Nein. Bitte, fahren Sie fort."

Der Pfarrer verlagerte sein Gewicht von einem Bein auf das andere und ignorierte die Möglichkeit, sich neben Minna auf die schmale Bank zu setzen. „Er ist ein guter Mensch, der Jacob. Ich halte große Stücke auf ihn. Aber es stand ihm zu keinem Zeitpunkt zu, Schüler festzuhalten und zu befragen."

„Hat er ihnen Gewalt angedroht?“, erkundigte sich Minna.

„Den älteren Schülern. Und nicht nur angedroht, sondern auch ausgeführt.“

„Das sieht ihm gar nicht ähnlich.“

„Nach dem Mord an Konrads Sohn war er verzweifelt. Konrad und er waren enge Freunde, enger als jetzt zumindest. Der Sohn dazu ein ehemaliger Schüler. Ich hätte nicht in seiner Haut stecken wollen.“

„Müssten Sie nicht an dieser Stelle die Bibel zitieren?“

Er lachte trocken und rieb sich über den Nacken. „Sie sind eine ungewöhnliche Frau, Minna Dahl. Haben Sie vor, eine Beichte abzulegen?“

„Das spare ich mir für das Ende auf.“ Minna schlug vorsichtig die beiden Bücher zu und steckte ihre Notizen ein. „Fürchten Sie sich eigentlich nicht vor dem Mörder?“

„Nein.“

„Weil Sie an Gott glauben oder weil Sie der Pfarrer sind?“

„Sie meinen, dieses Monster würde vor meinem Gewand in Ehrfurcht erstarren? Das bezweifle ich. Und Sie? Fürchten Sie sich nicht?“

Minna horchte in sich hinein. Jagte ihr nicht bei der Vorstellung, jemand könnte ihr bei lebendigem Leib die Zunge aus dem Mund schneiden, der Puls in die Höhe? Rebellierte ihr gesunder Menschenverstand nicht seit dem Tag an, an dem sie von Stephans schrecklichem Ableben erfuhr?

„Ich fürchte mich eher davor, dass er so weitermacht“, antwortete sie schließlich und stand von der Bank auf.

„Man hat mir angeraten, Paul Frauenlob die letzte Ölung zu geben“, bemerkte er beiläufig, als sie im Begriff war, zu gehen. „Aber da Sie hier als seine persönliche Pflegerin vor mir stehen und sicherlich nicht von seiner Bettstatt gewichen wären, wenn es schlecht um ihn stünde, sparen wir uns das Öl vorerst.“

Minna seufzte. „Dieses Dorf hat eine unheimliche Art, Nachrichten zu übermitteln. Paul wird es schaffen“, sagte sie leise und bekam dabei die Zähne fast nicht auseinander.

„Ich bete für ihn.“

„Danke.“

„Und geben Sie auf sich selbst acht!“ Pfarrer Bahlow räusperte sich und bemühte seine Predigerstimme. „Auf Erden ist nicht seinesgleichen. Er ist ein Geschöpf ohne Furcht. Er sieht allen ins Auge, die hoch sind. Er ist ein König über alle stolzen Tiere.“

„Wer ist damit gemeint? Der Löwe?“, fragte Minna.

Er schüttelte den Kopf. „Der Teufel.“

28.09.1919

Durch das Stubenfenster der Familie Corvinus konnte Minna den Rosengarten einsehen. Die Blütenblätter lagen im Gras verstreut wie weißes und rotes Bonbonpapier. Ein überraschender Regenschauer hatte Minna das kurze Stück zwischen ihrer Kutschfahrt und dem Haus erwischt, die Bäume und Blumen um den Ertrag des zweiten Sommers betrogen und endgültig den Herbst eingeläutet. Trude hatte sie an der Eingangstür begrüßt und war so freundlich gewesen, ihr mit Decken, heißem Kaffee und trockenen Kleidern auszuhelfen. Während Minna auf die Rückkehr von Jacob Corvinus wartete, stiegen ihr wohlige Düfte in die Nase, die die Kälte aus ihren Gliedern vertrieben. Trude hatte frisches Hefegebäck im Ofen und kochte gleichzeitig große Gläser Konfitüre ein. Sie pfiff ein Lied, das Minna zwar kannte, dessen Titel sie sich jedoch nicht mehr entsinnen konnte. Das kleine Stück heile Welt, in dem sie sich gerade befand, wurde durch die Geräusche an der Haustür eingerissen. Es waren mehr als zwei Wochen vergangen seit ihrem Besuch bei Pfarrer Bahlow. Unablässig hatte sie sich weiter um Paul gekümmert und war ihren Gedanken nachgegangen. In der Zwischenzeit hatten Corvinus und sie sich nicht gesehen. Der Oberstudienrat war gerade zurück vom Unterricht und hatte es eilig, Mantel und Stiefel auszuziehen und die Treppe hinaufzusteigen.

„Ich habe Sie warten lassen.“

„Nicht im Geringsten“, entgegnete Minna.

„Sie wirken verändert. Haben Sie Neuigkeiten?“, fragte er und machte ein versicherndes Handzeichen, als Minna nervös in Richtung Küche blickte. Offensichtlich sollte sie sich keine Sorgen um Trude machen. „Sie klangen sehr dringlich am Telefon.“

„Ich habe mir Gedanken zum Motiv des Mörders gemacht.“

„Und zu welchem Schluss sind Sie gekommen?“

„Ich habe angefangen, ein Schema zu entwickeln, um die Verletzungen der Leichen zu vergleichen.“

„Zeigen Sie mal her.“ Er nahm die Zeichnungen mit den Vergleichen und nickte anerkennend. „Wenn ich das so anmerken darf, dann hätte man das schon vor Jahren tun sollen. Sie haben einen richtigen Riecher für derartige Dinge.“

Minna sog an ihrer Unterlippe und legte alle Blätter ordentlich nebeneinander. „Der Mörder versucht nicht, zu verbergen, dass es sich um eine Art Ritualität handelt, mit der er vorgeht. Die Reihenfolge der Entstellungen seiner Opfer kann entscheidend sein. Angenommen er verschleppt die Männer zunächst und fesselt sie an einem unbekannten Ort. Dann beginnt er mit den Verletzungen an Armen und Beinen.“

„Ich gehe davon aus, dass er es versteht, jemandem unerträgliche Schmerzen zuzufügen“, bestätigte Jacob.

Minna fuhr fort. „Nach diesen anfänglichen Quälereien hält er sich nicht mehr zurück. Er beginnt damit, die Zunge aus den Opfern herauszuschneiden.“

„Martin muss während dieser barbarischen Tortur wahrscheinlich die Flucht gelungen sein.“

Minna nickte. Das war exakt ihr Gedanke. „Dafür spricht auch, dass er seine Ausführungen bei Martin Drechsler unerwartet abgebrochen hat. Der Schnitt bei Stephan war sehr sauber. Ich habe es nicht explizit in der Zeichnung festgehalten, aber ich kann mich gut daran erinnern. Das schafft er nur, wenn er das Opfer ordentlich fixiert hat oder es reglos ist. Und auch dann kann er sie nicht einfach so herausschneiden."

„Oder er wird mit der Zeit nachlässiger." Jacob griff sich nachdenklich in den Bart und begann eine Strähne zu zwirbeln. „Dass man Stephan gefunden hat und die Männer sich auf die Suche nach ihm machen ... wie fühlt er sich damit? Verfolgt? Beobachtet? Ich glaube, es macht ihn nervös. Die unsaubere Entfernung der Zunge könnte der Hinweis darauf sein, dass er in Eile ist. Zuvor hatte er stets die Kontrolle."

Minna sah ihn nachdenklich an. „Das wird ihn verändern."

„Dann verändern wir uns mit ihm. Wir müssen offen dafür bleiben, dass er anders zuschlägt. Sein Revier wechselt oder die Auswahl seiner Opfer."

„Das bringt mich zu meiner nächsten Beobachtung." Minna holte die Zettel mit den Abschriften aus der Markuskirche heraus und zeigte sie Jacob. „Können Sie mir das Kirchenbuch von Kleintal bringen? Ich suche einen Eintrag zu einem der Ermordeten."

„Nicht nötig. Ich habe die Zahl im Kopf. Sie suchen Bernhard Strobinger, nicht wahr? Er wurde am 24. April 1909 aufgefunden."

„Wann genau ist er geboren?"

„Geboren? Da muss ich doch nachsehen." Er rieb sich irritiert über den Mund, stand auf und ging in die

Bibliothek. Minna hörte ihn kurz mit seiner Frau reden und sie fragte sich, wie viele Stunden oder Tage Trude wohl schon in den Jahren damit hatte zubringen müssen, zu sehen, wie ihr Mann sich mit den Morden befasste? Woher kam ihre unendliche Geduld? War sie es nicht leid?

„Hier ist es“, rief er schon auf halber Treppe zu ihr hoch. „Geboren am 4. August 1864, hier in Kleintal.“

„Ich dachte es mir! Er war damals fünfundvierzig Jahre alt.“

„Er war gerade zum dritten Mal Vater geworden“, ergänzte Corvinus schwermütig. „Inwiefern hilft Ihnen das weiter?“

„Es ist nur eine Idee. Nach Bernhard Strobinger wurde 1913 Ingmar Groß getötet. Er war 41 Jahre alt. Karl Konrad starb laut der Mühldorfer Chronik ein Jahr nach Ingmar Groß. Er war 1879 geboren und somit bei seiner Tötung 35 Jahre alt.“

Jacob Corvinus hörte ihr aufmerksam zu und zählte an den eigenen Fingern nach, was Minna vor ihm ausmalte. Der Ausdruck auf seinem Gesicht verfinsterte sich zusehends. „Stephan war knapp dreißig, Martin Ende zwanzig“, führte er den Gedanken aus. „Das kann kein Zufall sein! Nein. Bedenkt man, dass es so viele alte Leute hier in den drei Dörfern gibt und nach dem Krieg nur so wenige junge ...“

„Dazu kommt, dass die Abstände zwischen den Morden deutlich kürzer werden. Erst dauerte es ganze vier Jahre. Dann nur noch eines. Jetzt sind innerhalb von wenigen Wochen zwei Morde passiert“, erklärte Minna und spürte einen Anflug von Begeisterung, den sie nach außen unterdrückte.

Corvinus war nicht mehr zu bremsen. „Hatten Sie in Doktor Sallingers Klinik einmal mit Patienten auf Entzug zu tun?“

„Manchmal.“

„Wissen Sie, dass die Süchtigen zu ihrem Ende hin immer größere Dosen benötigen, um noch etwas zu spüren?“

„Ja, das weiß ich. Aber wir haben es hier mit einem Mörder zu tun. Man kann doch nicht süchtig nach dem Töten werden.“

„Nicht?“ Er sah sie überrascht an. „Wie können Sie sich da so sicher sein?“

„Was für einen Rausch soll er denn bitte empfinden?“

„Sie haben es doch selbst gesagt! Er hält sich an ein striktes Ritual. Wahrscheinlich bereitet er sich tagelang darauf vor.“ Seine Stimme gewann mit jedem Wort an Sicherheit.

Minnas Puls fing an zu rasen.

„Wenn er sich immer mehr zutraut, dann glaube ich, arbeitet er auf etwas hin. Nur traut er sich noch nicht.“

„Was genau traut er sich nicht?“, fragte Minna.

Jacob erkannte die Faszination in seinen Worten und hielt inne. Er schüttelte den Kopf und entschuldigte sich bei Minna. „Es ist alles sehr viel für einen Tag. Ich bringe Sie jetzt besser zum Gut Pardonner.“

„In Ordnung. Ich lasse besser alles bei Ihnen“, sagte Minna und versteckte zwischen dem Stapel aus Notizen und Büchern das Tagebuch, das sie aus Pauls Schublade entwendet hatte. „Ich möchte nicht, dass jemand die Unterlagen findet und falsche Schlüsse zieht.“

In der Nacht des 28.09.1919

Im nächtlichen Regen fuhr Jacob den Wagen mit zugeklapptem Verdeck vorsichtiger als sonst über die Landstraße, und in der Stille, die sich zwischen ihnen ausgebreitet hatte, war Minna viel Zeit vergönnt, um nachzudenken. Details aus ihren Zeichnungen stiegen aus dem Schutz des Vergessens zurück in ihr Gedächtnis empor. Ihr war etwas entgangen, das mit Stephan zu tun hatte. Nur, *entgangen* war nicht das richtige Wort. Sie hatte es gesehen und dann doch nicht aufgezeichnet. Was genau war es? Das Versäumnis schien zum Greifen nahe, doch immer dann, wenn Minna eine Hand danach ausstrecken wollte, schob sich der Anblick des Guts Pardonner dazwischen.

„Was zum?“, meldete sich Jacob stutzig. „Was ist hier los?“

Ein Dutzend Männer hatten sich auf der Einfahrt eingefunden und die Fenster der Jagdstube waren hell erleuchtet.

„Eine Jagdversammlung? Zu dieser Zeit?“ Minna kniff suchend die Augen zusammen. „Wo ist Victor?“

„Ich glaube kaum, dass die zu Victor gehören. Die sehen eher so aus, als würden sie auf jemanden warten.“

„Auf wen?“ Minna krallte sich nervös in das Leder ihres Sitzes. Eva, die erst versteckt zwischen den anderen gestanden hatte, löste sich aus deren Mitte und zeigte dann anklagend auf das sich ihr nähernde Fahrzeug. „Da ist sie! Komm auf der Stelle raus, Minna!"

„Soll ich umkehren?" Jacob warf ihr einen ängstlichen Blick zu.

„Nein. Hören wir erst, was sie von mir will." Minna kurbelte das Fenster herunter und lehnte sich mit dem Oberkörper hinaus. Der Regen erreichte sie durch das dichte Blätterdach hindurch als feiner Nebel. Sofort benetzte er ihr Gesicht.

„Eva?", fragte Minna überrascht, als sie inmitten der Runde die Haushälterin entdeckte.

„Steig aus dem Auto aus, Minna!"

„Was geht hier vor sich?"

Ein Mann kam angerauscht und langte durch das Fenster hinein. Bevor Minna sich's versah, riss er die Tür auf und zog sie hinaus. Jacob brüllte den Mann an, er solle die Hände von ihr lassen, dieser aber reagierte nicht, und als der Oberstudienrat ausstieg und zu Minna lief, wurde er aufgehalten.

„Sie hat Pauls Tagebuch!", bellte Eva. „Gib es her!"

Minna wurde mit einem Ruck am Arm nach vorn geschleudert. Es war kein Geringerer als Erwin Drechsler, der sie aus dem Wagen zerrte.

„Ich habe das Tagebuch nicht!", rief Minna.

Wut und Abscheu zeichneten furchtbare Masken in die Gesichter der Versammelten.

„Welches Buch, Minna?" Jacobs Stimme überschlug sich, während er ohne Erfolg mit seinen Kontrahenten rang.

„Was willst du mit dem verdammten Tagebuch?“, wollte Minna wissen und fing sich im nächsten Moment eine schallende Ohrfeige von Eva ein.

Evas Hände fuhren durch die Luft. „Wir wollen die Wahrheit wissen!“

„Welche Wahrheit? Wer der Mörder ist?“ Jemand griff nach ihr, aber Minna wich ihm aus und ging einen Schritt auf Eva zu. „Wie naiv bist du eigentlich? Glaubst du wirklich, dass Paul etwas damit zu tun hat?“

Eva ignorierte jedes ihrer Worte. „Ich habe allen erzählt, was du bist, Minna. Eine Leichenschänderin bist du!“

„Was zum Teufel?“ Minnas Blick ging an Eva vorbei in den Garten. Zwei Männer hievten Paul in diesem Moment an Armen und Beinen rückwärts aus dem Haus. „Lasst Paul in Ruhe! Er muss sofort zurück in sein Bett!“

„Wir bringen ihn zur Polizei. Wenn er Widerstand leistet, sind wir in der Überzahl“, antwortete Eva ungerührt. Minna schwante Übles. „Er darf nicht bewegt werden!“ Erneut spürte sie Erwins grobschlächtige Finger um ihren Arm, als sie zu Paul rennen wollte. Der Regen drang durch ihre Kleider, ihre Haut war bereits eiskalt.

„Sie hat recht, Eva!“, meldete sich Jacob zu Wort. „Er stirbt, bevor er eine gerechte Verhandlung bekommt!“

Irgendwas an dieser Bemerkung löste in Erwin eine fatale Reaktion aus. Er stieß Minna zu Boden, ging rüber zu Jacob und rammte ihm seine Faust ins Gesicht.

Minna streckte die Hände nach ihm aus und rief seinen Namen, da folgte bereits der nächste Schlag. „Herr Corvinus!“

„Schnauze! Der Hund hätte nicht einmal den Strick verdient, wenn es nach mir ginge!", brüllte Erwin ihn an, während Jacob gekrümmt zusammensackte.

Minna sah an Eva vorbei, die die Szene, ohne mit der Wimper zu zucken, überblickte. Die Männer hoben Paul auf die Ladefläche eines kleinen Transportwagens. Erwin kam im gleichen Moment an ihre Seite zurück. Er schien noch lange nicht fertig mit ihnen zu sein. Unvermittelt spürte sie einen heftigen Schmerz im Gesicht und dann in ihrem Rücken. Letzterer schickte sie auf die Knie. Sie japste nach Luft und hatte Schwierigkeiten, wieder einzuatmen. Mit jedem Versuch wurde es schlimmer. Sie kauerte sich im regennassen Schlamm zusammen und wartete, dass der Krampf vorüberging. Die Ladefläche des Wagens wurde schwungvoll zugeschlagen, der Motor startete.

Eva bückte sich zu Minna herunter.

„Wo ist das Tagebuch? Ich kann auch dein Zimmer durchsuchen. Dann finde ich es garantiert."

Es hatte keinen Sinn, mit ihr zu diskutieren. Eva hatte jegliche Kontrolle verloren.

Und wo war Maria Pardonner? Wo war die allmächtige Baronin, die auf ihrem Grund und Boden für Ordnung sorgte?

Minna spannte Hals und Schultern an, legte den Kopf in den Nacken und sog gierig Luft durch die Nase ein, sobald ihr Brustkorb es wieder zuließ. Die Welt um sie herum drehte sich, Magensäure stieg ihr die Speiseröhre hoch. Unter schwerem Husten packte Minna Evas Bein.

„Er ist es nicht."

Eva trat ihre Hand fort. „Wer dann? Du hast es selbst gelesen. Er hat jemanden umgebracht, stand da. Wenn wir Pauls Tagebuch gefunden haben, zeigen wir es der Polizei. Die wird sich dann schon darum kümmern."

„Du verstehst das falsch." Minna spuckte etwas auf den Boden, das nach Erbrochenem schmeckte. Der bittere Nachgeschmack des Schleims wollte nicht aus ihrem Mund weichen. „Der Mörder ist der gleiche wie vor vier Jahren. Ich habe Beweise!"

„Beweise?" Evas höhnisches Lachen war schlimmer als ein Schlag ins Gesicht. „Ich glaube dir kein Wort."

„Ich kann es dir zeigen", beteuerte Minna, doch ihre Worte gingen in einem plötzlichen Knall unter.

Hunde bellten.

Männerstimmen fielen übereinander her.

Der Fahrer des Wagens stieg aus, ohne den Motor abzuschalten. Doch auch wenn der Wagen noch nicht abgefahren war, sah Minna Pauls Leben bedroht. Er lag auf dem kalten Metall, ohne Decke, ohne Wärme, mitten im Regen.

Im Lichtkegel des Transporters zeichneten sich die Umrisse weiterer Männer ab. Einer von ihnen hatte eine Flinte in die Luft gehoben, Rauch stieg von der Mündung auf. Das Knirschen seiner Stiefelschritte mischte sich mit dem Knattern des Motors.

Victor Konrad, dachte Minna und versuchte, ihr Gleichgewicht zu finden. Es gab einen heftigen verbalen Schlagabtausch zwischen dem Forstmeister und dem Fahrer des Wagens. Sie bedrohten einander.

Dann, von einer Sekunde auf die nächste, brach ein Kampf aus. Zwischen den Männern, die Paul verschleppen wollten, und den Männern, die der Forstmeister mitgebracht hatte.

„Vorsicht!“

Minna hatte es als Erste gesehen und versuchte Victor zu warnen. Erwin Drechsler rannte zwischen den Kämpfern entlang zu Paul. Wahrscheinlich wollte er Pauls Rettungsversuch schnell beenden. Plötzlich jedoch knickte Erwins rechtes Bein in einem völlig unnatürlichen Winkel ab. Eine Kugel hatte ihn getroffen. Der Schütze aus Victors Reihen ließ seine Pistole sofort fallen.

Victor Konrad ging zum Wagen, hantierte hektisch im Inneren herum und stellte den Motor aus.

In der angebrochenen Stille war das Wimmern des Angeschossenen für eine Weile das einzig vernehmbare Geräusch.

„So weit habt ihr es also wieder gebracht!“, rief Victor völlig außer Atem. Auch er hatte im Handgemenge einstecken müssen. „Ihr schlagt euch die Köpfe ein. Für nichts und wieder nichts!“

„Er ist der Mörder!“, jaulte Erwin und zeigte anklagend auf Paul, der noch immer reglos auf der Ladefläche lag. Ein Wunder, dass er überhaupt noch reden konnte. „Eva kann es beweisen.“

„Ich ...“ Die Haushälterin blickte auf den Boden vor sich und suchte hörbar nach Antworten. „Minna hat Pauls Tagebuch. Da steht alles drin.“

„Was fällt dir ein?“ Victor machte einen Ausfallschritt über Erwin hinweg. „Ihr habt nichts aus der Sache gelernt! Und jetzt verzieht euch gefälligst, bevor noch mehr passiert, was ihr euren Frauen und Kindern beichten müsst.“

Alle schwiegen.

Diese Schlacht hatte niemand gewonnen, das zumindest stand fest. Die Männer halfen sich gegenseitig auf die Beine, trugen Erwin davon, verschwanden ungesehen zwischen den Bäumen und luden Paul vom Wagen ab. Victor selbst brachte ihn zurück auf sein Zimmer und bekam dabei Hilfe von Claudius, der Minna betreten zuwinkte, scheinbar verlegen, dass er sich überhaupt in die Sache hatte reinziehen lassen.

Als Victor wiederkam, waren nur noch Minna, Jacob und August da. Dachte Minna zumindest. Vor den Fensterlinien, die das Jagdstubenlicht auf den Waldboden warfen, zeichnete sich indes eine Gestalt ab, die sie nur allzu gut kannte.

Es war Franz.

Sein Ausdruck war entsetzlich unbewegt. Sie starrten sich an, aber nichts von dem, was er ihr wortlos mitzuteilen versuchte, erreichte sie.

„Minna. Wie geht es Ihnen?" Jacob Corvinus hielt sich dank August gerade so auf den Beinen. „Ist noch alles an Ihnen dran?"

„Mein Rücken hat ordentlich was abbekommen", bemerkte sie kurz, nahm den Blick jedoch nicht von Franz. Wahrscheinlich hatte auch er den Angriff mit angesehen. Wieso war er nicht eingeschritten, als es am dringendsten gewesen war?

„Was ist mit dir, Franz?", fragte Victor, als der sich spontan zum Gehen wandte.

„Ich habe genug gesehen", erwiderte er.

„Willst du denn nicht helfen?"

„Das werde ich“, antwortete Franz. „Ich werde mich um Paul kümmern und dann mal mit ein paar Leuten reden.“

„Mach keine Dummheiten“, belehrte Victor ihn.

„Das sagst ausgerechnet du mir?“, erwiderte er und verschwand durch das Tor in den Innenhof.

Als auch August sich verabschiedete, blieben sie zu dritt.

Minna sah zu Boden und musste vor Verachtung unweigerlich schnauben, als sie etwas Kleines, Weißes zu ihren Füßen entdeckte.

„Was ist?“, fragte Victor Konrad.

Minna tastete mit einem Finger ihren Kiefer ab. „Erwin hat mir einen Zahn ausgeschlagen.“

„So ein Dreckskerl!“

„Nein, ist schon in Ordnung.“ Sie sog tief Luft ein und fühlte eine kühlende Leere an der Stelle, wo sonst der pochende Zahn gesteckt hatte. „Es war der abgebrochene Zahn, den Sie mir eingebrockt haben.“

„Minna, was Eva über das Tagebuch gesagt hat. Stimmt das? Haben Sie es wirklich?“, fragte er und ignorierte ihren Seitenhieb.

„Ich habe es bei Herrn Corvinus untergebracht.“

„Das hätten Sie mir sagen sollen!“, schimpfte Jacob, ruderte jedoch sofort zurück. „Wobei, so ist es wohl besser. Der Inhalt scheint brenzlig.“

Sie nickte, und Jacob zeigte auf seinen Wagen. „Sie brauchen sicherlich erst einmal Ruhe, Minna. In Kleintal könnte ich ein Zimmer für Sie herrichten, wenn es Ihnen lieber ist.“

„Nein.“ Sie verschränkte die Arme vor der Brust und sortierte ihre Gedanken. „Ich will lieber zu Paul und sehen, wie es ihm geht.“

„Dann bleibe ich heute Nacht hier, wenn es Ihnen nichts ausmacht“, bot Victor an. „Nur zur Sicherheit.“

Minna musste bei dieser Bemerkung fast lachen, auch wenn er es todernst meinte. Wahrscheinlich war sie über Umwege doch an die Ehrlichsten und Zuverlässigsten geraten, die dieses Dorf zu bieten hatte. Bei aller Zersetzung von Moral und Sitte, die der Mörder im Dorf auslöste, konnte sie überraschenderweise auf diejenigen bauen, die er bereits vor Jahren bis tief ins Herz erschüttert hatte.

07.10.1919

Minna hielt die Pistole mit wackligen Händen vor sich und versuchte den Bewegungen des Forstmeisters durch das Zimmer zu folgen. Ihre Fingerkuppe hing über dem Abzug, aber sie hatte kein Gefühl dafür, wann genau er sich lösen würde.

Außerdem war ihr Gegenüber schnell.

Viel schneller als gedacht.

Mit einem Schritt rauschte er unter dem Lauf der Pistole durch, schnappte nach ihrem Arm und zog ihn schmerzhaft nach hinten. Die Pistole fiel ihm geradezu in die Hände. Minna spürte die Rundung des Laufs zwischen ihren beiden Schulterblättern.

„Loslassen, bitte!", rief sie ängstlich.

„Wehren Sie sich!", forderte er wütend.

„Ich kann nicht!"

„Los doch!"

„Wie denn?"

„Sie haben nicht abgedrückt", bemerkte er enttäuscht, ließ von ihr ab und gab Minna die Waffe zurück. „Sie müssen sich schon entscheiden. Wenn Sie eine Pistole benutzen wollen, dann müssen Sie diese auch abfeuern. Als Knüppel dient sie in Ihren Händen herzlich wenig."

Minna massierte sich die Nasenwurzel und unterdrückte die Flüche, die sich über den Tag hinweg in ihr angestaut hatten. Es war später Mittag. Durch das geöffnete Fenster strömte frische Luft hinein. Von der Hitze der vorangegangenen Wochen war nicht das geringste bisschen mehr zu spüren, und die Natur war im Begriff, dem Herbst sein Werk aus Wandel und Vergänglichkeit aus den Händen zu nehmen, um es einem vorschnell anrückenden Winter zu überreichen.

Minna zitterte vor Kälte und Anspannung.

„Sie wollten mir zeigen, wie ich damit schieße. Wieso muss ich diese lächerliche Übung über mich ergehen lassen? Mein Arm fühlt sich an, als wäre er in eine Drehmaschine geraten."

„Das habe ich aber doch seit Stunden versucht zu erklären", antwortete Victor Konrad missmutig. „Sie sind keine geübte Schützin. Sie erkennen Ihr Ziel womöglich zu spät. Dann heißt es handeln. Man wird versuchen, Ihnen die Waffe abzunehmen, bevor Sie dazu kommen, Schaden anzurichten. Was dann?"

„Sie könnten mir genauso gut das Manöver von eben zeigen, damit würde ich mich wehrhafter fühlen. So eine Entwaffnung könnte mir auch in Berlin noch nützlich sein."

„Das werde ich noch."

„Versprochen?"

„Versprochen."

„Und wo sollen wir das Schießen üben?", wollte sie wissen. „Das wird doch jeder mitbekommen."

Er schüttelte den Kopf. „Ich kenne genügend Stellen in meinem Forst, an denen wir ungestört sind."

Das ist sicherlich vorteilhaft, dachte Minna zweideutig und erinnerte sich an ihre Notizen über die möglichen Verdächtigen. Weiterhin blieb Victors Name auf dieser bestehen. Sie setzte sich auf einen Stuhl und atmete vorsichtig ein und aus. Der Verband um ihre Brust behinderte ihre Atmung wie ein Korsett. Darüber hinaus roch er nach Salbe und Jod. Ein Geruch, der sie unentwegt an ihre Arbeit in der Klinik erinnerte. „Wollen wir jetzt unter vier Augen reden?"

„Es ist schon spät", gab er ihr zu verstehen.

„Wenn Sie Ihre Versprechen derart halten, lerne ich das Manöver wohl nie."

„Fräulein Dahl ..."

„Ich höre?"

Victor Konrad stand wie angewurzelt da. Ohne Jacke, Hut, Abzeichen, Flinte, Hund und Jagdhorn war er glatt ein anderer Mensch. Jemand, dem man sich nähern konnte.

„Ich habe das Tagebuch selbst gelesen", sagte er unvermittelt. „Jacob und ich haben es mehrmals mit der Schrift von Paul verglichen. Weder die frühen noch die späteren Seiten stimmen überein."

„Gut." Minna versuchte sich die Freude darüber nicht zu sehr anmerken zu lassen.

„Oder auch nicht. Wir wissen noch immer nicht, wer die Einträge verfasst haben könnte. Jacob hat zwar alte Klassenarbeiten durchwühlt, aber es ist quasi unmöglich, die Sauklaue einem bestimmten Schüler zuzuordnen"

„Einen Versuch war es wert."

Er brummte irgendwas, das sie nicht verstand, und fuhr dann fort: „Wir stehen also noch immer da, wo wir seit einer Woche stehen."

War es schon eine Woche her? Minna rieb sich über das brennende Handgelenk. Mit jeder Nacht, die der Hinterhalt auf sie zurücklag, verblassten die Details.

„Aber ich bin froh, dass Sie die Attacke auf Sie so gelassen wegstecken. Geben Sie denen, die sie angegriffen haben, nichts, was ihnen die Genugtuung eines Sieges verschafft", bemerkte er und schaute auf seine Taschenuhr. „Ich muss los. Erwin wird heute wieder aus dem Krankenhaus entlassen und ich werde sicherstellen, dass er nicht direkt nach Mühldorf zurückkehrt. Ich lasse Ihnen die Pistole hier. Geladen."

Minna schaute gebannt dabei zu, wie er die Waffe nach und nach mit Patronen lud. Es schien so einfach. So mechanisch. Kein Wunder, dass es Bruchteile einer Sekunde brauchte, um ein Menschenleben auszulöschen. Dieses Ding war von sich aus so gebaut, dass es beinahe von selbst funktionierte.

„Versuchen Sie damit niemanden aus Versehen zu erschießen, solange ich nicht hier bin."

„Sie tun mir mit Ihrer Hilfe und dem Unterricht einen großen Gefallen. Dass Sie es nur wissen."

Er lachte. Sein erstes richtiges Lachen seit langem. „Ich kenne nicht eine Frau, die eine Pistole besitzt. Aber jetzt überlege ich, meiner Frau eine anzuschaffen."

„Wir sollten zusammen üben", schlug Minna vor.

„Das lassen wir besser sein", antwortete er belustigt. „Nachher schießen Sie mich noch beide über den Haufen."

„Das mit dem Geld für die Pistole erledige ich sehr bald."

„Für die? Dafür schulden Sie mir nichts."

„Das ist großzügig." Minna stand auf, verstaute die Waffe in ihrem Koffer und begleitete ihn die Treppe hinunter bis zur Tür.

„Soll ich Herrn Corvinus etwas ausrichten, wenn ich ihn wiedersehe?“, fragte sie, als er schon ging.

„Nein. Wie gehabt. Wir können nur darauf warten, dass der Mörder einen Fehler macht und sich offenbart. In der Zwischenzeit zerbrechen wir uns die Schädel.“

„Darf ich Sie noch schnell etwas fragen?“

„Gern. Was denn?“

Minna zog die Tür hinter sich zu und stieg eine Stufe die Treppe hinab, damit sie flüstern konnte.

„Die Wochen mit der Frist sind um. Eigentlich geht es für mich zurück nach Berlin. Aber bei Herrn Doktor Sallinger konnte ich schon eine Verlängerung erwirken. Nur ...“

„Sagen Sie schon. Was bedrückt Sie?“

„Glauben Sie, Sie könnten bei Maria ein gutes Wort für mich einlegen?“

Er lachte herzlich. „Sie kommen zu spät, mein Fräulein. Das habe ich längst erledigt.“

Minna sah ihn verdutzt an, aber eine genaue Erklärung für seinen Einsatz blieb er ihr vorerst schuldig.

„Also dann. Guten Tag.“

„Guten Tag ...“

Victor Konrad ging durch den Garten hinüber zur Jagdstube. Er griff sich seine Sachen, leinte Rudolf ab und verzog sich in den Wald. Minna sah ihm mit gemischten Gefühlen hinterher. War er wirklich auf dem Weg zu Erwin Drechsler? Paul und Franz hatte sie als Täter bereits früh ausgeschlossen. Aber was war mit Victor Konrad? Mit seinen Kenntnissen der verschiedenen Jagdwaffen und seinem Zugang in die tiefsten Tiefen der umliegenden Wälder? Und wäre es nicht überaus klug, sich stets in der Nähe derjenigen aufzuhalten, die in dem Mordfall ermittelten? So wie Jacob Corvinus. So wie sie selbst. Dann wäre der Mörder ihnen stets einen Schritt voraus.

Minna behagten diese Gedanken nicht, aber sie waren nicht von der Hand zu weisen. Sie sollte besser anfangen, die neuesten Erkenntnisse für sich zu behalten, bis sich eine wirklich heiße Spur ergab.

Minna ging zurück ins Haus, brachte die Pistole auf ihr Zimmer und versteckte sie in ihrem Koffer. Als sie die Treppe hinab zur Küche ging, sah sie, dass die Tür zur Stube leicht angelehnt war.

„Maria? Sind Sie in der Stube?"

Minna öffnete einen Spalt und schaute hinein.

„Maria?"

Maria Pardonner sah erschrocken auf und erstarrte in der Bewegung. Offenbar hatte Minna sie aus weit entfernten Gedanken gerissen. Maria hielt ein Foto von einem Mann in ihren Händen, den Minna auch aus großer Entfernung erkannte. Es war ihr verstorbener Ehemann, in dessen Anblick sich Marias Augen verloren hatten. Weinte sie etwa?

„Ich komme ungelegen", entschuldigte sich Minna und stand bereits im Flur, als Maria sie zurückrief.

„Setzen Sie sich zu mir, Minna. Wir müssen reden."

„Wenn es um meine Anwesenheit geht", fing sie an, aber die Baronin bedeutete ihr, zu schweigen.

„Ich habe mit Franz über die verstrichene Frist und ihr Dableiben gesprochen. Er war recht nüchtern, will ich meinen. Hat das Geld der Frauenlobs für unseren Aufwand betont, und dass wir es uns nicht leisten könnten, Sie gehen zu lassen. Aber das wäre ein recht lausiger Grund, Sie hierzubehalten, finden Sie nicht auch?"

Minna setzte sich auf das Sofa. Maria verströmte den Geruch von Schnaps und Parfüm. Sie hatte sich in eine Decke eingehüllt und tupfte mit spitzen Fingern die Tränen aus ihren Augenwinkeln. Ihr Blick wanderte die Wand mit den Fotografien ihrer Familie entlang. „Das ist mein Mann. Eberhard Pardonner. Nachdem er gestorben war, lebte ich mit einer unerträglichen Schande und seinen Schulden weiter. Ich mache mir nichts vor, Sie sind in den letzten Wochen vielen Menschen begegnet, die nichts von Eberhard hielten. Sie werden über Arnold Bescheid wissen und auch darüber, wer für seinen Tod die Verantwortung mit ins Grab genommen hat."

Minna konnte nichts entgegnen. Stattdessen hörte sie aufmerksam zu und fühlte, wie der Ballast Stück für Stück von Marias Seele fiel.

„Das Tal war so ruhig geworden nach Eberhards Tod", erzählte Maria weiter. In ihrem Hals schien ein schwerer Kloß zu stecken. „Erst Eberhard, dann die Morde. Manchmal glaube ich, es muss eine göttliche Prüfung sein. Man prüft uns alle. Hin und wieder spüre ich, dass der Teufel hier ganz in der Nähe sein Zelt aufgeschlagen haben muss."

Minna spürte einen kalten Schauer quer über ihren Rücken laufen, das Hämatom zuckte schmerzhaft mit.

„Sie können doch aber fortziehen", schlug Minna ungeachtet der Tragweite ihrer Worte vor.

„Wie denken Sie sich das, Kindchen?"

„Wem sind Sie Rechenschaft schuldig?"

Ihr Blick verfinsterte sich. „Ich werde nach all den Jahren sicherlich nicht fliehen."

„Sie sind kein Soldat."

„Und Sie sind keine Mutter", feuerte Maria zurück.

Schweigend musterten sich beide, bis die Stille unerträglich wurde.

„Sie bleiben", stellte Maria unerwartet fest.

„Maria, ich ...!" Minna suchte nach den richtigen Worten.

„Ihre Dankbarkeit können Sie für sich behalten."

„Sobald Pauls Zustand sich stabilisiert, gehe ich. Wie versprochen", bekräftigte Minna.

„Dann hätten Sie gegen mich und Ihren Doktor verloren. Wäre das nicht ungerecht, Ihnen gegenüber?"

„Was sagen Sie da?"

„Ich sage es so, wie ich es meine. Sie können so lange bleiben, wie es vereinbart war." Ihr Tonfall wurde drängender. „Victor Konrad bürgt für Sie."

„Dann muss ich ehrlich zu Ihnen sein", sagte Minna schweren Herzens. Da war noch etwas, das sie besser nicht verschweigen sollte.

„Ich höre."

„Ich war im Ballsaal", platzte es aus Minna heraus. „Ich bin eingebrochen, es tut mir leid."

Fast schon erwartete sie eine Ohrfeige, ein Geschrei, irgendwas, das als Strafe auf sie niederfahren würde, doch Maria saß einfach dort und sah sie irritiert an.

„Sie haben dort nichts zu suchen, das wissen Sie anscheinend selbst."

„Ich habe dabei Arnolds Sachen gefunden."

„Wie ...?" Maria richtete sich im Stuhl auf und schlug die Decke von sich. „Arnolds Sachen?"

„Die Spielkarte, das Taschentuch."

„Alles, was ich von Arnold noch besitze, ist bei mir im Tresor!"

„Aber dort im Ballsaal –"

„Ich war seit Jahren nicht mehr im Saal, Minna. Ich vermeide es, überhaupt daran zu denken."

„Sie glauben mir nicht?"

„Kommen Sie. Zeigen Sie mir, was Sie gesehen haben."

Maria ging hinüber ins Speisezimmer und zog Minna hinter sich her.

„Bleiben Sie. Ich hole es schnell", sagte Minna vor der Tür angekommen, die Maria öffnete. Sie ging voran, vorbei an den Uniformen, den Gemälden und dem Plunder, griff sich die Schatulle, eilte zurück und öffnete sie vor Marias Augen auf dem Tisch im Speisezimmer.

„Das ist Theklas Schmuckschatulle", hörte Minna sie ehrfürchtig flüstern.

Minna nahm es zur Kenntnis, aber es war ihr nicht annähernd so wichtig, wie das kleine Taschentuch, das sich darin befand. „Hier. Dieses Bündel, das meine ich."

Vorsichtig breitete sie die Dinge nebeneinander auf dem Tisch aus.

„Ich verstehe nicht."

„Sind das die Sachen Ihres Sohnes?"

Maria Pardonner nahm die Spielkarte mit dem aufgemalten Gesicht zwischen ihre zittrigen Finger. Jedes für sich betrachtend sammelte sie die Steinchen, den Knopf, die Muscheln und das Taschentuch vom Tisch. Hielt alles in den Händen fest, drückte es an ihre Brust und seufzte.

„Hat Franz die dort reingelegt?“, wollte Maria wissen.

Minna zuckte mit den Achseln. „Ich weiß es nicht.“

„Wer sonst würde dort etwas vor mir verstecken?“

Minna streichelte ihr über den Rücken. „Er wird seine Gründe haben.“

„Minna ... ich glaube nicht, dass –“

In diesem Moment knallte die Vordertür im Haus zu. Maria sah Minna mit aufgerissenen Augen an.

„Was ist?“, wollte Minna wissen. Offensichtlich hatte Maria eine plötzliche Ahnung, die über den Fund hinausging, doch es blieb keine Zeit mehr, Minna daran teilhaben lassen. Die Baronin schnappte sich die Schatulle und verschwand damit in dem Ballsaal. Minna wollte ihr noch sagen, wo genau sie hingestellt werden musste, doch da stand Franz bereits in der Tür.

„Minna?“

„Franz!“ Sie ging auf ihn zu. „Du bist früh zurück.“

„Wieso klingst du so überrascht?“

„Ich ...“

Franz kam in das Speisezimmer und sah den geöffneten Ballsaal. „Was machst du da?“

„Die Tür stand offen“, stammelte Minna unüberlegt.

„Minna, Liebes?“, rief Maria Pardonner mit einem Mal aus dem Ballsaal zu ihr heraus. „Ich glaube, ich habe das Kleid gefunden!“

„Ist Mutter da drin?“, fragte Franz verblüfft und ging an ihr vorbei.

„Ich ... wir suchen nach einem alten Kleid“, sagte Minna aus heiterem Himmel.

„Minna?“ Maria Pardonner kam wie gerufen durch die Tür. Sie hielt ein eingestaubtes weißes Kleid in den Händen. Es war wunderschön, selbst für ein löchriges

Stück Stoff, an dem die Hälfte der silbern glänzenden Fäden sich bereits gelöst hatte. „Oh, Franz!"

„Mutter! Du bist ja ganz eingestaubt." Er wischte ihr über das Haar. „Und außer Atem bist du auch."

Maria schwellte stolz die Brust. „Ein wenig Anstrengung hat noch niemandem geschadet, Franz. Außerdem habe ich dieses Schmuckstück hier gefunden." Maria lachte heiter. „Schau nicht so, Franz. Ich bringe es ja schon wieder zurück. Es war nur ein kleiner Spaß unter Frauen."

„Lass nur." Er nahm es ihr aus den Händen, ohne dass sie etwas erwidern konnte. „Ich räume ein wenig auf."

„Lass Eva das machen."

„Wenn ich dir doch damit zur Hand gehen möchte. Es ist nur eine Kleinigkeit."

„Ruh dich nur aus, Franz. Der Tag im Sägewe–"

„Ich habe gesagt, *ich* werde aufräumen!", brüllte er sie ungehalten an und presste dann die Zähne aufeinander. Als Maria folgsam nickend an ihm vorbeizog, schnappte sie sich Minnas Arm und zog sie in den Flur. Ihre Finger klammerten sich dermaßen um ihr Handgelenk, dass es schmerzte. Dann fing sie an zu weinen und drückte ihr Gesicht an Minnas Schulter, kaum dass sie die ersten Schritte die Treppe hinauf machten.

„Er ist es nicht", flüsterte Maria zäh, als würde dieser Satz niemals an die Luft gehören. „Es sind nicht Arnolds Sachen ..."

Minna schwieg.

Sie sah die Treppe hinab und lauschte auf die Geräusche, die Franz machte. Erst auf der letzten Stufe angekommen sanken Marias Worte langsam in ihr Bewusstsein, jedes für sich. Sie war umgeben von ausgestopften Tieren, aufgehängten Schützenscheiben, Trachten, Pfeifen. Die Männer in diesem Haus hatten zeit ihres Lebens die Trophäen ihrer Siege und Errungenschaften gesammelt und der ganzen Welt gezeigt. Nur einer nicht.

Franz hatte seine Trophäen vor den Blicken der Welt zurückhalten wollen. Es war Minnas eigener Fehler gewesen, anzunehmen, dass es Arnolds Sachen in der Schatulle waren. Das wurde ihr in dem Moment klar, als Maria den Tresor in ihrem Schlafzimmer öffnete und ihr die Andenken ihres Sohnes aufs Bett legte. Fahrige Finger suchten in dem Haufen aus Münzen, Lederschnüren und Glasperlen nach Antworten. Maria zu sagen, dass das Katzengold, der Knopf und die Spielkarte vielleicht nur Zufallsfunde waren, die er aufbewahrte, damit hätte Minna sich glatt selbst betrogen. Die Angst, die in Franz' Augen geschrieben stand, als er Minna vor dem offenen Ballsaal vorgefunden hatte. Die unbändige Wut in seinen Worten, dass er sich allein um die Ordnung kümmern würde ... das war nicht mehr der reumütige Mann, der sich im Schuppen für sein Verhalten entschuldigt hatte. Ein kalter Schauer lief ihr über den Nacken, als das Rätsel sich allmählich vor ihr entblätterte.

In der Nacht des 07.10.1919

Minna war nicht von Marias Seite gewichen, bis diese am Abend unter Tränen eingeschlafen war. Sie hatten zuvor nur wenige Worte gewechselt, sich dabei von Zeit zu Zeit eingeredet, dass jeder noch so grausame Verdacht eben nur ein Verdacht sei und sie keinerlei Beweise außer denen in der Schatulle hätten. War Franz der Mörder? War er es nicht? Wohnte der Teufel womöglich nicht tief im Wald, sondern hatte hinter dem Gut einen Schuppen, in dem er seinen Opfern die Augen auskratzte? Unsinn, dachte Minna bei sich, das hätten alle auf dem Hof hören müssen! Sie saß wie ein aufgezogenes Blechspielzeug neben der Tür in Marias Schlafzimmer und ließ ihre Finger nervös auf den Kniescheiben tanzen. Was wusste Franz von Minnas Nachforschungen? Was hatte sie ihm alles erzählt? Sie wusste es nicht mehr genau, auch wenn sie sich einbildete, ihm so wenig wie möglich verraten zu haben, könnte er aus der noch so kleinen Information seine Schlüsse ziehen. Wann hatten sie sich getroffen? Wann die Schichten für Pauls Pflege ausgemacht? Was hatte sie ihm dabei gesagt? Manchmal stand Franz in ihrer Erinnerung einfach neben ihr, hörte dem Theater zu, das aus Mühldorf ein Irrenhaus gemacht hatte. Genoss er die entsetzten Gesichter? Dirigierte er heimlich die

Streitigkeiten und Schlägereien, in die er selbst wie zufällig hineingeraten zu sein schien? Minnas Stirn war schweißnass vor Überlegungen.

Es war spät in der Nacht, als Geräusche aus der Küche sie aus ihrer Starre rissen. Sie war hungrig und ihre Muskeln steif vor Reglosigkeit. Mit einem Ohr an der Tür lauschte sie in den Flur hinein und drückte dann vorsichtig die Klinke herunter. Ein zappelndes Licht bewegte sich durch das Speisezimmer, jemand war im Ballsaal. War es immer noch Franz, der nach Spuren suchte? Oder war er dabei, Beweise verschwinden zu lassen?

Die Vorstellung ließ Minna alle Vorsicht vergessen.

Das durfte nicht passieren! Dieses Mal würde er nicht wieder hinter seiner eisernen Maske verschwinden. Wenn er wirklich der Mörder war, dann musste sie ihn stellen. Sie versuchte Maria zu wecken, doch die war so tief in den Schlaf gesunken, dass sie nicht einmal zuckte, als Minna sie nachdrücklich schüttelte.

So leise wie möglich huschte Minna aus dem Schlafzimmer der Baronin in ihr eigenes und holte die Pistole aus dem Koffer, dann schlich sie die Treppe hinunter und blieb vor der Tür des Speisezimmers stehen.

Tatsächlich, jemand regte sich.

Kisten wurden geöffnet und geschlossen, das Licht für einige Momente lang bewegt und dann wieder abgestellt. Minna umklammerte die Waffe und schaltete beim Betreten des Speisezimmers das Licht an.

„Franz?“

Das Rumpeln hörte auf, das Licht erlosch.

Minna brachte allen Mut auf, um ihre Stimme ruhig klingen zu lassen. „Bist du noch dabei, aufzuräumen?“

Ein Schnaufen, dann ein Stöhnen.

Das metallische Klirren von etwas, das am Boden entlangschabte. Minna spürte das Blut in ihren Fingern gegen den Griff der Pistole pochen. Sollte sie die Waffe lieber vor ihm verstecken? Ihn in Sicherheit wiegen? Sie entschied sich, abzuwarten.

Die Schritte kamen näher.

Keine Schritte eigentlich, eher ein unbeholfenes Schlurfen. Sie hatte nicht mit dem Anblick gerechnet, der sich ihr von einer Sekunde auf die andere bot. Aus dem Schatten des Ballsaals trat ein abgemagerter, kreidebleicher Paul. In der linken Hand pendelte eine Laterne, mit der rechten Hand umklammerte er seinen Bauch.

„Paul ..."

Minna ließ die Waffe sinken. Wären da nicht die vergangenen Wochen gewesen, hätte ihr die Erleichterung wohl die Tränen in die Augenwinkel getrieben. Minna ging einen Schritt auf ihn zu und betrachtete seine Züge. Er starrte an ihr vorbei ins Leere wie damals auf der Wiese, auf der er ihr zum ersten Mal schlafwandelnd begegnet war.

Doch etwas stimmte nicht. Paul schien kurz auf sie reagiert zu haben, als sie nach Franz gerufen hatte. Auch hatte er das Licht gelöscht.

Minna hob die Waffe erneut und richtete sie auf ihn.

„Du bist wach, habe ich recht?"

Zunächst zeigte Paul keine Regung, doch als Minna ihre Worte wiederholte und dabei einen Schritt nach vorn machte, die Waffe mit beiden Händen auf Paul gerichtet, blieb er stehen und hob vorsichtig die Hände.

„Du verdammtes Arschloch!“ Ihre Stimme war gebeutelt vor Wut. „Du hast mich die ganze Zeit reingelegt.“

„Minna“, flüsterte er vorsichtig, als wollte er sie nicht erschrecken. „Nimm bitte die Waffe runter.“

„Wieso sollte ich?“, fauchte sie zurück.

„Weil du damit den Falschen erschießen könntest ...“

Minnas Muskeln waren bis aufs Äußerste angespannt und zitterten vor Aufregung. Sie drückte die Arme bis zum Anschlag durch, aber der Pistolenlauf fing an, nach links und rechts auszuschlagen.

„Was hast du im Ballsaal gesucht?“, fragte Minna schnaubend.

„Ich kann dir alles erklären“, setzte er an, „wenn du dich beruhigt hast.“

„Mach es mir leichter und rück mit der Wahrheit raus.“ Minnas Finger wurden taub und ihre Schultern schmerzten. Wie lange würde sie das noch aushalten, die Waffe so auf ihn zu richten?

Paul machte einen Schritt zurück, als er erkannte, dass Minna nicht nachgeben würde. Er klang nervös. „Wenn du spürst, wie sich deine Finger verkrampfen, musst du die Waffe senken. Bitte.“

„Es ist –“

„Bitte, Minna! *Ich* bin hinter dem Mörder her. Du hast nichts mit der Sache zu tun. Hattest du nie.“

Hätte sie länger mit der Waffe im Anschlag gestanden, hätte sie ihn womöglich tatsächlich erschossen. Aus Versehen. Doch Minna ließ endlich ihre Arme sinken und spürte, wie das Blut zurück in die Gefäße rauschte. Sie ließ Paul nicht aus den Augen.

Diesen schien die Situation sichtlich mitzunehmen. Statt sich ihr zu nähern, zog er behutsam einen Stuhl heran und setzte sich unter rasselndem Atem. Dichte Schweißperlen standen ihm auf der Stirn. „Du hast eine Pistole?“

„Lenk nicht ab! Du hast mich belogen!“

„Ich musste das tun“, verteidigte er sich und schlang seine Arme um den Bauch. Wahrscheinlich litt er furchtbare Schmerzen bei jeder Bewegung. Dass er überhaupt laufen konnte, grenzte an ein Wunder. Plötzlich sah er sie mit einer erschreckenden Klarheit an. „Du bist ebenfalls hinter Franz her.“

„Du weißt es?“

„Ich weiß es seit langem.“

Es überraschte Minna weitaus weniger, als sie erwartet hätte. „Wieso? Wieso hast du uns nichts erzählt?“

„Ich war ihm schon zum Greifen nahe, Minna. Ich hatte den Bastard so gut wie überführt.“ Er keuchte und wischte sich die Stirn mit dem Ärmel ab. „Franz hat keine Ahnung, dass ich ihm auf die Schliche gekommen bin.“

„Aber ... dann wusste er es spätestens nach der Nacht, als man dich gefunden hat“, korrigierte Minna. „Du und Martin in unmittelbarer Nähe? Er wird sich seinen Teil gedacht haben. Wieso hat er dich also nicht umgebracht?“

„Einen Scheiß weiß er.“ Paul lachte dreckig. „Ich habe nicht nur vor dir so getan, als würde ich schlafwandeln. Franz hat mich mehrmals schon eingesammelt, aber es dir nie verraten. Das hätte nämlich geheißen, dass er sich nachts draußen rumtreibt.“

„Du bist ihm gefolgt?“

„Bis ich ihn mit Martin gefunden habe, ja. Zwei Tage musste ich darauf warten, bis ich an die Stelle zurückkehren und Martin befreien konnte“, fuhr er fort und versuchte, aufrecht sitzen zu bleiben.

„Martin ist tot.“

„Oh.“

Minna schloss die Tür hinter sich und behielt die Fenster im Auge. „Du kannst mir also mit absoluter Gewissheit sagen, dass er es ist?“

„Ich kann zumindest einen fundamentalen Beweis beisteuern, wenn du das meinst. Etwas über die früheren Morde, vor dem Krieg. Er hat alles in seinem Tagebuch notiert, aber irgendjemand hat es gestohlen.“

„Sein Tagebuch?“, fragte Minna verstört und umklammerte reflexartig die Waffe fester. Die Taubheit zog wieder ihre Arme hinauf. „Ich dachte, es wäre deines.“

„Meines?“ Er sah sie sprachlos an.

„Ich dachte ... ich ... man wollte dich der Polizei vorführen. Eva dachte, das Tagebuch wäre deines. Ich selbst dachte es auch. Deshalb habe ich ...“, stammelte sie verwirrt. „Woher hast du es? Wieso war es in deiner Schublade? Ich bin mir sicher, dass Eva es dort herausgenommen hat!“

„Eva?“

Natürlich. Er erinnerte sich nicht. Minna hatte das Gefühl, dass alles, was sie sagte, in eine schauerliche Leere fiel. Woher sollte Paul nach all den Tagen im Bett auch wissen, was in der Zwischenzeit passiert war?

„Woher hast du es also?“, erneuerte Minna die wirklich wichtige Frage.

Pauls spröde Lippen blieben für einen Moment offen stehen, dann schloss er die Augen. „Ich habe es ihm an der Front gestohlen.“

„Wie soll ich das verstehen? Wieso hast du es ihm gestohlen?“ Ungläubig schüttelte Minna den Kopf. Baute er doch wieder ein Lügengebilde auf? War sie auf seine bemitleidenswerte Verfassung hereingefallen?

„Minna ... Franz hat damals meinen besten Freund getötet.“

„Was?“

„Er hat ihn nachts in der Sappe abgestochen. Einfach so.“

Stille breitete sich nach diesem Satz zwischen ihnen aus. Pauls Blicke wurden glasig, er rieb sich hastig über die Nasenwurzel und kniff die Augen zu. Es war das erste Mal, dass er es erzählte, das spürte Minna in jedem seiner folgenden Worte.

„Ich habe ihn dabei beobachtet. Wie ein wildes Tier hat er ihn beim Pissen abgeschlachtet. Wir waren seit Stunden unter Beschuss. Es gab nur das Mündungsfeuer und die Explosionen, sonst kein Licht. Ich habe jedes einzelne Bild von Thomas’ Ende hier drin.“ Er tippte sich gegen den Schädel.

„Wieso hast du ihn nicht festnehmen lassen?“

„Das wollte ich“, beteuerte er und sah sie hilflos an. „Alle meine Vorgesetzten waren tot. Etliche Tage später mussten wir von unserer damaligen in eine zurückliegende Stellung kriechen, um neue Order zu erhalten. Also bin ich allein los, weit weg von meiner Truppe. Das war ein Fehler.“

Ein leiser Fluch kam ihm über die bebenden Lippen. „Ich hätte ihn einfach erschießen sollen, als ich die Gelegenheit dazu hatte. Aber ich war zu feige.“

„Dann hat er also dich gerettet, nicht du ihn?“

„Es war alles so unwirklich", keuchte Paul wütend. „Ich kroch durch den Schlamm, wurde angeschossen, dann kommt ausgerechnet dieser Kerl. Lächelt mich an, als wäre er der große Heiland. Ab da wusste ich, dass er keine Ahnung hatte. Weder davon, was ich gesehen hatte, noch davon, dass ich es melden wollte. Unsere Truppe war so frisch zusammengewürfelt worden, er kannte niemanden von uns näher, wusste nicht, wie ich zu Thomas stand."

„Und dann?" Minna konnte den Blick kaum von seinen Augen abwenden.

„Dann hat er mich in die nächste sichere Stellung gezogen, wurde als Held gefeiert, und man hat uns ins gleiche Lazarett verfrachtet. Noch am gleichen Abend ist mir sein Tagebuch in die Hände gefallen."

„Du hättest es jemandem sagen sollen."

„Was denn? Dass mein von allen Seiten gefeierter Lebensretter ein eiskalter Mörder ist? Wer hätte das damals wohl geglaubt?"

„Ich verstehe aber immer noch nicht, wieso Franz die Geschichte umgedreht hat."

Paul schnaubte verächtlich. „Weil er einen Freund brauchte. Weil er einsam war. Er selbst schlug vor, seine Mutter anzulügen, damit sie mir von Anfang an gewogen war. Du glaubst doch nicht, dass die Baronin sonst einen Invaliden in ihre heiligen Hallen aufgenommen hätte?"

„Nein. Ein Freund für ihren verlorenen Sohn dagegen, kam ihr wahrscheinlich gerade recht." Minna drückte den Rücken durch. „Du hättest es dennoch jemandem sagen sollen! Victor oder Jacob oder ... sonst wem!"

„Das ist doch lächerlich! So einfach ist das nicht."

„Ach nein?"

Er schüttelte den Kopf und fletschte die Zähne vor Schmerzen. „Ich brauche mich nicht vor dir zu rechtfertigen. Du hast die Menschen hier erlebt. Das Tagebuch allein beweist nicht genug! Ich wusste ja selbst nicht einmal mehr, ob das, was ich an der Front gesehen hatte, wahr ist. Wie hätte ich es da jemand anderem beweisen sollen?"

„Stephan und Martin wären jetzt vielleicht noch am Leben, hättest du es irgendwie versucht."

„Ich habe Martin doch befreit, zum Teufel! Der Idiot hätte *mich* beinahe umgebracht!" Er zeigte an sich herab und tastete an einer Stelle des Verbandes nach. „Ich hab ihn losgemacht, da hat er sich mein Messer geschnappt und ist auf mich los."

„Wo war das?", fragte Minna.

„Ich weiß es nicht mehr genau."

„Wieso nicht?"

„Weil ich einem kleinen beschissenen Licht in der Dunkelheit gefolgt bin", blaffte er sie an. „Außerdem erinnere ich mich nur noch an den Kampf, aber an kaum ein Detail davor. Da sind nur wirre Bilder, die nicht zusammenpassen. Die Erinnerung setzt erst wieder ein, als Martin Blut gespuckt hat. Ich will ihn gerade befreien, da versucht er, mich abzustechen."

„Du –"

„Sag es ruhig! Ja, ich habe versagt! Ich habe dieses Schwein auf freiem Fuß gelassen."

„Nein. Das wollte ich nicht sagen. Ich wollte sagen, dass du es immerhin versucht hast." Minna ging zu ihm rüber und legte ihre Arme um ihn. Sie wollte Paul nicht mehr verhören, sie versuchte ihn vielmehr zu verstehen. Sie legte ihre Wange an seine schweißnasse Stirn und atmete aus.

„Ich wollte das Richtige tun", beschwor er sie. „Für Thomas."

Minna schossen Tränen in die Augen.

Ja.

Das war am Anfang vielleicht der Fall gewesen.

Doch dann war Paul dem gleichen Rachedurst erlegen wie Victor und Jacob. Ein Rachedurst, der nicht nur blind, sondern stumm machte. Weil eine gerichtliche Verhandlung den Rachedurst nicht hätte stillen können, weil der Drang nach Vergeltung zu persönlich war. Nur der grausame Tod des Mörders wäre eine gerechte Strafe, eine wahre Genugtuung.

Aber Minna würde das hier und jetzt beenden.

Für immer.

Sie gab Paul einen flüchtigen Kuss auf die Stirn und spürte seine Finger um ihr Handgelenk, wie sie kraftlos versuchten, sie aufzuhalten. Seine warnende Stimme versank in einem Meer aus rauschenden Wellen des Adrenalins. Sie dröhnten bereits aus der Ferne wie anrollende Züge und prallten als feste Schläge ihres Herzens gegen die Brust, wenn sie ausatmete. Die Pistole hatte den Weg in ihre Hand gefunden, wie der Zeichenstift es an allen anderen Tagen getan hätte.

Dumpfe Schritte auf den federnden Treppenstufen.

Der Geruch gelöschter Kerzen.

Der Luftzug im Flur, der ihr die Strähnen aus den Haaren fegte, als sie hindurchhastete. Das Knarzen der Tür, als sie diese aufriss und auf das fremde Bett zielte.

Zwei Schüsse barsten durch den Raum. Das Mündungsfeuer blendete Minna wie der Blitz einer Kamera und der Rückstoß hebelte ihr fast die Pistole aus den Händen, während die Kissenfedern durch die Luft stoben.

Sie hatte nicht getroffen.

Weil es nichts zu treffen gab.

Maria schrie, Paul schrie. Doch ihre Schreie waren vergebens. Minna blickte in die schwarzen Umrisse eines verlassenen Raums. Die Schranktüren standen offen, Schubladen lagen durchwühlt am Boden. Das Fenster war weit aufgerissen und ein frostiger Wind vertrieb die letzten flüchtigen Gerüche, die an Franz erinnerten. Als sei er vor einer Sekunde noch dagewesen.

Minna rannte ans Fenster und spähte hinaus. Der Innenhof lag ruhig da, niemand war zu sehen. Er musste geahnt haben, dass er mit seinem Wutausbruch vor dem Ballsaal seine Deckung verlassen hatte. Wäre er geblieben, hätte sie seinem Leben ein Ende gesetzt. Minna jagte einem Schatten hinterher, der ihr immer einen Schritt voraus war.

Das war's. Weiter würde sie nicht kommen.

Nicht, ohne ihr eigenes Leben aufs Spiel zu setzen.

10.10.1919

In dieser Nacht hatte Minna kaum ein Auge zugetan. Sie hatte Paul auf ihr eigenes Zimmer geschickt und in Marias Zimmer genächtigt. Am nächsten Morgen plante Minna, einen kühlen Kopf zu bewahren und früh Richtung Kleintal aufzubrechen, um dort mit Jacob die nächsten Schritte zu besprechen. Er war der Einzige, dem sie sich anvertrauen konnte, ohne dass die Lage weiter eskalierte. Victor würde eher den gesamten Forst abbrennen, als dass er es zuließ, Franz entkommen zu lassen.

So stand Minna mit zitternden Knien im Morgennebel in der Nähe des Posthauses und wartete auf einen Vorbeifahrenden, der sie mitnahm. Ein Viehzüchter und dessen Sohn halfen ihr aus und nahmen sie auf ihrem Wagen ein Stück mit, bis ihr Weg sich trennte. Den Rest lief sie allein bis nach Kleintal, das müde im silbernen Licht dalag und sich scheu vor Minnas Blicken zurückzog. Ihr ging es nicht anders. Sie begleitete die nagende Angst, dass Franz ihr gefolgt sein könnte und im Nebel auf sie wartete. Ständig sah sie sich um, blieb an Häuserecken stehen und lauschte, bog dann eilig in schmale Gassen ab. Allerdings: Wenn er gewollt hätte, bläute sie sich ein, hätte er sie schon längst verschwinden lassen können.

Die krummen Finger der verblühten Rosen neigten sich im Vorgarten der Schule bis zum Boden. Minna schellte an der Vordertür. Das Geräusch der Klingel ließ einen Schwarm Krähen im Hinterhof aufsteigen und mit lautstarken Beschwerden in den Nebelschwaden verschwinden.

Sie war eindeutig zu früh. Niemand würde zu solch gottloser Zeit die Tür öffnen. Doch sie musste um jeden Preis mit Jacob reden, also schellte sie erneut.

Im Haus regte sich nichts. Kein Licht ging an, keine Gardine wurde geöffnet. Der Saum von Minnas Kleid sog sich an der Nässe der Wiesengräser voll, während sie vor den Fenstern auf- und abging. Irgendwann versuchte sie es einfach und drückte die Klinke herab. Dass die Haustür sich öffnen ließ, machte sie stutzig.

„Hallo, Herr Corvinus? Frau Corvinus? Ich bin es, Minna."

Sie schloss die Tür hinter sich, trat die Schuhe an der Bastmatte vor dem Schuhregal ab und wartete. Es war kalt im Haus. In der Luft hing der Geruch von Bratfett und saurer Milch. Wenn sie schon hier war, dachte Minna, dann konnte sie auch gleich hinauf und beide wecken. Der Notfall würde ihr recht geben. Sie zog ihre Schuhe aus und hängte ihre Tasche über den geschnitzten Kopf des Treppengeländers. Sand knirschte unter ihren Zehen, als sie die Treppe erklomm und den verwinkelten Übergang zum Arbeitszimmer erreichte, in dem sie manchmal zum Kaffee gesessen hatten, weil die Akten auf seinem Schreibtisch keinen Platz für das Service übrig ließen.

„Hallo? Jacob ...?"

Niemand antwortete.

Minna blickte durch ein sperrangelweit geöffnetes Fenster hinaus auf die weißen Fetzenwolken über dem

Breitbachtal. Der kalte Wind trieb die Wolken zwischen den dürren Tannenstämmen und Felsen hindurch, bis ihr Schleier sich am Fensterglas niederließ.

Die Glut im Ofen war längst erloschen, doch der Geruch von Bratenfett hielt sich auch hier beharrlich. Zögerlich wagte sie einen Schritt in das schlecht beleuchtete Zimmer hinein und kniff die Augen zusammen.

Dann sah sie ihn.

Seine Silhouette schälte sich kaum aus der düsteren Ecke. Das nasse Haar klebte ihm an seinem markanten Schädel, das Kinn ruhte auf seiner Brust. Jacob war an einen Stuhl gefesselt und jeder helle Fleck seiner Haut war blutverschmiert.

Minnas erster Impuls, zu ihm zu rennen, wurde ihr von ihren Beinen versagt. Sie stand wie festgefroren am Fleck und betrachtete das Bild, das Jacob abgab, als wäre er nur ein Detail in einer beispiellosen Szenerie. Atmete er? Sein Brustkorb regte sich nicht. Seine Finger griffen starr in das Seil, das ihn aufrecht an der Lehne hielt. Der Kampf, der stattgefunden haben musste, breitete sich mehr und mehr vor ihrem inneren Auge aus. Umgestürzte Regalböden, zerbrochene Bilderrahmen, heruntergerissene Vorhänge. Sie zeugten von einer energischen Gegenwehr, die jäh in der hinteren Hälfte des Raumes geendet hatte.

Aber wenn Jacob hier war, wo war dann Trude?

Der Gedanke löste das bleierne Gefühl in ihren Beinen, die Vernunft übernahm die Kontrolle. Minna ging eilig durch eine Seitentür ins angeschlossene Schlafzimmer. Getrieben von einer unsäglich kleinen Hoffnung, dass es für Jacobs Frau noch nicht zu spät war.

Trude aber lag in ihrem Bett, das Kissen noch ins Gesicht gedrückt. Ihre Finger hatten sich zu Krallen geformt, die an schlaffen Gliedern hängend das Laken gepackt hielten. Auch aus ihrem Brustkorb kam kein Seufzer.

Minna streckte die Finger nach ihr aus. Der Eindruck des Traumes verflog in dem Moment, in dem sie Trude das Kissen vom Gesicht zog und in die aufgerissenen Augen der Toten blickte. Er war wirklich hier gewesen.

„Franz ... warum?"

Tonnenschwere Trauer überfiel Minna hinterrücks und drückte sie zu Boden. Sie hockte sich vor das Bett und blickte ins Leere. Fassungslos starrte sie ihre Finger an. Ihre Hände zitterten, um ihr Herz aber wurde es still. Was hatte Jacob in den letzten Augenblicken seines Lebens gefühlt, welche Enttäuschung über sein eigenes Versagen musste ihn gequält haben, als Franz vor ihm gestanden hatte? So durfte sie ihn nicht in Erinnerung behalten. Er war groß und stolz, ein Vorbild für viele gewesen. Und Trude? Minna sah ihr ins Gesicht und versuchte, die gutmütige Seele in ihren Zügen ausfindig zu machen.

Minnas Trauer begann schlagartig zu bröckeln und vertilgender Hass breitete sich dahinter aus. Sie durfte jetzt nicht die Nerven verlieren!

Wie von einem glühenden Eisen aufgeschreckt sprang Minna auf die Beine. All ihre gemeinsamen Versuche, den Mörder zu finden und zur Strecke zu bringen, durften nicht vergebens sein.

Minna ging in die Küche, holte ein Messer, lief dann rüber in das Arbeitszimmer und schloss das Fenster. Routiniert legte sie Jacob ihre Finger an den Puls, lauschte auf seine Atmung, auch wenn das nichts mehr nützte. Dann schnitt sie ihn los.

Seine Totenstarre war noch ganz frisch, vielleicht sechs oder acht Stunden hatte er hier wie ein geschnürtes Paket gelegen. Sie hielt seinen kalten Körper in enger Umarmung und hievte ihn hoch. Jacob war schwer, doch sie konnte ihn in das Schlafzimmer bringen und dort auf sein Bett legen. Anschließend ging sie runter, verschloss alle Türen, schnappte sich ihre Tasche und ihre Schuhe, verschloss auch das Arbeitszimmer hinter sich, dann rückte sie einen Stuhl an die Betten der beiden heran und setzte sich.

„Ich bin zu spät“, sagte sie nach einer Weile und rang mit den Tränen. Nicht hier, nicht jetzt, ermahnte sie sich. „Es tut mir leid.“

Sie zog Papier und Stift aus der Tasche und zündete eine alte Laterne an, deren Flamme kaum groß genug wurde, um das Zimmer auszuleuchten. Im warmen Schein schliefen Trude und Jacob tief und fest.

Dies sollte ihr letztes Bild in Breitbach werden.

Minnas Bleistift schwang in kleinen dichten Linien über das Papier. Das Geräusch von kratzendem Grafit säuselte ein Lied, das nur die drei wahrnehmen konnten. Die Zeit, die sie damit verbrachte, das Lächeln und die Güte zurück auf die Wangen von Trude zu zaubern und Jacob seinen väterlichen Schneid zu verleihen, hielt alle Gedanken an Franz zurück.

Minna zeichnete sie in der Bibliothek, wie sie das Ehepaar kennengelernt hatte. Er trug seinen Kneifer in der aufgestützten Hand und sah vom Stapel mit den Dokumenten zu seiner Frau hoch. Das Lächeln eines glücklichen Menschen, das sich jeden Moment über sein ganzes Gesicht ziehen würde, deutete sich in den Mundwinkeln an. Trude stand halb hinter ihm, beugte sich vor und reichte ihm eine Tasse Kaffee, während sie ihm die freie Hand auf seine Schulter legte. Innig sahen sie sich in die Augen. Befreit von allen Sorgen des Alltags, dem Plärren und Toben der Kinder in den Pausenzeiten, der luftraubenden Bürokratie eines Oberstudienrats und seiner Steuerunterlagen. Trude und Jacob verschmolzen zu einem Kreis, in dem die Liebe regierte und die rastlose Welt außen vor blieb.

Minnas Tränen kamen für sie vollkommen überraschend. Sie legte das Zeichenzeug auf Trudes Bett und ließ ihnen freien Lauf, wenngleich das Schlucken zur Probe wurde und ihr Hals sich dabei zuschnürte. Die Erkenntnis über das Symbol des Kreises rüttelte sie wach. Sie hatte etwas verstanden, von dem sie vorher nichts kapiert hatte. Die einzige Beziehung, die sie jemals zu einem anderen Menschen eingegangen war, war die in ihren Zeichnungen. Dann, und nur dann, wenn sie den Toten das Leben zurückgab. Ihr Antrieb, Künstlerin zu werden, war nie darüber hinausgegangen. Ihre Bilder waren immer nur für sie selbst gewesen – und wofür? Sie war damit allein geblieben. Trude und Jacob hatten ihr einen anderen Weg im Leben aufgezeigt, einen, für den es sich zu kämpfen lohnte. Eine Gemeinsamkeit, eine Freundschaft, die sie weitergeben wollte.

In diesem Moment hörte Minna einen aufgeregten Ruf über die Straßen vor dem Haus hallen. „Peter Kolkner“, überschlug sich eine weibliche Stimme. „Er hat den Peter entführt!“

Der Nachmittag des 10.10.1919

Die Landschaft in Mühldorf hatte sich in den letzten Tagen dramatisch verändert. Erster Frost würgte in den Höhenlagen das Grün aus der Pflanzenwelt. Dort, wo der Spätsommer noch ein dichtes Blätterdach beschert hatte, klafften nun Löcher im Dach des Waldes und das viele Laub lag, schwer vom nächtlichen Regen, wie eine Schicht aus Lumpenkleidern unangetastet am Boden. Hasen und Bussarde trugen bereits ihr Winterkleid. Wenn man sie auf freiem Feld sah, wirkten sie zerrupft und müde. Sie schlugen keine Haken, tollten nicht miteinander. Die Greifvögel saßen reglos auf Zaunpfählen und ließen sich auf ihre Beute fallen wie Steine. Die Natur machte den Eindruck, als wäre sie durch den sommerlichen Liebhaber verbraucht und lustlos.

Nicht, dass Minna die angestaute Glut vermisste. Der Wald jedoch wirkte durch den plötzlichen Wandel so überfordert wie sie selbst.

Sie spähte durch ein Fernglas, um sich zu orientieren. Hier glich ein Baum dem anderen, und die einzige Konstante blieb der Arndtbach, der mal hinter, mal rechts von ihr zu hören war. Sie steckte das Fernglas weg und lobte ihre geistesgegenwärtige Vorbereitung. Die Umhängetasche, in der ihr Zeichenzeug, Streichhölzer,

Kompass und die Pistole verwahrt waren, sowie einen Mantel, eine Hose, ein Hemd und eine Weste aus einer Kiste im Flur – all das hatte sie in Windeseile auf dem Gut zusammengetragen und war schnurstracks in den Wald aufgebrochen. Sie musste sofort handeln, denn sie hatte die Bedrängnis in Franz Augen wahrgenommen. Ahnte, wie die Entlarvung seiner Doppelrolle ihn jegliche Vorsicht vergessen ließ. Jacobs und ihre Theorie hatte sich spätestens mit Peters Entführung bewahrheitet. Franz war im Begriff, seinen finalen Mord umzusetzen, die Beweise sprachen dafür. Er wählte nach und nach jüngere Opfer aus, dann war er zuletzt nachlässig bei der Ausführung geworden. Dies zusammengerechnet war Peter womöglich sein letztes Opfer und er würde es schnellstens über die Bühne bringen wollen. Für Peter zählte daher jede Sekunde.

Minna hatte bereits vor Minuten den sicheren Waldweg verlassen und drang nun tiefer ins Dickicht ein. Getrieben von der Hoffnung, zwischen Moosen und Nadelteppichen einen Hinweis zu finden. Ein Zeichen. Irgendwas. Sie wünschte sich ein Taschentuch oder die Tageszeitung, die Peter zu Paul hätte bringen sollen. Doch kein Schnipsel begegnete ihr, keine hilfeschreiende Kinderstimme machte sich bemerkbar. Hätte es geholfen, sich den Jungen vorzustellen? Aber wie? Sie wusste nur, dass er humpelte, nicht aber, ob er clever war, ob er sich vielleicht gegen Franz zur Wehr setzen konnte. Wie ein Phantom war Peter stets an ihr vorbeigeglitten.

Schwer atmend horchte Minna abermals in den Wald. Ihr war das Knistern nicht entgangen, das sich von Westen her angenähert hatte und sie seit ihrem

Aufbruch in Breitbach verfolgte. Doch mit einem Mal war der Hagelschauer ganz nah und erste Körner prasselten auf ihr Haupt, gefolgt von einem heftigen Wind. Die dräuenden Wolkenberge über den Wipfeln schichteten sich an der Wand des Zankers auf, und das strahlende Weiß verdichtete sich binnen weniger Augenblicke zu einem düsteren Aschgrau.

Immer nur vorwärts, drängte Minna sich. Der Sturm könnte sonst alle nützlichen Spuren verwischen.

Sie zog die Kapuze ihres Mantels weit ins Gesicht und versuchte, sich von den brachialen Geräuschen der Böen nicht beirren zu lassen. Der Wind kam bald schlagartig aus allen Richtungen, peitschte ihr die Hagelkörner wie spitze Geschosse entgegen, sodass ihre Finger anfingen zu brennen.

Minna versuchte einzuschätzen, wie lang sie es aushalten könnte, bevor es für sie bedrohlich wurde. Auf diese Witterung war sie schlicht nicht vorbereitet. Sie kämpfte sich noch eine Weile zwischen den nach ihr schlagenden Ästen durch, doch als der Himmel sich immer weiter verdunkelte, musste sie sich eingestehen, dass sie umdrehen musste. Tot nützte sie niemandem etwas.

Sie schlug einen letzten Bogen und plante dann abzudrehen, als etwas ihren Blick auf sich zog. Auf dem Waldboden hatte sich das gefrorene Saatgut des Himmels entlang von unnatürlichen Konturen verteilt. Ein überwucherter Pfad hob sich nun deutlich vom restlichen Waldboden ab.

Minna schüttelte das Gefühl der durch das Unwetter drohenden Gefahr ab und entschied, ihm zu folgen. Ein Pfad wie dieser musste sich ideal dazu eignen, um im

Wald schnell voranzukommen. Weitab vom Schuss, schwer einsehbar. Minna beschleunigte ihre Schritte. Sie war überzeugt davon, Franz endlich auf den Fersen zu sein, und ließ damit alle Vorsicht fahren.

„Wo bist du? Wohin hast du Peter gebracht?“, knurrte sie hasserfüllt. Mit jedem Atemzug und jedem strauchelnden Schritt über Wurzelwerk verschlechterte sich ihre Sicht. Bald tränten ihre Augen so stark, dass sie Salz auf den Lippen schmeckte. „So eine Scheiße!“

Sie brüllte in den auffahrenden Wind und hörte kaum ihr eigenes Wort. Zur Antwort verwandelte der Hagel sich in einen Nieselregen, der bald darauf ein veritabler Guss wurde, doch der Hagel auf der Erde hielt sich hartnäckig und leitete sie weiter den Pfad entlang. Als die Gräben seitlich des überwucherten Pfades tiefer wurden und dieser einen Hügel hinab in befestigte Stämme und Steine überging, hielt sie überrascht inne.

Etwas hatte sich verändert.

Die Hagelspur machte eine Kurve, abseits des Weges, und hörte auf, dem Pfad zu folgen. Stattdessen sammelte der Hagel sich rechts von ihr in zwei dünnen Rinnen. Der Wind hatte das modrige Laub weggeblasen und den Waldboden darunter freigelegt. Ohne jeden Zweifel waren es Wagenspuren.

„Ich werde dich finden“, murmelte sie und klammerte sich an das durchweichte Leder ihrer Tasche, während sie den Wagenspuren folgte. Längst schmatzten ihre Füße bei jedem Schritt in den Stiefeln, weil die Socken sich vollgesogen hatten.

Hundert, vielleicht hundertfünfzig Meter arbeitete sie sich in dem schwierigen Terrain voran, dann wurde der Wald von windgepeitschten Regentropfen verschluckt. Der Sturm legte sich über Bäume, Büsche, rupfte Blätter von den Ästen, fegte mit unberechenbaren Faustschlägen durch den Forst. Minna wich erst zurück, dann fing sie an zu rennen, immer weiter an den Abdrücken entlang. Hinter ihr grollte die Hexenküche aus Blitz und Donner. Sie lief und lief. Ohne zu wissen, in welche Richtung, ohne darauf zu achten, was die nächsten Schritte mit sich brachten. Zerklüftete Felsvorsprünge hielten sie davon ab, den eingeschlagenen Weg weiterzuverfolgen, und Minna kehrte zurück in die Nähe der Tannen, die schief im Wind lagen. Plötzlich gab es einen infernalischen Krach. Einer der Bäume in ihrer Nähe bracht entzwei und ging federnd vor ihr zu Boden. Wieder schlug sie einen Haken, wieder änderte sie die Richtung. Die Hagelspur war längst nicht mehr zu erkennen. Sie musste raus aus dem Wald, nur schleunigst zurück ins Dorf.

Die Lichtung vor ihr war zumindest ein Anfang.

Als Minna den Waldrand durchbrach, ließ der Regen spürbar nach und sie konnte mehr erkennen, aber sie hatte längst die Orientierung verloren. Sie rief um Hilfe, drehte sich dabei im Kreis, schrie in alle Richtungen. Irgendwer musste sie doch hören! Es war eine Hundertschaft unterwegs, ganz bestimmt war Victor irgendwo da draußen! Doch das Dröhnen in ihrem Kopf wich einer pochenden Leere, die sie überall im Körper spürte und sie wissen ließ, dass ihr Instinkt ihre Vernunft abgelöst hatte. Weiter voran, mahnte sie sich, Hauptsache den Hügel hinab und in Bewegung bleiben. Nichts wäre fataler, als zu pausieren.

Im Tal unterhalb des Hügelzuges fiel erster Schnee.

Noch während der Zanker mit den gewittrigen Hagelwolken stritt, schüttete der Himmel die nächste Ladung aus. In der Dunkelheit strahlte das frisch eingeschneite Land wie ausgeblichen. Es blieb Minna nur wenig Zeit, bis der Schnee auch sie erreichen würde. Doch ihre Kräfte wollten sie genau in diesem Moment verlassen. Sie hatte sich bis auf den letzten Schritt verausgabt.

Sie wankte und strauchelte, konnte sich dabei nur knapp an einem Baum festkrallen. Irritiert hielt sie inne. Etwas stimmte mit dem Baum nicht. Sie kniff die Augen zusammen. Seine Rinde war verkohlt und zerrieb sich unter ihren Fingern zu schmieriger Asche. Dann erkannte Minna, was hinter dem Baum lag.

Es war die alte Sägemühle.

Die Mühle, die sie im Sommer von der Schneise aus gesehen hatte. Die Mühle, die sie gezeichnet hatte. Die Mühle, die ...

Minnas Atem stockte.

Sie hätte sich am liebsten geohrfeigt. Wie dumm war sie gewesen. Wie dumm und blind zugleich. Nicht irgendein Versteck hatte sich Franz für seine Morde auserkoren, sondern dieses.

Sein Denken und Handeln setzte sich in Bruchteilen von Sekunden vor ihrem inneren Auge zusammen. Hier hatte der Schmerz der gesamten Dorfgemeinschaft seinen Ursprung gefunden. Mit dem Tod von Arnold Pardonner. Bernhard Strobinger, Ingmar Groß, Karl, Stephan ... und zuletzt Martin. Franz hatte seine Opfer die Hilflosigkeit seines Bruders spüren lassen, die Arnold im Stich gelassen hatten. Den Schmerz, den er hatte erleiden müssen und den sie hätten abwenden können. Doch sie hatten sich taub gestellt und nicht hingesehen. Hatte er seinen Opfern deswegen die Augen herausgekratzt? Hatte Franz ihnen deswegen die Zunge herausgerissen, weil man auch Arnolds Stimme nicht erhört hatte? Wie unendlich grausam er vorgegangen war, um ihnen dies zu verdeutlichen.

Es fehlte nur noch der letzte Akt.

Eine Tat, die auch den Letzten im Breitbachtal den Preis ihres Schweigens nicht vergessen lassen würde.

Ein Junge in Arnolds Alter.

Minna riss die unverschlossene Seitentür der Mühle auf und starrte hinein.

Im Inneren war es stockfinster.

In der Nacht des 10.10.1919

Als der Schneesturm sie einholte und über das Gebäude hinwegfegte, spürte Minna frische Luft durch die Ritzen drängen und bemerkte den Geruch von Feuchtigkeit und Kohlestaub, der an ihr vorbei aus den Räumen vertrieben wurde. Entkräftet kramte sie ihre Tasche hervor, leerte den Inhalt auf dem Boden aus und tastete nach der Streichholzschachtel. Sie war noch halb voll, aber Minna wusste nicht, ob der Regen die Streichhölzer nicht unbrauchbar gemacht hatte. Dazu kam, dass ihre Finger taub und geschwollen waren. Ein einzelnes Hölzchen aus der Schachtel zu fischen, war bereits eine Herausforderung. Ununterbrochen hauchte sie Luft in ihre Hände, bis ihre Fingerspitzen den Widerstand der wertvollen Hölzer zumindest erahnten. Gleich das Erste ging entlang der Schachteldecke in wunderschöner Flamme auf.

Minna traute sich fast nicht, sich damit zu regen, aber es drohte bald zu verglühen, also riss sie zwei Blätter aus ihrem Block und warf es voller Hoffnung darauf. Der Anblick der gefräßigen Flammen streute für wenige Momente ein Licht auf die Umgebung, dann wurde das Feuer von einem Windhauch gelöscht.

Es hatte jedoch lange genug gebrannt, um zu begreifen, wo genau sie war und was sie zu tun hatte, um nicht elendig zu erfrieren. Entlang einer Bretterwand stand ein ausgedienter Ofen, der wie ein gähnender Götze nach Futter verlangte. Noch vielversprechender waren jedoch die Körbe daneben.

Minna kroch auf allen vieren hinüber, warf die Körbe um und sammelte das dürre Astholz darin auf, zerkleinerte es und drückte es dem Ofen in die Kammer. Dazwischen schob sie die restlichen Blätter ihres Zeichenblocks, hob nur eines für den Notfall auf.

„Bitte. Bitte lass es funktionieren ..."

Drei Hölzchen brachen beim Entzünden sofort. Zwei weitere erloschen im Luftzug. Minna wurde fahrig. Sie zählte in Gedanken durch, wie viele noch in der Schachtel sein mussten. Waren es genug?

Beim nächsten Versuch sprang das Feuer direkt auf das Papier über. Bange Sekunden folgten, in denen sie beobachtete, ob das Holz trocken genug war. Sie warf zwei weitere Streichhölzer hinein, nur um festzustellen, dass es die letzten gewesen waren. Zum Glück fand sie ausreichend Rinde und Späne am Boden der Körbe, die sie über die schwache Glut streuen konnte. In dem schwach glimmenden Licht der Glut begann sie alles Mögliche in der Umgebung, das halbwegs brennbar schien, aufzusammeln, um den Ofen zu nähren. Der Rauch zog durch das Ofenrohr bis hoch unter das Dach, zerstreute sich in den pfeifenden Böen und schlug ihr, wenn der Wind abnahm, in dichten Schwaden entgegen.

Minna zog sich bis auf die Unterwäsche aus, kämpfte mit dem beißenden Ruß in ihren Lungen und warf den Mantel auf das heiße Eisen. Das Zischen des Wassers verbreitete eine merkwürdige Ruhe und sie rutschte näher heran. Ihr war egal, ob der Mantel versengte oder gar ein wenig ihr Haar. Sie saß einfach da und lauschte auf das Prasseln des Feuers. Der Wind, der Schnee – sie rückten in diesem kleinen Kosmos aus Licht und Hitze in den Hintergrund. Der Rest des alten Hauses ebenso.

„Die Pistole", flüsterte sie kraftlos. Sie musste sich bewaffnen. Wenn ihre Theorie stimmte, dann wäre Franz – dann wäre Peter irgendwo hier ...

Sie traute sich nicht, zu rufen, traute sich nicht, das wärmende, Schutz versprechende Ofenfeuer zu verlassen.

Ihre Augen brannten.

Ihr Hals war trocken.

Sie hatte Hunger.

Ihr Rücken war eiskalt, ihr Rumpf schmerzhaft verrenkt. Sie zog ihre Kleidung vom Ofen und kämpfte mit dem Ekel, den der Geruch von versengtem Stoff und eingebranntem Schweiß in ihr auslöste. Was wollte sie gerade noch tun? Etwas aus ihrer Tasche holen, fiel ihr irritiert ein. Aber was? Sie rieb sich die Arme. Immerhin waren die Kleider jetzt warm und ihre Haut trocken. Das Wichtigste war, dass das Feuer nicht erlosch. Sie funktionierte ihre Tasche auf einem umgedrehten Korb zu einem Kissen um, bettete ihren Kopf darauf und spielte mit einem Zweig an der Klappe des Ofens, um die Luftzufuhr zu regulieren.

Die Glut tanzte wütend, wenn sie sie öffnete.

Funken sprühten aus den Rostlöchern in den Seitenwänden, wenn sie sie vorsichtshalber wieder schloss.

Wie lange lag sie bereits hier?

Minnas Augen schlossen sich.

Es mochten Tage gewesen sein.

Ein altes Schlaflied wanderte Vers für Vers durch ihre inhaltslosen Gedanken und sie schlief erschöpft ein.

11.10.1919

Am frühen Morgen berührten ihre Finger den Schnee, der durch die Tür bis an sie herangekrochen war. Die pudrigen Flocken glänzten rötlich in der Sonne und der Raureif malte Eisblumen an das Fensterglas.

Minna lag am Boden und starrte in den Ofen. Er glühte nicht mehr. Von der Decke tropfte Schmelzwasser in eine schmutzige Pfütze zu ihren Füßen.

Sie hatte den Sturm überlebt. Unmittelbar sah sie sich um. Das eingefallene Dach, der abgebrannte Teil des Gebäudes, durch den wuchernde Bäume und Ranken hinausragten. Das Gesamtbild glich der Zeichnung, die sie im Sommer von der Schneise aus angefertigt hatte.

Wie eine erfrorene Echse richtete sich Minna Stück für Stück entlang der Wand auf, öffnete die Eingangstür und trat hinaus. Es war kalt, aber nicht annähernd so kalt wie im Schatten des Zankers.

Was tat sie da eigentlich? Minnas Nackenhaare stellten sich auf. Sie war doch hier, um Peter zu finden! Sofort kehrte sie zurück zum Ofen, schnappte sich die Pistole und blickte sich um.

Rostiges Werkzeug und Spinnenweben voller schimmelndem Sägestaub hingen an den Wänden und von der Decke. An einer braun angelaufenen Kette befanden sich Körbe mit Schrauben und kaputten Einweckgläsern. Unter Minnas Füßen ächzte der Boden bei jedem noch so leisen Schritt, die Dielen waren nass und morsch.

„Peter?“, flüsterte sie fragend und ließ es sofort wieder bleiben. Franz hatte sie in der Nacht nicht erwischt. Das hieß, dass er entweder nicht hier war oder er sie einfach noch nicht bemerkt hatte. Gut. Es galt, ihm einen Schritt voraus zu sein. Vielleicht konnte sie sich verstecken. So wie er. Minna ging in die Hocke und tastete den Boden ab. Roch es nicht nach Verwesung an dieser Stelle? Die Erinnerungen an Stephan, wie er im Posthäuschen gelegen hatte, kamen in ihr hoch. Wieso konnte er ihr nicht auf die gleiche Weise etwas mitteilen, wie Linda und Martin es getan hatten? Sie rieb sich über die Stirn, dahinter pochte es schmerzhaft. Fehlte ein Wort? Ein Titel? Nein. Das war Blödsinn. Selbst mit den medizinischen Diagrammen war ihr nichts aufgefallen, das ... oder doch! Genau das war es ja, was fehlte! Da waren Wunden gewesen, die sie nicht hatte zuordnen können. Die sie nie in ihre Zeichnung eingetragen hatte.

„Die Punktierung an Stephans Hals ...“, röchelte sie matt und starrte in die krummen Schatten zwischen den Dielen. Sie hatte jede andere Verletzung notiert, nur die Öffnungen am Hals nicht. *Musste mich beim Aufschneiden übergeben*, rezitierte sie sein Tagebuch in Gedanken, legte den Kopf dabei in den Nacken und fühlte sich, als wäre sie der Antwort gerade ein gutes Stück näher gekommen. Ihre Speiseröhre kratzte, der Geruch von Blut stieg ihr in die Nase. *Dieses Mal hätte sie mich beinahe gesehen.* Damit muss er seine Mutter gemeint haben. Oder vielleicht jemand anderes. Das war schwer zu sagen. Franz hatte sich jedenfalls danach die Hände gewaschen. Minna sah ihn bildlich vor sich. Am Arndtbach.

„Der Fluss ..." Da fehlte eine Zeile, die ihr nicht einfiel. Was war noch am Fluss gewesen?

„Fräulein Dahl?"

Minna erschrak so sehr, dass ihr die Luft wegblieb. Sie wollte sich blitzartig aufrichten, aber ihre Beine gehorchten ihr nicht. Sie fiel auf die Oberschenkel, fuhr herum, riss die Pistole hoch und richtete sie auf die Figur, die plötzlich hinter ihr im Eingang aufgetaucht war.

Es war Claudius.

„Nicht schießen!", rief der junge Kerl panisch und warf die Arme vor das Gesicht.

„Was machst du hier?", fuhr sie ihn scharf an und versuchte dabei, so leise wie möglich zu sprechen. Er würde ihr noch alles ruinieren! Minna senkte die Waffe, rappelte sich behäbig auf und ging einen Schritt auf ihn zu.

Claudius nahm die Hände herunter. „Wir suchen nach Peter. Man hat ihn entführt."

„Franz hat ihn", erwiderte sie nüchtern und versuchte ihre Umgebung im Blick zu behalten. Durch die düster daliegenden Flure, die Durchgänge zu den Sägebändern, von überall her könnte ein Angreifer auftauchen. Sie musste wachsam sein.

„Victor hat nach Ihnen gesucht. Waren Sie etwa die ganze Nacht hier?"

„Ich wurde vom Sturm überrascht."

„Sie sehen mitgenommen aus", erklärte er nervös. „Warten Sie. Ich helfe Ihnen."

„Nicht nötig." Minna bedeutete ihm, leise zu sein.

„In meinem Schlitten habe ich ein Fell. Das kann ich Ihnen holen."

Die Kufen des Schlittens, Claudius' Handwagen. Nahe des Arndtbachs war sie auf die Hagelspuren gestoßen und ihnen in diese Richtung gefolgt. Unwillkürlich setzten sich Minnas Gedanken wieder in Gang. Dort am Fluss, am Arndtbach ... Dort hatte Franz jemanden getroffen.

Mit ihm ist alles leichter. „Muss aufpassen, dass er mich nicht verpfeift", nuschelte sie halblaut.

Claudius hob fragend die Augenbrauen. „Geht es Ihnen nicht gut?"

Augenblicklich war alles anders.

Minna begriff. Wie beim Prozess einer Zeichnung entfalteten sich erst das Gerüst, dann das Volumen und zuletzt die wichtigen Details.

„Die Punktierung ...", entfuhr es ihr. Sie hatte jede andere Verletzung notiert, nur die Öffnungen am Hals nicht.

Minna hob ihre Pistole und zielte geradewegs auf seinen Kopf. „Du hast ihn nicht angefasst."

Claudius sah sie verständnislos an. Ihm stand dichter Schweiß auf der Stirn, sein Atem dampfte in weißen schweren Wolken aus dem Mund. „Was reden Sie da? Wieso zielen Sie auf mich?"

„Du hast Paul nicht anfassen können, als er blutend am Boden lag. Weil es dich ekelt. Du ekelst dich vor dem Blut anderer."

„Fräulein Dahl ... ich ..."

Mit Selbstverständlichkeit entsicherte sie die Waffe. Das Klicken ließ Claudius zusammenzucken. „Wo ist Franz?"

„Ich weiß es nicht!"

„Das ist eine Lüge!" Minnas Atem ging flach und gepresst, ihr Herz schlug ihr bis in die höchsten Höhen ihres Halses. „*Du* hast Stephan und Martin und all die anderen für Franz weggebracht. Ist doch so, oder?"

„Nein, ich ..."

„Halt den Mund! Ich habe es satt, mich anlügen zu lassen! Ich weiß genau, dass du es warst." Minna machte eine Bewegung nach vorn und umklammerte die Waffe fester. „Du hast die Leichen ins Eisfach deines Wagens gezerrt und dann für ihn an verschiedenen Orten abgelegt. Und weil du Schiss hattest, sie anzufassen, hast du sie mit deiner Eiszange über den Boden gezogen, hab ich recht?"

Minna stellte sich vor, wie Claudius die Zange nahm und versuchte, die Opfer damit von seinem Wagen zu ziehen. Ein jämmerlicher Anblick, der eine Frage direkt beantwortete: Claudius hatte es nicht freiwillig getan. Aber noch war es zu früh für Mitleid.

„Wo hält sich Franz versteckt?", erneuerte sie ihre Frage bedrohlich.

Claudius Gesicht wurde wächsern. Sein Mund verzog sich zu einem schmalen Strich.

„Franz ist ...".

Der Schuss war überall zu hören. Er prallte von den Wänden ab, erschütterte das Feld vor der Mühle. Claudius sackte nach hinten über und fiel auf den Boden. Frische Blutspritzer glänzten in der Sonne. Verwirrt sah Minna auf ihre Waffe. Sie hatte nicht geschossen.

Dann drehte sie sich um.

Franz löste sich aus den Schatten. Sein Gesicht zu einer unmenschlichen Fratze verzogen. „Lass sofort die Waffe fallen, liebe kleine Minna."

Doch Minna dachte nicht daran.

Ohne zu überlegen, rannte sie los. An Claudius vorbei, dessen Körper noch zuckte. Ein Schuss fiel, aber er verebbte mit einem dumpfen Geräusch neben ihr im Schnee. Franz' Gebrüll war markerschütternd.

Sie wusste nicht, wohin. Auf dem Feld war sie die perfekte Zielscheibe, um die Mühle herum gab es nur wenig Deckung. Sie steuerte eine Felswand an, da hörte sie erneut einen Schuss.

„Das ist die letzte Warnung: Bleib sofort stehen!"

Ehe sie's sich versah, hatte sich Minna bis zu den Felsen manövriert und damit unweigerlich in eine Sackgasse. Die Wand wollte nicht enden, versperrte alle Auswege zurück in den Wald. Gleich würde er sie einholen und auf sie schießen.

Eine Spalte im Fels war ihre letzte Hoffnung. Sie bugsierte sich hinein, presste sich an scharfkantigen Ecken vorbei in die klaffende Öffnung, doch der Spalt führte nirgends hin. Sie saß in der Falle. In der Enge eingepfercht würde Franz leichtes Spiel haben. Mit zitternden Fingern umgriff Minna den Schaft ihrer Waffe und zielte aus dem Spalt hinaus nach draußen. Als Franz' Gesicht in ihrem Blickfeld erschien, drückte sie ab. Ein Schuss. Ein zweiter. Das Bersten der Pistole hallte in dem schmalen Spalt wider und betäubte all ihre Sinne. Doch Minna hatte nicht getroffen und das leere Klicken des Bolzens erfüllte sie mit einer betäubenden Ausweglosigkeit.

Franz richtete seine Waffe auf sie und drückte ab. Minna schloss die Augen, sie hörte das ohrenbetäubende Knallen, dann klirrte die Kugel durch das Gestein. Der Gestank von Feuer füllte den Spalt, Minna öffnete die Augen wieder. Sie lebte noch, doch kurz auf diese Erkenntnis folgte ein stechender Schmerz in der Brust.

„Du Miststück! Du dreckiges Miststück!" Franz war außer sich, gestikulierte mit der Waffe, kam näher. „Wieso hast du dich in meine Angelegenheiten eingemischt?"

Minna fehlte die Luft, um zu antworten, also hob sie abwehrend die Hände, als er bei ihr ankam und sie bei den Haaren packte. Schäumend vor Zorn riss er sie daran heraus.

Lass mich los!

Du Ungeheuer!

Sie wollte ihm sagen, wie sehr sie ihn für das, was er den Menschen in seiner Nähe angetan hatte, verachtete. Aber es blieben nur Gedanken. Ihr Hals war zugeschnürt, jeder Laut nur ein Krächzen.

Franz zielte mit der Pistole mitten in ihr Gesicht. „Wieso ausgerechnet du? Wieso musstest du mir bis hierher folgen?"

Plötzlich ließ er die Waffe sinken und wischte sich durchs Gesicht, sah gehetzt hinter sich, diskutierte mit sich selbst, als würde es noch einen anderen Ausweg geben. Dann aber war er wieder da, der Mann mit dem starren Blick. Fast so, als wäre er traurig darüber, sie erschießen zu müssen.

„Du hättest Stephan niemals zeichnen dürfen", rechtfertigte er sich. „Dann wäre es nicht so weit gekommen. Das hast du dir selbst zuzuschreiben."

Sie hatte – was? Nur ein eiskaltes Reptil könnte so etwas sagen. Ein Teufel, wie aus den Versen des Pfarrers. Minna sprach in Gedanken den ersten Satz eines Gebetes und wartete.

Darauf, dass er endlich abdrückte.

Ein plötzliches, schrilles Geräusch zerbarst an ihrem Ohr.

Das musste es gewesen sein.

Er hatte abgedrückt.

Oder nicht? Sie blinzelte ins Licht.

Franz stand nicht mehr vor ihr. Er war zusammengebrochen. An seinem Kopf ein Loch so groß wie ein Faustschlag.

Minna beobachtete, wie das Leben aus ihm floss und in den Schnee sickerte. Das Blut, das ihre Schuhe erreichte, dampfte noch.

„Minna!"

War es wirklich vorbei?

„Minna!" Die Rufe wiederholten sich.

Wieder und wieder rief eine Stimme nach ihr. Umrundete sie, verschwand, wurde körperlicher, bis sie endlich klar und deutlich zu hören war und Minna die Stimme zuordnen konnte, die wie aus dem Himmel schreiend der Welt ihren Namen anvertraute.

Es war Paul.

„Bist du verletzt?" Er warf eine große Flinte neben sich in den Schnee, ging vor ihr in die Knie und strich ihr sanft über das Gesicht.

„Ja."

„Sie sind gleich hier. Victor ist auf dem Weg."

„Was ist mit Peter?"

„Sie haben den Jungen gefunden. Er lebt, Minna. Wir haben es geschafft!" So blieb er sitzen und wiegte sie in seinen Armen. Weiß wie der Schnee und vollkommen außer Atem. Minuten vergingen, in denen sie Franz gegenübersaßen und seine Leiche nicht aus den Augen ließen.

„Wie hast du mich gefunden?", fragte Minna irgendwann und spürte ihre Lippen nicht mehr.

Er sah sie mit einem Lächeln an, als wären sie gerade Zeugen eines neu angebrochenen Zeitalters geworden. „Wie wohl? Deine Zeichnungen."

„Welche war es?", fragte sie, als spräche sie mit einem Gast bei einer Ausstellung. *Welche von den Zeichnungen hat Ihnen gefallen? Möchten Sie sie kaufen? Welchen Preis kann ich Ihnen dafür machen?*

„Welche?", wiederholte er und sein Lächeln wurde breiter. Fast schien er vergessen zu haben, dass er sich selbst kaum mehr halten konnte. „Die Mühle. Ich habe das Gebäude auf deiner Zeichnung gesehen und mich wieder an die Nacht erinnert, in der ich Franz gefolgt bin. Hier habe ich Martin gefunden."

Minna schüttelte nur den Kopf.

Wenige Striche konnten über Leben und Tod entscheiden.

02.11.1919

Noch Wochen später spürte sie die Naht unter ihrer rechten Brust, an der Stelle, aus der man den Felssplitter herausgezogen hatte. Alles würde sich zum Guten wenden, hatte Doktor Sallinger versprochen, der zwei Tage nach Franz' Tod angereist war. Seine Versprechen waren keine leeren Worte gewesen. Er war geblieben. Für die Trauerfeier von Trude und Jacob und auch für Claudius' Begräbnis.

Mühldorf, Breitbach, Kleintal, die Dörfer waren zusammengekommen und leckten ihre Wunden. Die Empörung über Franz war schnell dem Mitleid für Maria gewichen, die beschlossen hatte, das Gut zu verkaufen und fortzuziehen. Paul war auf Anraten des Doktors in eine Spezialklinik an der Ostsee verlegt worden, wo Minna ihn im nächsten Jahr besuchen wollte. Er war nie um eine Antwort verlegen, wenn der Doktor ihn zu den Vorfällen und seiner Krankheit befragte, und blieb bis zum letzten Augenblick in Mühldorf der stille Held eines jahrelangen Kampfes, dessen Ursprung er jedoch für sich behielt. Dass Paul es war, der das Telegramm an den Doktor geschrieben hatte, um Minna frühzeitig zurück nach Berlin und vor Franz in Sicherheit zu bringen, offenbarte er ihr am Tag ihrer Abreise. Sie umarmte ihn und riet ihm mit einem Lächeln in Zukunft zu mehr Direktheit.

Das Hubertusfest fiel in diesem Jahr aus. Niemandem war nach Feiern zumute. Victor hatte Minna und den Doktor schließlich höchstpersönlich bis nach Berlin gebracht, als feststand, dass der Pfarrer dem heiligen Hubertus nur eine abgespeckte Messe widmen würde und die Treibjagd ohnehin schon abgeblasen worden war.

Zurück in Berlin hatte Doktor Sallinger Minna zur Nachkontrolle ihrer Gesundheit zu zwei Tagen Aufenthalt in der Klinik verpflichtet, und Victor war erst wieder abgereist, als Minna beteuerte, dass sie sicher irgendwann nach Mühldorf zurückkehren würde; nur nicht in absehbarer Zeit.

Nun stand sie vor der Tür ihrer Wohnung und atmete den Essiggeruch des Flurs ein, der ihr wie eine fremde Welt vorkam. Von Zeit zu Zeit suchten Augen und Ohren nach Anzeichen für den Breitbach, nach dem Wild im Forst oder dem Scheppern und Klappern des Sägewerks, das den Betrieb unlängst wieder aufgenommen hatte. Doch Berlin war nicht Mühldorf, und obwohl der Schrecken ihr tief in den Knochen saß, wollte Minna nichts weiter, als endlich wieder allein zu sein und in ihrem Bett zu liegen, den kleinen Ofen anzufachen und vielleicht neue Kleider anzuziehen.

Als sie den Schlüssel im Schloss herumdrehte und in die Wohnung trat, traute sie ihren Augen kaum.

Auch hier hatte der Doktor seinem Versprechen Taten folgen lassen. Es war aufgeräumt und warm. Der Ofen war befeuert worden, Brühe und Brot standen auf dem Tisch. Doch das war es nicht, was Minna vor Überraschung ihren Koffer aus den Fingern gleiten ließ.

Doktor Sallinger hatte ihr einen Arbeitsplatz eingerichtet.

In der Nische zwischen der Wand und ihrem Bett stand jetzt ein Sekretär, der hoch bis an die Decke reichte. In dem rot glänzenden Holz drängten sich unzählige kleine und größere Fächer randvoll mit Papier, Tintenfässern, Bleistiften, Gouache, Wachsstiften, Kreide, Schwämmen, Akten und Mappen. Sprachlos stand sie vor einer Wunderkammer, die verheißungsvoll die Instrumente kreativen Schaffens präsentierte. Minna verstand nicht. Sie griff nach allem, was sie zu fassen bekam, und begutachtete es voll kindlicher Freude. Die Sachen waren von allerbester Qualität. Um mit solchen Stiften und Papieren arbeiten zu können, hätte sie ein Leben lang bei ihren Eltern betteln müssen und es sich trotz härtester Arbeit niemals leisten können.

Die Sache musste einen Haken haben.

Und den gab es auch.

Minna setzte sich auf den Stuhl vor dem Sekretär und starrte auf den Brief mit schwarzem Siegel. Als sie ihn öffnete, fand sie zunächst die Zeichnung von Linda Ehrenberg, die zu Minnas Verwunderung einen polizeilichen Stempel trug und auf der Rückseite die Worte: „Zur weiteren Klärung freigegeben."

Neugierig las sie den Brief. Der Doktor hielt sich ungewohnt kurz. Beinahe so, als fürchtete er, mehr Text könnte sie abschrecken.

Liebe Minna,

ich habe Ihnen nie aus vollem Herzen bekundet, was ich an Ihnen so bewundere. Nun habe ich hiermit Gelegenheit gefunden, dies zum Ausdruck zu bringen.

Fühlen Sie sich trotz der vorgenommenen Veränderungen an diesem Platz wie früher. Sprich: daheim.
Was Ihre Zeichnung betrifft, so können Sie es sich womöglich schon denken. Der Fall Linda Ehrenberg hat in Ihrer Abwesenheit mehr Fragen aufgeworfen, als es mir anfangs lieb war. Man hat mich zu Ihrer Kompetenz in der Sache examiniert, und ich möchte Sie angesichts der Umstände auch nicht drängen ... Es wäre mir dennoch eine Freude, wenn Sie einen Blick auf die zweite Seite werfen würden. Bitte lassen Sie es mich alsbald wissen, ob die Kunst Ihnen durch meine Hybris nicht abhandengekommen ist.
Ihnen auf ewig verbunden

Dr. med. K. L. Sallinger

Minna tat, worum er sie bat, und blätterte auf die zweite Seite um.

Es war ein Vertrag.

Danksagung

Am Ende eines Tastengewitters gelangt man zu dem Moment, an dem man sich seinen Liebsten mit großer Dankbarkeit zuwendet. Da wären zum einen Anika, deren Geduld mit mir und meinen Monologen über den Inhalt des Buches täglich wuchs – ohne sie gäbe es die Totenzeichnerin nicht. Mein Sohn, der mir das Grübeln aus den Stirnfalten zauberte. Meine Freunde, die den spannenden Weg des Romans eifrig verfolgten und meine Agentin, die mich mit Rat und Tat begleitete. Abschließend gilt mein Dank dem Verlag, der Minnas Geschichte mit der Welt teilt und mir mit meiner Lektorin eine talentierte Schreibgefährtin an die Seite stellte.

Raiko Oldenettel

Danksagung